刀の反り

大髙康夫

幻冬舎MC

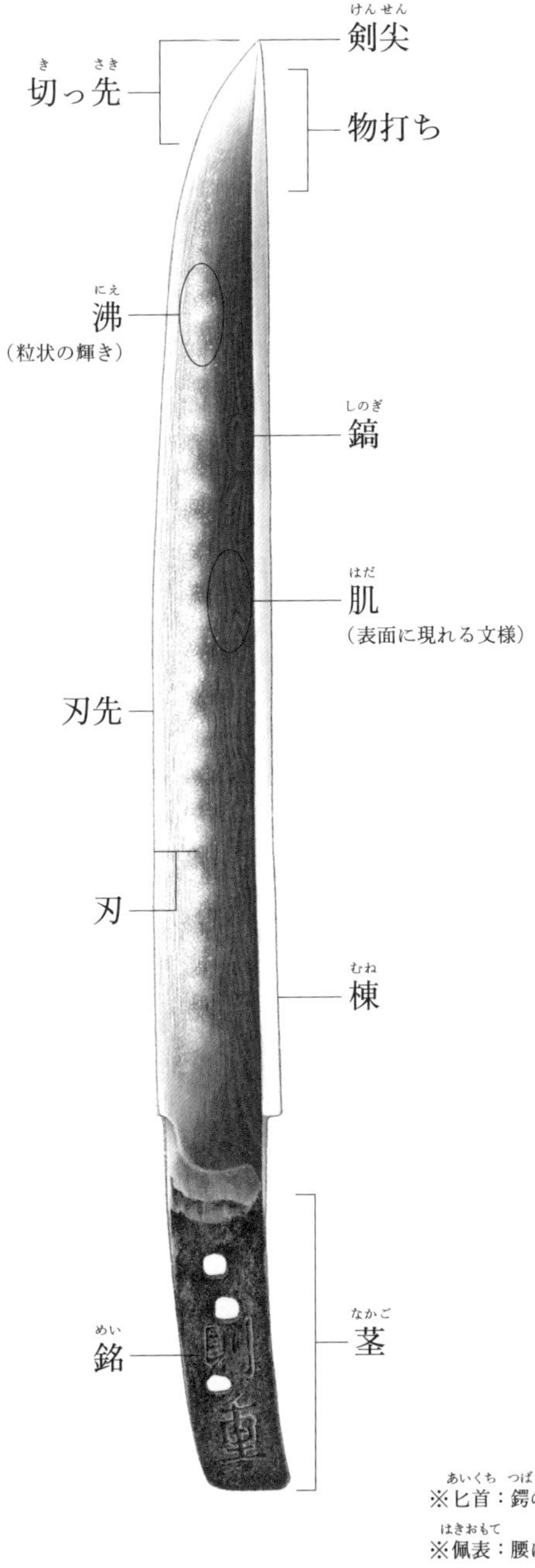

※匕首《あいくち》：鍔《つば》の無い短刀

※佩表《はきおもて》：腰に付けた状態での表

刀の反り

目次

武州浪人《ぶしゅうろうにん》須田猛之進《すだたけのしん》は、先祖代々家宝として引き継がれ伝えられてきた太刀《たち》を質草にするか否かを思案していた。

太刀は世に名刀と云われ伝えられたるもので、鎌倉の末期に刀鍛冶、郷則重《ごうののりしげ》が硬軟の鋼《はがね》を組み合わせて鍛《きた》えた一振りである。父親の隠居に伴い藩の役職を引き継いだときに、家宝とされてきた宝刀も共に受け継ぐのは須田の家の慣《なら》わしでもあった。太刀は少なくみても五十両は下らないと聞かされていた。刀の値打ちを賎《いや》しい金銭などで換算するのは武士にあるまじきことだと、そのときは父の仁左衛門《にざえもん》を蔑《さげす》みの目で見たものである。

ところが、猛之進がいま浪人暮らしをしているのはこの一振りの所為でもあったのだ。

武蔵の国——郷田藩《ごうだはん》五万石は、群雄割拠《ぐんゆうかっきょ》する戦乱の世では武田家に従い五百余を超える家臣団を擁していた。武田勝頼が長篠の戦いで大敗を喫し、郷田の城主佐久間将監忠次は城に立て籠もり武田と共に枕を並べて滅ぶ覚悟を決めたのだが、家康の家臣である徳川四天王と言われる本多忠勝による説得でその身を忠勝に預け、爾来、徳川家に帰服して現在《いま》の領地を治めてきたのである。その郷田藩に奥番頭として曽祖父の代から手足となって勤め上げてきた須田の家は、猛之進の代で潰《つい》えてしまったのだった。それは猛之進の生まれついての偏屈な性癖の所為であった。

同輩に谷口弥十郎《たにぐちやじゅうろう》という男がいた。この男、弥十郎も猛之進に負けず劣らず圭角の多い、人と相容《あいい》れない性格で、一度口にした言葉は己の道理に適っているとみれば、何がどうあろうとも取り下げようとはしなかったのである。そのあたりは猛之進と同様、他人と折り合うことができず、白と言えば無理矢理にでも黒と言い切るような人物であった。そのようなことからみても、二人の間の諍《いさか》いが遂には果し合いにまで及んだのは、幼少の頃から通う道場での立ち合いで、雌雄を決することが出来《でき》なかったことが一因ともなったのは至極当然のことだったといえよう。

命運

　その日、猛之進《たけのしん》が下城の時刻になり表門にまで来たときである。待ってでもいたように背後から声をかけてきた男がいた。猛之進が振り向くと谷口弥十郎が口許に奇妙な笑みを浮かべて立っていた。日頃から会いたくはないと思っている男と顔を合わせた猛之進をより不快な気持ちにさせたのは、この男がこの薄笑いを浮かべているときは腹に一物《いちもつ》抱えているのは先刻承知していたからである。

「何だ、弥十郎……それがし今日はちょっとした野暮用があるのだ。おぬしの相手などはしておれぬぞ」

　猛之進が冷ややかな態度を示してもまったく気にした様子はなく傍に近寄ってくる。

「ま、そう言うな。長くは引き止めはせぬ。おぬしに少しばかり訊きたいことがあるのだ」

　仕方なく猛之進は足を止めると、いかにも不快そうな顔で訊いた。

「いったい何なのだ。手短に言え」

「これはそれがしが小耳に挟んだことなのだが、須田の家に代々家宝としている刀が郷則重だというではないか。是非にも一度お目にかかりたいものだ。そのような名刀がこのような辺鄙《へんぴ》なところにあろうとはのう」

「ほほう、瑞江《みずえ》がそのように申したのか」

猛之進の言葉に弥十郎は笑いを消して眉根を寄せると直ぐに打ち消した。

「妹の瑞江はおぬしのところに輿入《こしい》れたのだ。他家へ嫁した身が偶《たま》さか実家に顔を出そうとも、徒《いたずら》に余計なことなど話さぬのが武家の女子《おなご》の嗜《たしな》みというものであろう」

――こやつ賢《さか》しら顔で愚にもつかぬことを――猛之進は喉もとにまで出掛かった言葉を飲み込んだ。いつものように押し問答になると考え思い止《とど》まったのだ。

「それよりもおぬし……その郷則重の太刀だが、おぬしの見た目では真物《ほんもの》だと思うのだな」

猛之進は弥十郎の言葉が気に障り、いきなり顳《こめ》かみのあたりに血が集まったような気がした。男の口辺に再び薄ら笑いが浮かんでいるのも気に入らなかった。

「弥十郎……貴様、何を言いたいのだ。それがしの家に伝わる刀が贋作だと申すのか」

猛之進の親指が無意識に腰に差した大刀の鍔元《つばもと》に掛かり居合腰になる。

「まあ、待て……その様に直ぐに息むのはおぬしの悪い癖だ。そうは言ってはおらぬ。

言ってはおらぬが、この目で見なければそれがしとしても確かなものだとは断言はできまい」

気色ばむ猛之進を制するように、弥十郎は右手を押し出すようにしてそう言った。

「ふむ……それほどまでに言うのなら見せてやっても良い。おぬしの目で真贋がわかるとでも申すのか」

「それがし、以前出府したおりのことだが……江戸屋敷に出入りの拵《こしら》え屋に自分の刀を研ぎに出したのだ。そのときに郷則重の太刀を目にする機会があってな。則重は短刀や薙刀《なぎなた》を得意としており、現存している太刀が少ないからこそ価値があり逸品となるのだ」

小賢しい利いたふうな口を利きおって何を言うか、と猛之進は思った。

「そのようなことはおぬしの口から聞かなくとも知っておるわ」

「まあ、聞け。鍛《きた》えられた刀身は他の拵《こしら》えとは違い独特な地肌は則重肌《のりしげはだ》とも言われかなり特徴がある。それにもう一つ……これは真物を目にした者でなければ気づかぬものがある」

「何だ、それは……」

「ふむ……この場では言えぬな。まずは郷則重にお目にかかってからのことだ」

こやつ何を言うかと思えば、我が家の家宝を見て愚弄《ぐろう》する気だな。そのとき、猛之進の胸にある考えが浮かんだ。

「よかろう。このところおぬしも雨宮道場には足を向けておらぬであろう。どうだ、弥十郎。あの頃とまではいかぬだろうが互いに一汗掻くことにせぬか。そのときに家宝を携えて行くから見せてしんぜようではないか」

「わかった。おぬしと竹刀を交えるのも久方振りだ。で、いつにするのだ」

「そうだな。二日後ではどうだ。その日は確か、おぬしもそれがしも互いに非番であろう」

若かりし頃であるが、猛之進と弥十郎は雨宮道場で研鑽《けんさん》を積み、郷田の小天狗と持て囃《はや》されていた。藩内には雨宮道場の他に戸田道場が在る。郷田藩では武芸を奨励する戦国の世の気風が未《いま》だに残っており、武道を好む先は藩主茂貞の君命もあり二つの道場を構え家臣たちを競わせたのである。その為、年に一度、在国中の藩主の前で御前試合を執り行い両道場から選ばれた数名の剣士が立ち合うのだが、雨宮道場には無論のこと戸田道場にも猛之進と弥十郎に敵う相手はいなかった。当時、二人が藩中で竜虎と目され最も技量の優れた剣士であることに疑いはなく、多少の性格の偏《かたよ》りはあれど門弟たちの憧憬の的であったのだ。

その日は朝から青雲相半《せいうんあいなかば》する空模様で、風がある分少し肌寒さを覚える日和であった。

近頃ではあまり顔を出すことのない猛之進と弥十郎が道場に行くと、師範代の宗像《むなかた》小次郎が二人を見つけ相好《そうごう》を崩すと近寄ってきた。板敷の道場には門弟たちの叫び声や気合が響き渡り熱気に溢れていた。

「おぬしたち久方振りではないか。どうだ。城勤めで身体が鈍《なま》っておるのではないのか」

宗像は半分揶揄《やゆ》したような言葉で二人を迎え入れた。

「今日は二人とも非番なので、久しぶりに汗を流そうと思いましてね」

「そうか。それは良い心がけである」

猛之進は弥十郎に目配せすると手にしていた防具を板間に下ろした。

「ところで雨宮さんは……」

「うむ、師範は用事ができて江戸に出向いておる。どうだ、おぬしら……折角道場に顔を出したのだ。わしと手合わせをせぬか。城勤めで錆び付いたであろう腕をみてやろう」

宗像は髭面に笑みを浮かべたまま二人の顔を交互に見てから、猛之進の手にしている刀袋に好奇の目を向けた。

「猛之進……それはもしかすると、おぬしの家に家宝として代々伝えられてきたという郷則重ではないのか」

「ええ……、宗像さんはどうしてそれを……？」

猛之進は驚いた顔を師範代に向けた。

「おぬしの父御《てて》、仁左衛門殿がまだ城勤めをしておられる頃のことだが、それがし一度だけ目にする機会があったのだ」

「そうですか。宗像さんの見立てとしてはどうでしたか」

「ふむ、わしの目利きなど無きに等しいから確かな見立てなどはわからぬが、真贋の是非はともかくとしても、金筋《きんすじ》が仕切りに交わっているのは則重の特徴を露しているとわしは見たがな」

「どうだ。聞いたか、弥十郎。師範代がこのように言うておるではないか」

「猛之進、おぬしにも言ったようにそれがしは別に則重ではないとは言っておらぬ。この目で見てみなければわからぬと申したのだ」

猛之進は弥十郎の言葉を無視したように師範代を見ると言った。

「宗像さん、今日はこの弥十郎とあの時の決着をつけようと思いましてね」

「待て、待て、猛之進……そのような話は聞いておらぬぞ」

弥十郎は顔色を変えると猛之進の言葉を遮るようにして猜疑の目を向けた。

「ほう、それはおもしろい。よし、わしが立会人になろう」

師範代の宗像は興味深そうな顔で頷くと、まるで弥十郎の言葉を聞かなかったかのように竹刀を打ち合っていた門弟たちに顔を向け大声を出した。

「おい、皆……稽古止めいっ！　今からこの二人が試合をするそうだ」

宗像の言葉に気合もろとも打ち合っていた門弟たちは、竹刀を引いて二人の方に視線を向ける。防具を外し各々道場の隅に端座した門弟たちの前に行くと、宗像は口調を改めた。

「皆はこの二人が若かりし頃、当道場で竜虎と呼ばれ感服されていたのは知っておろう。だが、雨宮師範の前で立ち合った勝負が雌雄を決することができなかったのはおまえたちも知るまいの。今日はそのときの決着をつけるために立ち合うと申しておる」

その言葉を受け道場の板間に座った門弟たちの間からは、好奇の目と共にいかなる立会いになるのか期待を膨らませざわめきが広がった。

「宗像さん……それがし、本心を明かせば猛之進とはこの様なかたちで立ち合いなどしたくないとそう思っております」

猛之進は弥十郎に厳しい視線を向けられたがお構いなしと言った態である。

「良いではないか。宗像師範代も立会人になってくれると申されておるのだ。それとも臆したか弥十郎」

「謀《はか》ったな猛之進……まあ、良いわ。おぬしがそれほどまでに望むならこの場で決着をつけるのもかまわぬ。だが、一つ約束をしてくれ。どちらが勝とうと遺恨は持たぬと」

「何だ、貴公……初めから己が勝つような言い種は気に入らんぞ。その言葉はそのままおぬしに返そう。ま……心配いたすな。それがしが勝とうが負けようが遺恨などというものはもたぬ。武士に二言はない」

その言葉が終わると猛之進は床に置いてあった防具を身に着け始めた。

この頃の猛之進としては武士に二言はないの言葉はかなり怪しいものである。

師範代の宗像が頷くと二人は道場の中央に立ち竹刀を構えて対峙した。

先に動いたのは猛之進であった。鋭い気合は道場の羽目板に跳ね返り、その場に端座する門弟たちの鬢《びん》を微かに揺らしたようだった。剣尖《けんせん》は弥十郎の小手をめがけて素早い動きで伸びてくる。打ち込んだと思われた瞬間、弥十郎の竹刀は斜め下に引かれ猛之進は蹈鞴《たたら》を踏んで竹刀が空を切った。その隙をついて弥十郎は切り返した竹刀を猛之進の胴に凄まじい勢いで叩き付けた。だが、猛之進の身体は軽々とした動きで斜め横へ跳躍したのだ。

道場通いから遠ざかってはいたが身体はまだ動きを覚えているようだった。猛之進と弥十郎、二人の互いの攻防を目の当たりにしてその場に感嘆の響《どよめ》きが湧いたが、その打ち込みを躱《かわ》したあと吐く息も苦しげに肩で息をしていた。特に猛之進の方は息も絶え絶えといった風情は見るも無残であった。城勤めにより日頃からの鍛錬を怠っているのは明白であった。これはいかん早めに決着をつけなければならぬと猛之進は思ったのであろう。間を置かず床板を踏み鳴らして続けざまに打ち込んでいった。そのときである。

「勝負あった。一本……」

宗像の甲高い声が道場内に響いた。弥十郎の振り下ろした竹刀が猛之進の横面を強かに殴打したのだった。日々の鍛錬を怠っているのは二人に言えることだったが、猛之進が勝負を急いだことが勝敗を分けたのである。

「もう一度だ、弥十郎……」

猛之進は竹刀の先革《さきがわ》を床に叩きつけると面金《めんがね》の奥でいきり立つ顔を弥十郎に向けた。

「まあ、待て、猛之進……そんなに息が上がっていてはもう戦えまい」

喘ぐように肩で息をしていた猛之進は弥十郎の言葉に暫し躊躇《ためら》いを見せていたが、何を思ったか素直に頷くと師範代の宗像に一礼して防具を外したのだった。素面になった二人の顔からはもうもうと湯気が立ち上っていた。

弥十郎は井戸端で汗を落とし、手拭いで身体を拭きながら立ち合いに負けた猛之進の心情を察してわざと朗らかな声を上げた。

「さて……それでは申し合わせていたとおり、おぬしの家に代々伝わる家宝を見せて貰いたいものだ」

「分かっておるわ。武士の約定を違《たが》えるようなことはせぬ」

猛之進は心中の冷めやらぬ余噴《よふん》を洩らすような口振りであった。こやつ怒りが収まらぬな。弥十郎はその場の様子を見て取ったが、自分が負けていれば猛之進と同じように猛る感情を持て余していたであろうことは承知していた。唯、弥十郎が疎《うと》んじるのは猛之進のそのような内面の心情を隠すことができぬ性格である。

二人は立ち会ったあと道場の近くにある長徳寺《ちょうとくじ》に立ち寄る約束をしていた。長徳寺は猛之進と弥十郎、両家の父祖の代からの菩提寺でもあった。その長徳寺の和尚の前で猛之進は郷則重を弥十郎に見せることになっていたのだ。住持の恵泉は猛之進と弥十郎が元服前の頃から何かと世話を焼いており、縁者のいない恵泉にとって心情的には子や孫を見る目で二人を見ていたのである。猛之進は寺の庫裡で弥十郎と恵泉が見守るなか、持ってきた刀袋の紐を解いて丁重に家宝の佩刀《はいとう》郷則重を取り出した。

「おお、これが相州正宗十哲《そうしゅうまさむねじってつ》の一人に数えられる名工郷則重の一振りですかな」

鞘《さや》から解き放たれ凄みを帯びる刀身を目の前にして、恵泉和尚がため息と共に感嘆の声を洩らしたが、弥十郎は鋭い目つきで黙然と見入っていた。

「どうだ、弥十郎。これが紛い物に見えるか」

弥十郎は見ても良いかと断りの言葉を口にすると、太刀を手に翳《かざ》してみたり水平にしたりと一心に刀身を見ていた。暫くして自分なりに納得がいったのか抜き身を鞘に収めると断言するように言ったのだ。

「確かに拵《こしら》えは見事な出来栄えだ。……だが、これは郷則重ではない」

「何を申すか。おぬし如きに何がわかる。これだけの出来栄えを有した太刀など我が藩中いや、この国広しと言えど他にはあるまい。弥十郎、おぬしの見立てなどあてになどなるわけがないわ」

猛之進は太刀を袋に仕舞い、今にもこの場を後にしようとする気配をみせた。

「待て待て……それがしの言うことが気に障ったのなら許せ。おぬしの言うようにそれがしの目利きが曇っているのかもしれぬ。確かにこれだけの出来栄えを無名の剣に見るのはこれが初めてだ」

弥十郎は息巻く猛之進の気持ちを鎮める為に一応詫びる言葉を口にしてみせたが、本心ではないことはそのあと続けた言葉にも表れていた。猛之進は気色《けしき》ばむと噛み付いた。

「何が無名の剣だ。出来栄えが優れているのは則重の作だという証ではないか」

「地肌を見る限りでは則重と言っても良い。唯、刀身の反りの深さに違和感を覚えるのだ。茎先《なかごさき》の佩表《はきおもて》を見させて貰っても良いか」

少しは怒りも静まったのか猛之進は掠れた声で、よかろうとだけ言葉を零した。

猛之進の許しを得て弥十郎は柄の真田紐を解き目釘を抜くと、柄から外れた茎があらわれた。見ると、そこには則重の銘が刻まれている。

「どうだ、弥十郎。よく見るのだ」

猛之進は勝ち誇った顔で弥十郎を見た。

「うむ、確かに則重と刻まれておるな」

「これでも則重ではないと申すか」

「銘はあるが疑う余地が無いとは言えぬ」

「まだそのようなことを申すか。おぬしは、口にすれば反り反りと言うが……出府のおりに一度しか目にしたことはないのであろう。いずれにしろ、反りなどどうでもよかろう」

「いや、それがしには納得できぬ。確かな目利きの拵え屋に一度見てもらったがよかろう」

「こやつ……ここまで確かなものを見て何を言うか。おぬし、我が家に家宝があるのを僻目《ひがめ》で見ておるのであろう。片腹痛いわ」

「何だと、猛之進。言うに事欠いて僻目とはなんだ。おぬしの方こそ見てもらうのが怖いのであろう。これが則重ではないと言われたときのおぬしの顔が目に浮かぶわ」

向かい合う二人の目尻が吊り上がっていた。今にも刀の柄に手が掛かりそうであった。

「まあ、待ちなされ二人とも。わしが思うにこの太刀が真物でも贋物でもそのようなことはどうでも良いではないか。この刀は家宝として須田の家に伝わってきたものじゃ。それこそ真物というべきものであろう」

恵泉は諭すように優しげな目で交互に二人を見ると、少し考えるように間を置いた。

「のう、猛之進殿と弥十郎殿……おぬしたち二人は幼少の頃からこの和尚がずっとこの目で見守ってきた。そこもとらは藩中でも秀でた剣の遣い手であることは誰しもが認めるところだ。しかし、じゃ……長ずるものが剣だけでは武士として傑物とは言えまい。勿論、太平の世とは言え文弱の徒と言われては藩……いや己を守ることさえ覚束ぬよの。しかるに、おぬしら二人に欠けておるのは他人を思いやる気持ちじゃ。それがなければ常に人と争うことになる。況《ま》してや、おぬしらは既に隠居した父御《ててご》の跡を継いで城勤めの身ではないか。いつまでも元服前のような気持ちでいては父御《ご》や母《はは》御が安穏とした余生を送れぬぞ。どうじゃ、弥十郎殿。これはそこもとが言い出したことじゃ。それに義兄としての立場もあろう。ここはおぬしが鉾を収めねばなるまいて」

恵泉を見詰めていた弥十郎の細い目から怒りが失せ顔付は少し穏やかになった。

「ふむ、和尚の申されるとおり、それがしの言い種も大人げないものでござった。猛之進、たかが知れた刀ひと振りのためにこのように争うこともなかろう」

「ふっ……何を申すか。元を正せばおぬしが言い出したことであろう。それに、我が家宝をたかがひと振りとは何だ」

憤る猛之進を無視するように弥十郎は言葉を継いだ。

「江戸表に居た頃のことだが……幕府の足元である市井の町人共は刀を人斬庖丁と呼ぶ輩もおるくらいだ」

「それが何としたのだ」

「であるからにして……刀などというものは家宝とするには無用の長物ではないのか」

弥十郎はそう言ったあと、自分の口にした言葉が面白かったのか口辺に笑みを漂わせた。

その横で恵泉和尚が笑い声を上げた。

「いやいや、これまた無用の長物とはよく言ったものじゃ」

「和尚までもが我が家の宝刀を愚弄する気でござるか」

猛之進は凄みを利かすと恵泉を睨んだ。

「さてさて……猛之進殿。その様に怒りを表に出してばかりいては治まるものも治まるまい。少しは高ぶる気持ちを抑えるがよかろう。片意地を張ってばかりいてはつまらぬことで我が身を滅ぼすことにもなりますぞ。ここはお前様の奥方の兄である弥十郎殿の顔を立てて身を引きなされ」

恵泉から諭すようにそう言われると、流石に猛之進もこの場は憤りを抑えるしかなかった。

二人は寺の庫裡《くり》を後にしたがそこから見える参道に人影はなく、既に辺は日が落ちて薄闇が漂い始めていた。

山門の前にまで来るとくるりと背を向け、無言でその場から立ち去ろうとする猛之進に弥十郎は声を掛けた。

「猛之進……おぬし、このままでは気持ちも鎮まらぬであろう。少し付き合わぬか」

「付き合う？……どこへだ。これか？」

猛之進は盃を呷《あお》る真似をした。城勤めになる以前には二人で居酒屋によく通っていたのだが、この二人が一緒に飲むと必ずと言って良いほど喧嘩口論になるのだ。斬り合いにまでなりそうになったのは一度や二度ではない。その度に周りが諌《いさ》めるのだが、それを幾度か目にしている居酒屋弥勒の主人は、店の入口で二人の刀を預かるようにしていた。

預けなければ酒は飲ませないということである。

「おぬしとは暫く一緒に飲んではおらぬではないか。たまには良かろう。それがしが相手だ。少しばかり遅くなろうと瑞江も気にはすまい」

「うむ、そうだな。よかろう弥十郎……おぬしと盃を交わすのも久方振りだからな」

ここまでは良かった。二人がこのままこの場で別れていれば何事も無かったのだが、猛之進は酒と言われて断ることはできなかった。弥十郎も酒には目がないのだが、それにかこつけて何かを論じることが二人は好きなのだ。とは言うものの、最初は互いに相手の話は聞いているのだが、二人の性格から次第に押し問答になるのは必然的だと言えよう。

そこに刃物でもあれば刃傷沙汰になるのは自明の理である。今まで二人が斬り結ぶことにまで至らなかったのは己が家のことを考え互いに自制し、彼らなりにその先を見据えていたのは間違いないことであった。幕府が私闘を禁じる触れを出していたことから藩としても私的な果たし合いを禁じており、事が露見すれば喧嘩両成敗として互いの家に何等かの処分が下されることは明らかで、軽くても減俸、悪くすればお家取り潰しという厳罰を科せられるかも知れないのである。

「弥十郎……貴様、それがしよりも少しばかり腕が上だと思うておるのであろうが、それは道場での棒振りではのことだ。真剣で立ち合えばわからぬぞ」

赤く濁った目で猛之進は、徳利の乗った食膳を前にした弥十郎の顔を覗くようにして見た。

「おぬし、酔っておるな。それがしはおぬしのそういうところが気に入らんのだ」

「そう言うところとは何だ」

「それそれ……己の手並みが見えていないところよ。真剣にて立ち合おうともその先は自ずと知れておるということだ」

「言いおったな、弥十郎」

猛之進はいきなり立ち上がろうとして腰を浮かせたが、足元がふらついてその場に腰を落としてしまった。

「それみろ。酔って足元も覚束無いではないか」

「何だと、おれが酒に呑まれたとでも言うのか。そう言うおまえはどうだ。ほれ、盃を持つ手が震えているではないか」

互いに口にする言葉が乱暴になってきている。

「何を言うか。おれはおまえのように柔な五臟六腑は持ち合わせてはおらぬわ」

弥十郎はそう言ってから、止めておけば良かったのだが、酩酊した頭でこれも言わねばならんと思ったのだ。

「それに……だ。おれはおまえのように贋作を家宝などとは言わぬぞ」

「おい、ちょっと待て……貴様……今、何と言った。ん……もう一度申してみよ。聞き捨てならん言葉を口にしおったな」

「おお、何度でも言ってやるわ。あの太刀が郷則重などとは笑止千万片腹痛いわ」

二人とも完全に目が据わっていた。ここが居酒屋弥勒であれば刀は預けてあったのだが、この日に限って場所が違っていたことが行き着くところの明暗を分けたのである。

大声で罵り合う声が板場にまで聞こえ、女将が何事かと血相変えて駆けつけてきた。

「お武家様……子細は存じあげませんが、ここでの無理無体な振る舞いは何卒ご勘弁をお願い致します。他のお客様のご迷惑になりますので……」

常日頃から客同士の争いごとなど慣れているのであろう。女将は怖れる様子もなく毅然とした態度で諫《いさ》める言葉を口にした。

「ふむ……心得ておる、女将……心配いたすな。このような場所で騒ぎは起こさぬ」

猛之進は弥十郎をじろりと見据えると、殺気立つ気持ちを露に外に去《い》ぬぞと顎で示した。

「おう、望むところだ」

二人は立て掛けてあった刀を腰に帯びると、尚も留め立てしようとする女将の足元にこれで足りるだろうと一分銀《いちぶぎん》を放った。

「お待ちください、お武家様。何があったのかは存じ上げませんが、ここは穏便に済ますことは出来ませんでしょうか」

女将は気丈にも二人の間に割って入ったのだった。

「女将……その方が知ったことではない。口出しをするな」

「いいえ、引きません。どうでしょう。今宵はお酒が入りお気持ちが高ぶっておいでのようです。酔いが覚めれば笑って済ますこともできるのではないでしょうか。後日もう一度お話しになったらいかがでしょう。今日のところはわたくし共にお任せになって……」

「だまれっ！　町家の女風情が我ら武家のことに口を出すなど以ての外である」

こうなってしまうと弥十郎という男は猛之進よりも厄介だった。今にも抜刀しかねない勢いである。たかが知れた飲み屋の女子《おなご》がと、却って弥十郎の屈折した矜持《きょうじ》に火をつけてしまったのだ。弥十郎のあまりの剣幕に女将は蒼白な顔になると後退った。

「猛之進、去ぬるぞ」

弥十郎の言葉に猛之進は気負う気持ちを抑えるように無言で頷いた。

二人は足音も荒く三和土《たたき》に立つと血相を変えて表に出た。何事かと通りに出てきた町人たちが殺気立つ猛之進と弥十郎を見ると、押し返されなくても慌てて道を開けた。

「弥十郎、ここで立ち合うのは拙い。奉行所に走られ邪魔が入るやもしれぬ。今から誓願寺の境内にまで行こうぞ。あの場所でなら無住の寺で人などおらぬ」

「うむ……承知……」

猛之進は物見高い野次馬を尻目に頷く弥十郎と共にその場を後にした。

境内は満天の星明かりに照らされ、上部を失くし見方によっては地蔵のように見える石灯籠もはっきりと目に映った。

「猛之進……これは藩に届け出てはいないから正式な立ち合いとは認められず、私闘と見做《みな》されよう」

「それがどうした弥十郎」

「我らのどちらが勝っても互いの家に得になる話ではない。この場に立ち合いを見届ける者が居たほうが良いとは思わぬか、猛之進」

「いまさら何を言っているのだ。どこにそのような者がいるというのだ」

「今一度町中に戻り誰か見届ける者を探す気はないか」

ここにきて弥十郎としては筋道立てて物事を考える冷静さが戻ってきたのだった。

「おぬし、そのようなことを言って逃げる気ではあるまいな」

「馬鹿を申せ。おぬし如きに遅れを取るとは微塵も思っておらぬわ」

猛之進の言い種が再び弥十郎の闘争心に火をつけたのである。今まで幾度となくこのような事態に発展したことはあったのだが、この日は家宝である刀の真贋を見極めようとする争いのうえに道場での立ち合いもあり、互いに引けぬところにまできてしまっていたのだ。

「よし、それでは始めようではないか」

「まあ、待て」

「何だ。まだ何かあるのか。おぬし、臆《おく》したか」

「そうではない。おぬしの奥方のことを言っておるのだ」

「瑞江がどうかしたのか」

「おぬしが家に戻らぬようなことがあったらと考えたのだ」

「貴様……おれが負けるとでも言うのか。瑞江はおまえの妹だとはいえ今はそれがしの妻だ。たとえそれがしが斬られることになったとしても、武家の妻としての覚悟は出来ておろう。いらぬ気配りなどせぬことだ」

　弥十郎としては猛之進の気持ちを少しでも揺さぶろうとしたのだが、余り効果はなかったと言えよう。剣士としての二人の身体からは、先ほどまであった酔いは消え失せていた。

「わかった。では……始めるか」

　二人は履いていた下駄を脱ぎ飛ばし足袋跣《たびはだし》になると、大刀に反りを打たせ白刃を引き抜くと暫し無言で対峙した。互いに正眼に構えるとじっと動かず相手の出方を見ているようだった。弥十郎がいきなり横につつっと動いたが、猛之進はそれに乗ずることなく剣尖をゆっくりと合わせて付いていった。弥十郎が正眼から八双に構えを変えたと思った瞬間、夜陰を裂く気合と共に鋭い打ち込みが猛之進を襲った。ガキッと鋼同士が渡り合う固い音が月下の薄闇を引き裂き辺に響き渡った。猛之進の抜き身が弥十郎の刀身を棟で受けたのだ。弥十郎は構えを上段に素早く戻すと横殴りに剣を振るった。その時である。猛之進の猛打するように打ち下ろした刀身が弥十郎の刀の棟を叩いたのだが、鍔元二、三寸のところからまるで飴細工ようにぽきりと折れたのである。弥十郎は一瞬あっと声を上げたが、直ぐに後ろに飛び下がると脇差《わきざし》を引き抜いた。それから気息を整えるように長い息を吐くと再び猛之進と対峙した。弥十郎はどことなく先ほどよりも落ち着いたように見えた。それをみて猛之進は直ぐに思い出していた。弥十郎の家は祖父が鳳鳴流小太刀の遣い手である。猛之進の妻瑞江も小太刀を能《よ》く遣う。当然のようにそれは瑞江の兄、弥十郎にも言えることであった。鳳鳴流小太刀、何するものぞと気負い立ったが迂闊には踏み込めなかった。

瑞江がまだ十二歳くらいの頃のことだったが、兄の弥十郎と一緒に道場に顔を出したことがあったのだ。猛之進と弥十郎が竹刀で立ち合うのを道場の片隅で見ていた瑞江は、突然、――兄様っ、横面！――と大きな声を出したのだ。

猛之進は今にも弥十郎の面を打とうとしていたところを、その声によって気勢を削がれ剣尖《けんせん》が逸れたのである。そのおかげで弥十郎から返しの抜き突きを咽喉の辺りに決められ痛い目にあった。瑞江は幼いながら猛之進の繰り出す技の先を読んだのだ。そこに軽い驚きと女だてらにと分際不相応をなじる気持ちが綯交《ないま》ぜとなり、膨れ上がった怒りは弥十郎に向けるしかなく、そのおかげでその日は一本もとることが出来ずに散々な目にあったのだった。それから数年後、猛之進は美しく成長した瑞江を眩しげに見ることになる。暫くして瑞江と一度道場で立ち合う機会があった。瑞江から望まれての立ち合いだったが、三本のうち最初の一本をとられ猛之進としては女を相手に面目を失う結果となったのだ。後で聞いたのだがその頃、瑞江は鳳鳴流小太刀の中目録を授与されていた。しかし、そのことが猛之進にとっては何の気晴らしにもならなかったことはここに記しておく。その後、両家の間で瑞江との婚姻話が進み、二人は夫婦になったのである。

真剣での立ち合いは刀の長短では雌雄を決し得ない。無論のこと、それは日頃の積み重ねた鍛錬の上に言えることなのだが、振り下ろされる白刃を掻い潜り、いかに踏み込みを恐れず素早く間合いを詰めることができるか、真剣では並々ならぬ豪胆さが求められるのだ。撃剣の争闘は相手よりも先に踏み込んで白刃を見舞うか、それとも後の先をとり、打ち込みの隙を見て相手の気勢を削ぐかはその時の流れであった。

弥十郎の構えを油断なく見詰ながら、数年前の瑞江と三本立ち合ったうちの取られた一本を思い浮かべていた。踏み込みは浅かったが横面を打つと見せかけて、そのまま の勢いで剣尖は見事に猛之進の小手を捉えていた。女だてらにとみて甘く見たわけではなかったことが猛之進を余計に狼狽《うろた》えさせたのだが、残りの二本は藩内で小天狗と呼ばれている技量でもって何とか勝ち取ったのである。最後は手加減をしない面金《めんがね》が曲がるほどの強烈な面を打ち込み、瑞江は脳震盪を起こして暫く起き上がれなかった。道場の床に立てば女も男もない。勝つか負けるかである。

猛之進は誘いの技をいくつか繰り出してみることにした。

弥十郎はその誘いに乗ってはこなかったが、代わりに間合いの内に入ると鋭い突きを猛之進の胸の辺に二度三度と振るった。それが意外と伸びて猛之進の着物を切り裂いたのである。弥十郎は猛之進の考えていた通りの動きをみせたのだ。猛之進は胸から下はがら空きになる上段に構えて弥十郎を誘ってみる。そこに罠が待ち構えていることは弥十郎も承知しているだろう。二人は道場で数えきれないほどの手合わせをしており相手の繰り出す技は知り尽くしているのだ。猛之進は弥十郎の足元を見ていた。鳳鳴流小太刀は相手が上段に構えていれば振り下ろす刃を掻い潜り、突き技を見せて下から上に抜いてくると読んでいた。僅かに口中を潤す唾液をごくりと嚥下《えんか》したときである。弥十郎の足袋跣《たびはだし》の爪先がぴくりと動いた。その瞬間、腹の底から押し出す気合と共に弥十郎の刀身が月光を帯びてぎらりと光った。案の定、弥十郎は刀身を突くと見せかけ、詰めた間合いを更に深くすると片膝を付き切っ先を上向きにして斬り上げたのだ。目にも止まらぬ早業であった。だが、先にそれを読んでいた猛之進は後ろに跳びながら脇差を引き抜くと弥十郎めがけて投げたのである。弥十郎の顔が驚愕の表情に変わると、自分の腹に刺さった脇差を信じられないものでも見たような顔付きで見詰めた。

「ひ……卑怯な……脇差を投げるとは……」

「命の遣り取りに卑怯などと言うことはないわ。何をしようと勝てば良いのだ」

「猛之進……この様な武士の風上にもおけぬ卑劣な真似をしおって馬鹿な奴だ。これでおぬしの家も破滅よ」

「どちらにしてもそのようなこと端から承知しておるわ。おぬしさえいなくなればそれがしそれで気持ちは満たされるのだ」

全てが本心ではなかったが、口から出る言葉を猛之進は抑えることができなかった。

「猛之進……おぬし、それほどまでにそれがしを疎むのは何故だ」

「……」

「どうした。わけを言え」

「おぬしと反りが合わぬは昔からだが、正直なところ自分でもよくは分からぬ。おぬしの方もそうしたものであろう」

「ふむ……瑞江をおぬしに嫁がせる話がでたとき、父御や母御はともかくそれがしは不承知であった。それはおぬしのその生まれついての曲がった性根だ。何れは瑞江にとって災いとなるに違いないと思っておった」

「何を申すか……おぬしにそれがしの品性を言えたことか。お笑い種だ。地金の悪さはお互い様ではないか」

「こやつ、何を言うか……今更ながら……それがし悔やんでおる」

「冥途の土産に聞かせてやろうではないか。おぬしは知らぬであろうが、弥十郎。鳳鳴流小太刀が破れたのは、それがし以前に瑞江と立ち合ったことが役に立ったのよ」

弥十郎は腹に刺さった脇差を最後の力を振り絞って引き抜くと、悪鬼の形相になり猛之進の言葉が終わらないうちに走り寄ってきた。すれ違いざまに二人の剣が閃くと弥十郎の持っていた脇差が音を立てて地面に落ちた。猛之進の振り下ろした刀身が、弥十郎の腕を握っていた剣もろとも断ち斬ったのである。弥十郎はそのまま地面に突っ伏すと二度三度と口から夥しい血を吐き動かなくなった。

潜《くぐ》り戸の前に立つと猛之進は暫し躊躇《ためら》いを見せていたが、長い息を吐くと思い切ったように屋敷の中に足を踏み入れた。玄関先に立ち主人が戻ったことを告げるまでもなく、気配を知った若党《わかとう》の太一郎が間を置かずして現れた。太一郎はこの家に長く居る若者で、猛之進とは子供の頃から一緒に育った弟のような存在であった。若党は士分とはいえ、家の奉公人に近い存在である。隠居した父の仁左衛門の代に仕えていた与六という奉公人の息子で、与六が亡くなるとそのまま須田の家に若党として仕えることになったのだ。

「旦那様……何かあったのですか？」

猛之進の尋常でない雰囲気を感じ取ったのか緊張した様子が在り在りと顔に出ている。

「よい……心配いたすな」

「は……しかし……」

「どちらにしても明日の朝にはわけを知ることになろう。今宵は下がって休め」

太一郎が持ってきた水桶で足を洗っていると背後から妻の瑞江の声がした。

「おまえ様、こんなに遅い時刻まで……何かあったのですか」

猛之進は上がり框に立つと眉を顰《ひそ》める瑞江の顔をじっと見詰めた。

「たった今、人を斬ってきた」

「何があったのです。お斬りになったのは一体誰なのですか」

刀も預けず足早に奥の部屋に向かう猛之進の後ろを歩きながら、気丈にも瑞江はそう訊いた。猛之進は座敷に入ると忙しげに大小の刀を刀掛けに置き、出し抜けに瑞江の手を取った。

「来い……瑞江」

「……」

猛之進が寝間の襖を開けたとき、瑞江は主人の心意を汲み取った。部屋にある行灯《あんどん》には既に火が灯り、そこに敷かれた夜具を艶かしく照らし出していた。

「おまえ様……只今身支度をして……」

「身支度などせずともそのままで良い」

猛之進はそう言いながら息遣いも荒く袴を脱ぐと、瑞江を布団の上に押し倒して帯も解かず着物の裾を捲り上げたのである。

暫くして慌ただしい行為が終わったとき、瑞江はその最中に声を立てたことを恥じていた。いつもとは違う夫の荒々しい営みに、不覚にも快楽が極まり四肢がしびれたようになり堪《こら》えきれなかったのだ。激情が過ぎ去り猛之進が離れると、瑞江は急に己の白い下肢が今まで悦びに打ち震えていたのを汚《けが》らわしく思えた。起き上がり急いで身繕いをすると硬い表情で行灯の灯りを見詰める猛之進の前に座った。

「良いか、瑞江……心して聞くのだ」

猛之進のそれらしい様子がどことなく捨て鉢に見えるのを、瑞江は不安な面持ちで受け止めようとしていた。

「まさか……？」

「うむ、その……まさかだ。わしが斬ったのは弥十郎殿だ」

瑞江は兄の弥十郎が斬られたことを知り愕然としたが、直ぐに平静さを取り戻すと猛之進に詰め寄った。

「一体、何があったのです。ええ、おまえ様と兄者の気性を知れば、何れはこのようなことになるのではないかとそう思わないわけではありませんでした。ですが……何があったのかは教えていただきとうございます」

目尻を釣り上げそう訊いた。瑞江も気性の激しい女子《おなご》であった。それは弥十郎と同じ谷口の家の血を分けたる者の証でもあろう。

「争いの因《もと》は我が家の宝刀郷則重だ。弥十郎はわが家に代々伝えられてきた郷則重を紛い物だと言いおったのだ」

瑞江は、そのような瑣末《さまつ》な事で斬り合いをと、喉元にまで出掛かった言葉を飲み込んだ。瑞江の目の前に居る夫の猛之進には些細なことではないのだ。そのうえ、猛之進にとって弥十郎は天敵とも言える存在である。同じように弥十郎にしてもそれは言えたことなのだが、事何かあれば口実などというものはどうにでもなろう。今の今に至るまで何事も無かったことの方が不思議なくらいなのだ。

「瑞江……言いたきことがあるのなら言うがよい。今聞いておこう」

「いいえ、わたくしは須田の家の者です。おまえ様の振る舞いはわたくしの振る舞いなのです。それに、須田の家に輿入《こしい》れたときからある覚悟を決めて参りました」

「覚悟……何だそれは……」

「両家に何事か起ころうとも、わたくしは須田の家を決して裏切るまいと誓を立て輿入って参ったのです」

「ほほう、それは結構なことだ」

この時代、婚姻には互いに好き嫌いなどの感情は余計なものであった、況してや武士の家ともなれば世継ぎを重要視しており、女子は子を産む道具に等しいものであったことは是非もないことである。

「おまえ様……大目付の村上様にはお届けになるのですか」

「いや、届け出はせぬ」

「それではどうなさるおつもりなのです」

瑞江は思わず咎め立てる様なきつい口調になる。

「どうするも何も……藩では私闘を固く禁じておるのはそなたも承知しておろう」

「はい、届け出れば何らかのお咎めは免れないとおもいます。まずは良くて両家に閉門。悪しき事となれば、喧嘩両成敗にておまえ様はお腹を召すことになるやもしれませぬ。そうなれば須田の家は断絶」

瑞江の目から見た猛之進の顔が歪んだように感じられた。

「どちらにしても須田の家が滅ぶのは免れまい。この場でそれがしが腹を切れば谷口の家はそのままで済むかもしれぬな」

猛之進はそう言ったまま懐手《ふところで》をすると目を閉じた。暫くじっと考え込むように沈黙した後、目蓋を開けると意を決したように言い放った。

「わしは出奔《しゅっぽん》する。それが一番良い方法だ。弥十郎を襲ったあとそれがしが藩を出奔したとご重役方が知れば谷口の家には何の沙汰もあるまい。咎めは我が須田の家だけで済むであろう」

猛之進にしては意外な言葉を口にしたのだ。瑞江は内心で驚いていたが、そうしてもらえればとひとまずは安堵したのだった。まさか猛之進が谷口の家のことまで気にしていたとは思わなかったのである。

「脱藩をするというのですか。そうなると藩では討っ手を差し向けますよ」

「小賢《こざか》しい……藩の討っ手など尽《ことごと》く返り討ちにしてくれるわ」

猛之進は顔面を朱に染めると額に青筋を立て吐き捨てるように言う。瑞江は先ほどからもう一つの考えを言おうか言うまいか迷っていた。

「もしかすると……仇討となるやもしれませぬな」

「うむ、それも良いであろう。仇討となればそなたの……谷口の家ではわしを討つためには誰が参る。まさか奥方というわけにもいかぬから弟御の万次郎殿……か。あの御仁ではそれがしを討つのはちと難しかろうな」

猛之進は、それとも……と、一人ごちるように口にしてから、瑞江に一瞥をくれると後の言葉を濁した。

「須田の家がそのようなことになれば、お父上様はどのように……」

「隠居殿か……父上は腹を切るかもしれぬ。母上が亡くなってからはあのような落込みようだ。自裁《じさい》は止めようもあるまい。弥十郎にも言えることだが、我らに子が授からなかったのが幸いしたようだな。もう一度訊くが……瑞江、そなたは何か申すことはあるか」

「おまえ様がその様にお覚悟を決めておいでになるのなら、わたくしが言葉を挟む余地などございませぬ。どうぞおまえ様のお考えどおりになされませ」

「そうか。では明日の朝暗いうちに国境《くにざかい》を越えることにいたそう」

「おまえ様……一つだけお聞かせ願いたいのですが……」

「ふむ……何だ。申してみよ」

「兄の弥十郎殿とは尋常《じんじょう》な立ち合いでございましたでしょうね」

猛之進の形相が一変すると顔色が赤黒く染まった。

「何を申すか、瑞江。主人《あるじ》のわしを疑うのか」

「いえ、それならばようございます」

瑞江はそう言ったが夫の素振りから、胸の中に居座った懐疑的な思いが黒い塊となって離れようとはしなかったのである。

兆し

店賃《たなちん》の催促をしに来た大家の吉兵衛が帰って行く後姿を見ながら、ふと出奔した国元のことが猛之進の脳裏に浮かび上がった。月日が過ぎるのは早いもので、あれから二年の歳月が過ぎようとしている。江戸に着いて身の置き場所を見つけても懸念は払拭できず、郷田藩江戸藩邸の様子を窺ったりしていたが、今になっても国元から討っ手が出府したそれらしい気配はなかった。藩が差し向ける討っ手が誰なのか凡その見当はつけているのだ。頭に浮かぶ相当の剣の遣い手は郷田藩にも何人かはいる。だが、手練《てだ》れといわれる男たちが何人差し向けられようと手当たり次第返り討ちにしてくれよう。脱藩し落ちぶれようとも国元では小天狗と持て囃《はや》された一頃もあったのだ。その当時に比べ腕の覚えに多少の衰えがあろうと、弥十郎という遣い手がいなくなった今、猛之進は恐れる者などいないに等しいと思えるほどの自信に満ちていた。当然それは積み重ねてきた剣技に裏打ちされたものでもあった。果たして討っ手は身近に迫っているのだろうか。それとも国元で変事が起こり、猛之進ごときに構ってはおられなくなったということなのか。いや、それはあり得ぬことだ。藩が討っ手を差し向けることを躊躇《ためら》おうとも、谷口の家では弥十郎の仇討をしなくては生き恥を晒《さら》すことになる。また、藩もそれを許さぬであろう。戦国期の慣わしが今尚残る郷田藩としては武門の一分《いちぶん》が立たないからだ。それに、あの谷口の家が弥十郎の仇討を諦めるようなことは決してあるまい。来るのは弥十郎の弟万次郎に違いなかろう。彼《か》の男など何人来ようと物の数ではない。藩では助太刀をと考えるやもしれぬ。来るなら来れば良い。万次郎に助勢する者がいかに行く手を阻もうと片っ端から斬り捨ててやる。それに、谷口の血筋に弥十郎に勝るとも劣らぬ剣の遣い手がいるとは聞いたこともない。

しかし、そうは思ってみても、気になることがないわけではないのだ。それは国元に残してきた瑞江である。妻として気になるのではなかった。猛之進は瑞江を剣客としてみているのだ。瑞江は鳳鳴流小太刀の遣い手として中目録を授与されていた。そのことがどうだと言うわけではない。気に掛かるのは、瑞江が祖父から谷口の家に伝わる鳳鳴流不敗の剣を授けられたと耳に挟んでいることだ。今の所その技が負け知らずかどうかは知る由もないが、大仰《おおぎょう》に不敗と名付けられたからにはそれなりのものなのであろう。

須田の家に瑞江が嫁して数年経ったとき、好奇心からではあるが訊いてみたことがあった。すると流派にそのようなものがあるとは耳にしたことはないと言う。瑞江の返事はにべもないものであったが猛之進は言葉通りそれを鵜呑みにしたわけではなかった。いずれにせよ、どのような剣技であろうとも斬り伏せてやるだけだ。鳳鳴流小太刀不敗の剣などとは笑止……武州が江戸に近いとは言え、たかが知れた田舎剣法など何するものぞである。

そう思う傍ら日々の方便《たつき》にも困る猛之進であった。江戸に出てから半年ほど前まではある道場の師範代を勤めていたのだが、突然現れた道場破りに負けてそこに居られなくなったのだ。とは言うものの、それは表向きのことで道場破りとは結託しておりまんまと五十両の金をせしめ二人で山分けにしたのである。先立つものは金である。国元を出奔するとき三十両の金子《きんす》を懐にして出たが、道場の師範代という仕事を得て油断したのだろう。気がついてみると重ねた歳月で使い切ってしまっていたのだ。そこで考え出したのがこの企てであったが、悪銭《あくせん》身に付かずとはよく云ったもので知らぬうちに消えてしまったのだった。

家宝の一振《ひとふ》り郷則重は肌身離さず持ってはいたが、これを質草にしようかと幾度考えたことか。国元から変わらず腰に挟んでいた大刀は疾《と》うに竹光に変わっていた。それだけに敵に遭遇したときのことを考えると、則重を手放すことなどできるわけもなかった。だが、目の前に五十両の大金があるのだ。そう思えば貧窮のどん底にいる身としては、その誘いに屈しないでいるのは極めて困難だった。長屋暮らしには慣れたが食うや食わずである。追っ手が現れたときに力が出せず斬られたのでは何にもならない。それにこのような状況の中にいてはそうなるまえに病にも取りつかれ兼ねない。寝転がっていた猛之進は半身を起こして暫く考えていた。どのくらいの値がつくのか聞くだけ聞いてみても損はあるまい。

加えて、弥十郎が執拗なほど言っていた刀身の反りも気になるところである。

起き上がったが少しふらついて足元が覚束無い。昨日から食べ物らしい食べ物を口にしていないのだ。米の残りはあと僅かであるのは米櫃《こめびつ》を覗かなくても承知している。何とかしなくては仇討を迎え討つどころか飢えて死ぬことにもなりかねない。長屋の者たちとは隣の大工夫婦を除けばあまり付き合いもないので、大方の住人は偏屈な浪人者だと思っていることだろう。尾羽打ち枯らす浪人者が町人に食べ物を分けてくれと言うのもお笑い種《ぐさ》である。口入れ屋に顔を出し慣れない仕事でも探すかそれとも辻斬りでもというところにまで猛之進は追い込まれていたが、流石に盗っ人まがいのことをしてまで方便の糧とする気はなかった。その気になればこの広い江戸には食う為の手段はいくらでもあろう。しかし、猛之進のできる仕事といっても用心棒くらいなものだ。もう一つ道場破りという手もある。そう考えて少しばかり目の前が明るくなったような気がしたが、よく考えればそれも簡単ではないことに気付かされるのだった。

江戸には士学館の鏡新明智流《きょうしんめいち》、伊庭是水軒秀明《いばじょすいけんひであき》が開いた心形刀流《しんぎょうとう》、樋口定次が確立し伝えたと言われる真庭念流《まにわねん》などの流派が顔を揃えていた。名のある道場にはまず顔は出せない。勝てる見込みがないとは言わないが、そのようなことより、どこの馬の骨とも分からぬ輩など相手にもしてもらえず門前払いである。

幕府の御膝元には名も知らぬような様々な流派が数多く道場を開いていた。道場主は先ず初目録に相手をさせる。負ければ中目録授与者、次に師範代と相手をさせて勝てぬ場合は奥座敷に通し、何がしかの金子を与え体よく追い払うのである。道場主が負けなければ流派の面目は保てるのだ。それだけに、道場に押しかけ負けるなどすれば袋叩きにあうのは覚悟しなければならない。

猛之進はこれまでに二度ばかり他流試合を挑んだことがある。二度とも一両ばかりの小判を懐に収めたが、その頃は未だ国元から持って出た金子が底をついておらず、腕試しということでもあり食うための道場破りではなかったのだ。他流試合をするには下調べが大事である。師範代に勝てなければ、簀巻《すま》きにされ大川にでも浮かぶことにもなりかねない。

勝てそうなところを探さねばならぬと猛之進は思った。それには、まずは腹を満たさなければ動くこともままならないと思い、再びその場に崩れるように座り込んだのだった。

その時である。誰かが長屋の戸を叩いた。

「須田様……須田様、おりますか」

戸口の前で猛之進を呼ぶのは聞き慣れた大家の吉兵衛の声であった。

「何だ。吉兵衛か。つい先だっても申したが店賃は払えぬ。無い袖は振れんぞ」

猛之進は立ち上がる気力もなく着物の袖をばたばたと振ってみせながら、板戸の向こうにいる大家にそのままの格好で返事をした。

「店賃の催促にはこのあいだお伺いしたばかりですから、いただけないのは承知しておりますですよ。その事とは別にしてお話があるのでこうしてやってきたしだいです」

「店賃以外のことなら承知した。心張り棒など掛かっておらぬからいつでも入ってまいれ」

「はいはい……それじゃあ、ごめんなさいましよ」

吉兵衛は狸に似た顔を覗かせ、臆面もなく平土間にずかずかと入ってくると上がり框《かまち》に腰を下ろした。平土間とは言っても猫の額ほどの広さしかないのだが……。

「して……用というのは何なのだ」

「須田様……ご無礼かとは存じますがお顔を拝見しますと、ここ暫くお食事らしいお食事をしてはいないご様子でいらっしゃるのでは……」

やはり見る者が見れば直ぐにわかるほどのうらぶれ様なのだ。

「何を申すか、吉兵衛。この江戸では武士は食わねど高楊枝《たかようじ》などと申すではないか。いや、などと強気なことも言ってはおれぬ。実を申すとその方が見たとおりだ。米櫃も空で困窮に耐え忍んでおるというのが本当のところだ」

猛之進は江戸へ出てから己の性格が変わったのではないかと感じていた。国元に居たころは他人の言うことなど聞く耳を持たず、日ごろ誰彼構わず争い事ばかりを繰り返していたような気がする。それが今ではどうだ。長屋を取り仕切る大家だとはいえ、町人の吉兵衛にあのような口の利き方をされようと腹も立たぬではないか。

「わかりました須田様。今日、参りましたのはですね。貴方様のやっとうの腕をお借りしたいというお店《たな》があるのでございます」

吉兵衛は手刀で刀を振り回す仕種をした。

「ふむ……わしの腕とな……」

用心棒でもしなければと思っていた矢先、向こうから話が転がり込んできたようだった。

「はい……玉乃屋というわたくしの知り合いが商いをしておりますお店の用心棒をお引き受けになって頂きたいと思いまして、こうして急ぎやって来た次第でございます」

「ほほう、玉乃屋と言えば両国広小路にある呉服問屋のことかな」

「はいはい、そうですよ。よくご存じでございますな、須田様」

「わしが道場の師範代をしていた頃によく通った道だ。あの辺にはそれがし詳しいのだ」

「さようでございますか。それは話が早うございます。近頃では質《たち》の良くないご浪人様が増えておりまして……あ、貴方様のことではございませんですよ」

吉兵衛は慌てて掌を振ってみせた。透かさず猛之進は……溜めている店賃も払わぬ質の悪い浪人者かの……頭に浮かんだ戯言を言おうとしたのだが止めておいた。狸顔の上に髪に霜を置く大家の吉兵衛にこの手の冗談が通じるとは思えなかったからである。

「昨今、あのあたりも物騒になりましてね。暗くなると歩くことさえままならないようになったのでございますよ」

「それで……わしの腕を必要としておるのはどのような事なのだ」

「はい、実はでございます。玉乃屋に押し込もうとしている連中がいると言うのですよ」

「それは確かなことなのか、吉兵衛」

その話を聞いて猛之進は少し不安になった。

「盗賊一味が多勢で押し込んでこられては、わし一人ではちと厄介ではあるな。それに、そのような話は奉行所に持っていったがよかろう」

「駄目でございますよ。お役人様というのは、いつ押し込んで来るのかわからない連中を待つようなことはいたしませんのです」

吉兵衛は顔の前で打ち消すように大仰に手を振ってみせてから、猛之進の不安を見透かしたように小さな丸い目を無理やり目一杯見開いた。

「ああ、そのことでしたら、大丈夫でございますよ。須田様お一人というわけではございませんから……」

「ん……誰ぞ、わしの他にも口を利いておるのだな」

「はい、さようでございます。盗賊というのは大概は多勢で押し寄せると言いますから、須田様お一人にご迷惑をおかけするというわけにはまいりません」

吉兵衛は猛之進一人だけでは信用できないとは言わず上手い言い方をした。

「さようか。うむ……ま、そうであろうな。して、その手間賃はどれほどなのだ」

「はい、一番肝心な話を先にしなければなりませんでしたな。押し込みがいつ来るのかは確かなことではございませんので、どのくらいの日にちを玉乃屋に詰めていただくことになるのかはわかりません。ですが……一日二分は出せると聞いております。あ……それから首尾よく防いで頂いた暁にはお一人様に十両の手当が出ます」

命が掛かっているわりには少しばかり安過ぎるのではないのかと思ったが、喉元にまで出掛かった言葉は躊躇わずに飲み込んだ。この際文句を言える立場ではないのだ。

「それで……玉乃屋にはいつから詰めることになるのだ」

「先方様ではなるべく早く来てもらいたいような口振りでしたが、須田様を入れお三方にも都合というものがございますから、明日の晩からでよろしゅうございますよ」

猛之進は承諾の返事をしながら自分の他に用心棒が二人いると聞いて安心した。吉兵衛はそう言ってから思い出したように懐に手を入れ、紙包みを取り出すと猛之進の前に置いた。

「ああ、それから……これは当座の費《つい》えとしてお使い下さい」

「おお、それはかたじけない」

はしたないと思ったがつい手が先に出る。吉兵衛がふくよかな顔に笑みを浮かべるのを見ながら、猛之進は掴んだ紙包みを懐に入れた。吉兵衛が帰ると直ぐに懐に入れた包みを開けてみるが、これでは今日明日の腹の足しにすればそれで終わりではないかと落胆した。

吝《しわ》い親爺だと猛之進は肩を落としたがそれほど気落ちしたわけではない。用心棒は当座のしのぎにはなる。首尾よくいけば十両の大金が懐に入るかもしれないのだ。

猛之進は立ち上がった。腰に手挟《たばさ》んでいる竹光を人が斬れる抜き身に代えなければ用心棒は務まらない。現金なもので先行きの手立てが見えれば宝刀を血に染める気など更々なかった。まずは質屋に行き預けた刀を貰い受けてこなければ玉乃屋に顔を出すこともできないのだ。それにはこの郷則重との交換を意味する。二両で預けてある刀も鈍《なまく》らではない。

歴《れっき》とした銘の入った大刀である。拵え屋に持ち込めば少なく見ても十両は下るまいと思っていた。斬れ味も中々良い。猛之進は出府するおり、道中で言い争いの末に二人ばかり人を斬っている。一人は食い詰めた浪人者で待ち伏せにあい懐中の金子を狙われたのである。もう一人はどこぞの藩士で江戸屋敷に用があり出府する途中だと言っていた。宿場の酒の席ではあったが、この男は弥十郎と同じように家宝の刀を見下す言い方をして猛之進の怒りを買ったのだった。

質屋の主人相模屋清兵衛は猛之進の手にしている刀を見て口許に笑みを浮かべた。

「須田様……先にその刀を持っていらしたなら、もっとお高い金子を差し上げられましたものを……」

「ご亭主……一見してわかるのか。この太刀の値打ちが……」

「はいはい、それはもう……わたくしどももこの商いとは長年の付き合いでございますから、お値打ち物かそうでないものかは一目でわかります」

「これは我が家に代々伝わる家宝でな。今わしが預けてある刀が必要となったので交換しにまいったのだ」

「さようでございますか。それでは篤《とく》と拝見いたしましょう」

相模屋は猛之進から渡された刀を手にすると鯉口を切り鞘から白刃《しらは》を引き抜いた。清兵衛は商人《あきんど》らしからぬ目で刀身を立て、表から入る光に翳《かざ》してみたり抜き身を水平に置き刃文《はもん》を浮き立たせると、じっと視線を注いでみせるのだった。実はこの男も元は武士である。

「須田様……これは名刀でございますよ。質屋の主人が言うのも何でございますが……これほどの刀にはそう度々お目にかかれるものではございませんよ」

清兵衛の興奮気味に話す言葉が掠れて聞こえた。

「では郷則重か、これは……」

「いえ、わたくしに品定めする眼力はございませんので確かなことは申せないのですが、刃筋は浅く、鍛《きた》えた板目の肌立ちといい、地沸《じにえ》が付いて金筋《きんすじ》が仕切りに交わっているのは則重の特徴をよく表しているのではないかと思えます」

「ふむ……ようみえておるではないか、相模屋。これは郷則重なのだ。間違いあるまい」

「ただ一つ不審に思うことがあるのですが、申し上げてもよろしいでしょうか」

「何だ。棟の反りか」

またぞろ反りかと猛之進は鼻白《はなじろ》んだ顔で相模屋を見た。

「はい、おわかりでいらっしゃる。そのとおりでございます。もう一度申しますがわたくしは質屋で見立てが本業ではございません。確かなことをお知りになりたいのであれば本所南割り下水近くに奥州屋《おうしゅうや》という拵《こしら》え屋がございます。そのお店の主人卯《う》左衛門《ざえもん》さんならば、目利きの眼力は確かだという噂でございますよ」

「うむ、あいわかった。しかし、この刀だが暫くここに置いてはくれぬか。武士の用事にこの佩刀は使えぬ。預けてあるわしの刀が必要になったのだ、まさか、流れたというのではあるまいな」

「いえいえ、ご心配には及びません。大事にお預かりしてございますよ」

清兵衛は立ち上がり奥に引っ込むと、暫くして木箱を手に戻ってきた。猛之進は木箱から出された刀を腰に帯びるとその重みを確かめるように鍔元《つばもと》辺りに手をやった。

「やはりこうでなくてはな。竹光では腰のあたりが寒くてかなわぬ」

「そうでしょう、そうでございましょうとも……須田様にとってはわたくし共の持つそろばんと同じくらい大事なものでございましょうからな。では又、日を改めておいでくださいまし。それまでこれはわたくし共でお預かりしておきますので、いつでも須田様のお越しをお待ちしております。今日お持ちになる刀の代金二両はその時で結構でございます」

猛之進はこの相模屋とは浅からぬ因縁があった。相模屋清兵衛の父親小山内泰長《やすなが》は郷田藩の藩士であったが、藩の派閥争いに巻き込まれ腹を切らされ小山内の家は断絶の憂き目をみたのだ。その時に猛之進の父仁左衛門が、今は清兵衛を名乗る息子の一之輔を密かに藩の外に逃す手引きをしたのである。過去にそのようなことがあったからと言って、猛之進は江戸に来ると直ぐに相模屋に顔を出したわけではない。子細はわからぬが仁左衛門の話を慮《おもんぱか》れば、小山内家が須田の家を親しみをもってみてはいないと感じたからだ。会ってみるとやはりそのことを窺わせる雰囲気があったのである。父の仁左衛門と泰長は同じ派閥にいたわけではないことは猛之進も耳にしていた。仁左衛門は敵同士のことは承知のうえで息子の一之輔を藩外に逃がすことに加担したのである。今となっては確かめる手立てもないのだが、二人は互いの考えが齟齬《そご》を来す前は盟友であったのかも知れない。そして、これは想像の域を出ないのだが泰長の属した派閥が衰退し敗れ去ったのには、仁左衛門の関わりが大きかったのではあるまいか。その償いの為に息子の一之輔を助けることに仁左衛門は手を尽くしたのではないだろうか。そう考えると、武士と商人という身分の違いを思い合わせても、これ以上の歩み寄りをみせない清兵衛の素振りが腑に落ちるのだった。

門前町から元町を抜けると両国橋が見える。その橋の上は行き交う人で混み合っていた。

猛之進は国表の見知った顔に出会《でくわ》さないかそればかりが気になり、菅笠で目元あたりを隠しながら用心して歩いていた。

時刻はつい今し方、八つ半の鐘が鳴ったばかりで腹の虫が鳴いていた。玉乃屋に行けば何か食わしてくれるだろうがそれも気が引ける。こんな時刻に顔を出せば、いかにも食いつめ浪人が昼時を当てにしてやって来たと思われかねない。橋を渡る前にそばでも腹に入れようと辺に視線を走らせると、元町と門前町を挟んだ通り沿いに一膳飯屋が店を構えていた。菅笠を手に暖簾を潜ると店の中は客でごった返している。これは拙いと引き返そうとすると、お侍様と奥のほうで声がした。振り返って見ると調理場から首に手拭いを掛けた親爺が、包丁を手に目を皿のように見開いて猛之進を見ていた。誰かと間違えているのかと思いそのまま店を出ようとすると、今度は女の声ではっきりお武家様と聞こえた。その場に立ち止まったままの猛之進に近づいてきた女の顔を見て、――おお、そなたは――と思わず言葉が口をついて出た。

ひと月ほど前のことである。浅草寺の境内で一組みの親娘連れが、三人の地廻《じまわ》りと思《おぼ》しき男たちに難癖《なんくせ》をつけられていたのだ。遠巻きに見ていた野次馬の中からは、親娘が可哀想だ許してやれと言う声が掛かったが、相手がやくざ者だとわかると誰もが二の足を踏む。助けるどころか自分に災いが及ぶことを心配して口を噤《つぐ》んでしまい、後はやくざ者のやりたい放題である。目立つ行動はしたくなかったが、地面に殴り倒された父親を見るに見かねた猛之進は、無理矢理娘をどこかに連れて行こうとしていた男の襟首を掴み、境内の石畳にいやと言うほどの勢いで放り投げてやったのだ。強《した》かに地面に叩き付けられた男は泡を吹いて気絶してしまったのだが、それを見た他の二人は怯むどころか懐に飲んでいた匕首《あいくち》を手に猛之進に向かってきたのである。刀を抜こうとして猛之進は竹光であることに気がつき、腰から鞘ごと引き抜くと走り寄ってきた男の額を容赦なく打ち据えたのだ。男は見る見るうちに腫れ上がった額を手で押さえもう一人の男と目を合わせると、気を失って倒れている男を尻目に捨て台詞を残し一目散に逃げていったのだった。周りからはやんやの喝采が沸き起こったが、人目を避けている者が注目を浴びてしまったのだ。悔やんでみても後の祭りであった。その時、誰かが知らせたのであろう役人が駆けつけてくるのが猛之進の目に入り、逃げるようにしてその場から立ち去ったのである。

二階の部屋に通された猛之進は昼飯を食べ終わり、暫くぽつねんと座っていると親娘が揃って顔を出した。父親が善兵衛、娘はきよと名乗った。数年前に母親が亡くなり今は親娘二人だけで一膳飯屋を営んで暮らしていると知ったのだった。

「あのときは本当に助かりました。お名前をお教えいただけますか」

「拙者か……須田猛之進だ。あの後は役人が来たようだったが……実を言うとそれがし国元を脱藩しておる身での。役人から根掘り葉掘り訊かれるとちと困ることがあってな」

思わず正直に話している自分に驚いていたが、流石に敵持ちだとは言える筈もなかった。

「そうでございましたか。わたくしども町人にはお武家様のお暮らしのことはよくわかりません。脱藩をされたのも何かご理由があっての事ではないかと存じます。あのとき、あの人集《ひとだか》りのなかで助けようなどと出てくる者は一人としておりませんでした。相手がやくざ者では誰もが関わりを避けたいとおもうのは当然でございます。それはお武家様だとしても同じでございましょう。あのようなときにでも弱い者を助けようとする須田様を見れば、どのようなお方なのかあなた様のお人柄が感じられます」

「うむ、それはちと褒め過ぎのように思うが……」

猛之進は首の辺りに手をやりながら相好を崩すと善兵衛親娘に問い掛けた。

「そのように面と向かって言われるとそれがしとしても面映いが……どうだ……あれからあの地廻りどもは何も言ってはこぬのか」

「あ、はい……それがそうではございませんので……この場所で商売をしているのを突き止められまして……」

「何だと……彼奴ら、この店にまでやって来たと申すのか」

「はい、さようでございます」

「奉行所には届け出たのか」

「駄目でございますよ。お役人様は動きが遅うございます。それにお調べになったとしてもこの辺のやくざ者は、表向きは材木問屋とか古着屋とかわたくしどもと変わらぬ普通の商いをしております。表立って悪いことをするのはその下で使われている宗門《しゅうもん》人別《じんべつ》改《あらため》帳《ちょう》にも乗らない博徒と呼ばれる半端者なのです。わたしどものような商いをする者も十手《じって》を預かる親分さんに袖の下を渡してあるのですが、何故か今度のことには目を瞑っているのでございます」

「つかぬ事を訊くが……彼奴らはそなたらから相当の金子を搾り取れるとみておるのか」

「いいえ、わたくしどもにそのような金子の持ち合わせはございません。金になるのは娘のきよだと踏んでいるのですよ、須田様」

なるほど善兵衛の言葉通り一人娘のきよは見目好く生まれ育ち、売り飛ばせば纏まった金になるであろうことは国許では堅物で通した猛之進にも見て取ることができた。

「おきよ……そなたはいくつになるのだ」

「わたくしは今年で十八になります。須田様、何の関わりもないあなた様にこのようなことをお願いするのは厚かましい限りだとは思いますが、お助けいただけませんでしょうか」

きよからそう言われ澄み切った美しい目で見つめられると、猛之進としては断ることはできなかった。

「うむ、心配いたすな。わしでよければ力になろう」

自分でも思いがけない言葉が口をついて出たが、その裏でこれで少なくとも暫くは糊口《ここう》を凌《しの》ぐことはできるなと計算高い考えもあったのである。

「本当でございますか。わたくし嬉しゅうございます」

きよは以前に武家屋敷にでも奉公したことがあるような口を利いた。

「おきよはどこか武家屋敷にでも行儀見習いに出たことがあるようだな」

「須田様にはすべてお話しいたしますが……娘のきよは、さるお大名のお屋敷にご奉公したことがございます。この様なことになったのはそれが災いしたのでございます」

「それはどういうことなのだ」

「はい、そのお屋敷に中間《ちゅうげん》がおりまして、その男がこのきよに目をつけたのでございます」

「ほほう、奉公の身である年若い女子に中間が手を出すことは藩が許さぬであろう」

「はい、それがその男は屋敷内で博奕を手配するような悪党でございまして……もう一つ須田様にお話をしていないことがございます。わたくしは今のような一膳飯屋をする前は結城屋という蝋燭《ろうそく》問屋を営んでおりまして、ある商売仲間にお金を貸したところ返済期限がきても返していただけず、そのために商いのやりくりが上手くいかなくなり店を潰してしまったのでございます。その中間というのはわたしの店で手代をしていた茂助という男なんでございますよ」

「ふむ、今までの話で大凡《おおよそ》のことは飲み込めたぞ。この間、浅草寺の境内でそなたらを脅していた奴らは、その手代をしていた茂助とかいう男の仲間なのであろう」

「はい、そのとおりでございます」

「ならば事は簡単だ。その茂助とかいう渡り中間と話をつければ良いのであろう。よし、それがしに任せておけ。何とかしてやろうではないか」

「え、須田様が話をつけていただけるのでございますか」

「うむ、乗り掛かった船だ。最後までわしが面倒を見るしかなかろう。相手は人別帳にも乗らぬ博徒ではないか。どうにでもなろうというものだ」

「ですが……相手はお上も恐れぬ男たちでございます。本当に何とかなるのでしょうか」

悪意からではないが商人らしい身に付いた計算高さは当然のことで、善兵衛はそれらしい物腰が表に出てきたようだった。どうやらお人好しの浪人者を上手く使おうとしている気配がありありと窺えるのだが、こちらも目当ては金である。却って話はし易くなったと猛之進は思った。

「後々、面倒があっては何にもならぬ。銭金には代えられまい。後腐れのないようにそれがしが上手く話をつけてしんぜようではないか」

「そうでございますか。それは有り難いことです。後々まで尾を引くようなことがないようになるのであれば、多少の金子はやむを得ません。良策をお考えならば是が非にでもあなた様にお話をつけていただきたいと思います。この通りお願いいたします」

善兵衛親娘は畳に額が付きそうなくらい深々と頭を下げた。

「うむ、大船に乗った気でおれ。早速明日からでも動くとしよう」

「それで……いかほどお入り用なのでしょうか」

金銭勘定になると商人は物事をはっきりさせたがるようである。ひょっとすると、これはこれから江戸で生きる生業《なりわい》になるかもしれぬと猛之進は思ったりもしたのだった。

「まずはその男に会ってみようではないか。話はそれからだ」

今から訊ねる用心棒を欲しがっている呉服問屋玉乃屋にしても、腕に多少の覚えさえあればその代償に何がしかの金銭を得ることができるのだ。その気になりさえすればこの江戸という所で生きていくのも考えていたほど悪くないのではなかろうか。敵持ちというおかれている状況を除けばである。

夜盗

　呉服問屋玉乃屋に来てみると、外からでは分からない店の広さに猛之進は圧倒されていた。店先の平土間でさえも、猛之進の住んでいる長屋の建屋全部が入るのではないかと思われるほどである。店には十人近い客が居たが客の相手をしていた手代が猛之進に気がつくと、揉み手をしないまでもいかにも商人らしい笑みを浮かべて近づいてきた。

「お武家様、何かご用でございましょうか」

「主人《あるじ》はおるかな。吉兵衛店の大家に頼まれてここを訊ねたのだが……」

「あ、それはそれは……ご足労をおかけ致しました。直ぐに主人を呼んでまいりますので暫くお待ち下さいまし」

　手代はそう言ってから丁稚に何事か耳打ちすると奥の方に消えて行った。入れ替わりにやって来た女中らしき女に導かれ、上がり框《かまち》に腰を下ろし出された茶を飲んでいると、それを飲み終わらぬうちに玉乃屋の主人徳蔵が現れ奥の座敷に案内された。そこには二人の武士が端座しており、一人は無精ひげを伸ばした羽州浪人高野京四郎、もう一人は浪々の身になって未だ間もないと見える小太りふくよかな顔した男で門倉《かどくら》権左《ごんざ》と名乗った。どうやら襲ってくるであろう押し込み一味を猛之進を入れこの三人で防ごうということらしい。

「それではご浪人様方……今夜から離れ屋に寝泊りしていただきまして、交代で良うございますが寝ずの番をお願いいたします。吉兵衛さんからも聞いておりますでしょうが、手間賃は一日二分ということでございます。それに……ご必要であれば食事は三度三度離れに運ばせますので女中にお言い付け下さいまし。それから昼間は自由に出入りしていただいても結構でございますよ」

主人の徳蔵はそう口にしてから、首尾よくことが運べばお一人十両の金子は手当として別に差し上げますと、もったいぶった口調で言った。浪人者を相手に長々とその場に腰を据える気など毛頭ないようで話はいたって簡単であった。話し終わり合図をするように手を打つと襖の外に控えていた番頭が直ぐに部屋に入ってきた。三人はその番頭に促され後について行くと、庭の中ほどに離れ屋が建っているのが見えた。部屋に腰を落ち着けると猛之進は早速二人の武士に訊ねた。

「さて……貴公らはどれほどの間、宮仕えから遠のいておるのだ。それがしは二年ほどにあいなるが……」

「身共《みども》もおぬしと同じようなものだ」

高野京四郎という男が、髭に被《おお》われた口許に笑みを浮かべ自嘲的な言い種をした。確か、この高野という男、奥羽の出だと聞いた。羽州で世継ぎが居なくなり幕府に領地返上した藩があったと聞く。どうやら、高野はその巻き添えを食ったようである。

「貴公は何があったのだ」

高野は手にしていた大刀を壁に立てかけながら猛之進に問い返した。

「ふむ、それがしか……それがしは脱藩をしたのだ」

「脱藩とは穏やかではないな。話したくなければ訊かぬが……」

「いや、良い。故あって人を斬り国元を出たのだ」

二人は目を見開いて猛之進を見た。

「すると、貴公……追われる身か」

「ああ、別に逃げ隠れしているつもりはない。しかし、二年ほど経つが藩から討っ手も仇討も来る気配を見せぬのだ」

猛之進の言葉が終るや否や門倉権左が訳知り顔で口を挟んだ。

「いや、必ずや来る。不躾《ぶしつけ》ながら申すが仇討は武士の本懐である。成し遂げねば武士の矜持《きょうじ》は保てぬ。おそらくこの江戸には既に来ておるのやもしれぬ。往来に人が多過ぎるのでわからぬのであろう。あ、いや、横から口を出して無礼つかまつった。みどもは旗本の三男坊で名は先ほども申したが門倉権左……ま、元旗本と言ったほうがよかろう。不祥事を起こして家には居れなくなったということだ」

「いずれにせよ……拙者を入れ、何かしらの過去を持つ身であることはこれで知れたわけだな。ところで……こっちの方はどうなのだ。盗賊一味が押し込んで来たときお互い背中が寒いと困るからな」

高野はそう言いながら目の前で手刀を振ると二人の顔を交互に見た。すると門倉が自信有りげに刀の柄を拳で叩いた。

「拙者、練武館の心形刀流を少々……ま……それなりに使えなければこのような危ない頼まれごとは誰も引き受けまい。己の目の前の蝿を追い払うのにおてまえ方の助けはいらぬ」

それを見て猛之進は低い気合を発すると、狭い部屋の中で刀を一閃して見せた。抜き身は瞬きする間に鞘に収まっていた。

「ふむ、どうやら皆自分の面倒は自分でみれそうだな。それでは日が暮れるまでのんびりしようではないか。それがしは一眠りするつもりだが……まあ、各々《おのおの》勝手に寛いでくれ」

高野はいきなり二人の前で畳に寝転がった。暫くして鼾が聞こえてきた。それを見て門倉は立ち上がると猛之進を目で促したのである。二人はそのまま連れ添い外に出た。

「どこかその辺に茶屋があったように思ったが……日暮れ前から酒というわけにもいくまいからの」

門倉はそれだけ口にすると猛之進の返事を聞こうともせず先に立って歩き始めた。已むなく人通りの中を行く門倉の後をついて小道具問屋の角を曲がると、二町も歩かぬうちに茶屋が見えた。門倉は一度振り返り確認するように猛之進を見ると、さっさと店の中に入って行った。猛之進が暖簾を潜ると門倉は緋毛氈《ひもうせん》が掛かった縁台に腰を下ろしていた。

「須田殿……それがし貴公と少々話をしたいと思うてな。ま、座るがよかろう」

猛之進にはこの門倉権左という元旗本が、どことなく胡散臭い男に思え用心深く隣に腰を下ろした。

「それがしに話とは一体なんでござろう」

「ま……そのように堅苦しい言葉遣いはやめようではないか。今宵にでも盗賊が押し込んでくるようなこともなかろう。そうなると暫くは一緒に暮らすことになるのだ。身を守るにはお互いをよく知っておいたほうが良いと思うてな」

つい先ほど人の助けはいらぬと言っていたではないかと、喉にまで出掛かった言葉を猛之進は飲み込んだ。だが、次に門倉の口から唐突に出た言葉は猛之進の腰を浮かせた。

「それよりも、おぬし……郷則重を所持していると小耳に挟んだのだが……」

「貴公……どこでそれを……？」

猛之進は思わず刀の鯉口を切るところであった。このあたりの性格は国許に居た頃とあまり変わってはいないようである。門倉は殺気を感じたのか縁台から立ち上がると跳ぶようにして後ろへ退いた。

「おっとっと、このようなところで抜刀でもされてはたまらぬ」

門倉は浮かべていた険しい表情を緩め口辺に笑みを浮かべると、猛之進の顔色を窺いながら再び元の場所に腰を下ろすのだった。

「おぬし、その話どこから聞き及んでまいったのだ。返答いかんによっては黙っては見過ごすわけにはいかぬ」

「まあ待て……今わけを話す。相模屋と言う質草を商いにしている清兵衛という商人《あきんど》を知っておろう。相模屋とは五年ほど前からの付き合いなのだ。実はそのことを知ったのは今日のことでおぬしが質屋を後にするのをこの目で見ておる。それがまさか同じ玉乃屋の用心棒として顔を合わすことになろうとは思ってもみなかったがな。おぬしに悪いとは思ったが清兵衛から郷則重らしい刀があると聞き、どうしても見たくなり見せてくれと頼んだが、これは質草ではないので見せるわけにはいかぬと清兵衛に突っぱねられてのう。この件が終わったら是非とも見せて貰いたいものだ」

門倉はそう言ってから周りに目を配り、実はと切り出したのである。

「ある旗本の殿様が則重を手に入れたがっておるのだ。金に糸目は付けぬ。真物《ほんもの》ならば百両出しても惜しくはないとも申しておる」

「ひゃ……百両とな……それは真か」

猛之進は余りの高額に驚き思わず身を乗り出していた。

「贋作でなければという話ではあるが……」

「代々伝わる我が須田の家の家宝であったのだ。紛い物であるはずがないではないか」

「それは楽しみであるな。それでは手放す気持ちはあるということなのだな、須田氏」

「うむ、方便にはかえられぬ。貴公も浪々の身が長くなれば何れは分かることだが、武士の持つものはこの人斬庖丁なる刀しかないのだ。町人などに身をやつすこともままならぬ。我ら侍というものは仕える場所を失えば哀れなものだ」

「ま、そう悲観したものでもあるまい。それがしなどは却ってさばさばしたものよ。我ら旗本などというものは徳川家の飼い殺しみたいなものだ。御役もなく禄《ろく》を食《は》んでおるだけよ。長子ならばまだしも次男、三男ともなれば養子の口がなければ惣領の情けに縋《すが》って生きることになり、住むところも事欠く始末なのだ。実はな、須田殿。先ほど話した不祥事を起こして家に居られなくなったというのは……実を言うとあれは戯言《ざれごと》だ。あの場ではあのように言わざるを得ない雰囲気だったからな」

「……」

「話を続けるが、則重を欲しがっている殿様というのはそれがしの伯父御《おじご》にあたる人物で、御上《おかみ》に献上するというのだ。今の上様は刀剣を集めるのが道楽だと聞いておる。おそらく郷則重ほど手に入り難い刀は他にあるまい。それだけにその太刀一振《ひとふり》を献上すれば、老中首座《ろうじゅうしゅざ》も夢ではないと申しておる。それがし仕官口など望んでいるわけではないぞ。然る大名の養子縁組を望んでいるのだ」

「ん……さすれば、その大名の後釜に座すことになるかもしれぬということなのか」

「そのとおりだ。おぬし、羽州のある藩が世継の絶えた為に領地を返上した話は耳にしておるであろう。ほれ、あの高野京四郎と申す浪人者が仕えていた藩だ。本来は旗本が治めるのだが今は弘前藩津軽家十万石が仮り知行《ちぎょう》しておる」

「ふむ、知っておる。この江戸というところは住んでいるだけで凡《あら》ゆる出来事が耳に入ってくる不思議なところだ」

「伯父御が老中首座に上り詰めれば、それがし、奥羽の大名となるのも夢ではない。そうなれば、おぬしが望めばそれがしが貴公を取り立てて何れは家老職となれるやもしれぬぞ」

大分話が大きくなってきた。どうやらこの男には空言《そらごと》を吐く虚言癖があるようだ。そのようなことは猛之進にとってはどうでも良いことなのだが、百両という話の方は願ってもないことであった。

「どうであろう、須田殿。我ら妙な縁で知り合うたがこれを機に友として付き合わぬか」

「それは結構なことだが、あの高野という御仁にも一言声を掛けてはどうであろう」

「それは良いが、我らだけでも先に金打《きんちょう》を打たぬか」

門倉は立ち上がると、丁度茶を持ってきた茶汲み女に直ぐに戻ると言いおくとさっさと表に出て行った。仕方なしに猛之進も表に付いて出ると、門倉が刀を腰だめにして待っていた。二人は向かい合うと目配せをして金打を打った。二人が立ち合うとでも思ったのだろう。傍を通った商人らしい男が驚いて足早にその場から遠ざかっていった。

玉乃屋の離れ屋に戻ると高野は未だ鼾をかいて寝ていた。開け放たれていた縁側から猛之進たちが座敷に上がったが、そのことに気づこうともしなかった。それを見て門倉がこの男は使い物にならぬなと声に出して言った。それでも、流石に二人の立てる物音に気付いた高野は目を開けたが、立て掛けてあった刀を掴むと決まり悪そうな顔で何も言わず外に出て行った。

「あの男、このまま戻っては来ぬような気はせぬか？」

門倉はそう言ったが、食い詰め浪人が手に入れた仕事をそう簡単に手放すことはあるまい。案外何食わぬ顔で戻って来るのではなかろうかと猛之進は思っている。

「それよりも、須田殿……夜通し起きていると言うわけにもいくまい。見張り番は交代ですることにしようではないか」

「そうだな。では……見張りはまずそれがしがすることにしよう。まさかとは思うが用心棒を引き受けたその日から押し込んでくるようなことはあるまい」

「いや、そうはいっても相手がどれほどの遣い手なのかはわからぬ。これはある筋から聞いた話だが、押し込み一味の中に侍が二人ほどいるらしい。剣はかなり使うと聞いている。用心するにこしたことはない。そのような気構えを持って彼奴《きゃつ》らを待った方が良い」

「わかった。気配を察知すれば直ぐに貴公らを起こす。三人で立ち向かえば何人来ようとも盗賊など物の数ではない」

「いや、我ら二人だと考えていた方が良い。高野はもう玉乃屋に足を向けることはあるまい。それがし、そう断言しても良いぞ」

「ま、そう言うな。あのような男でも居ないよりも居た方が良い」

「そうかな。却って我らの足を引っ張るのではないのか。寝ながら見張りをされてはかなわんからの」

門倉が思案げな面持ちでそう言ったとき女中が膳を運んできた。それを見て猛之進の腹の虫が鳴いたのである。目の前に命のやり取りが迫っていると思うと腹が減っていることにも気づかぬものだ。門倉はさっそく握り飯に手を伸ばすと口に持っていった。

二人が握り飯を頬張っていると高野が外から戻ってきた。首を捻《ひね》る門倉と顔を見合わせ猛之進は苦笑を浮かべる。

「おぬしどこへ行っていたのだ。我らに何も言わず外に出るのは今後は控えてもらわねばなるまい」

「それはおぬしらにも言えたことではないのか」

門倉の言葉に高野は一瞬気色ばむ表情を面に出したが、直ぐに言葉が過ぎたと気付いたようだった。

「わかった。今後は気を付けよう。それよりも腹が減った。その握り飯をもらえるかな」

この高野京四郎という男、門倉が明言するよりも案外肝が据わっているのではなかろうか。思わず猛之進が白い歯を覗かせたのは、却って旗本の三男坊として育った門倉より使えるかも知れぬとの考えが脳裏を過ぎったからだ。

「我ら二人は既に食しておる。勝手に食べるがよかろう」

門倉は言葉少なにそう言ってから茶で喉を潤すと刀を手にして庭に降りる。離れ屋の直ぐ傍に生えた樫の木の前にまで行くと、腰だめにした抜き打ちの構えからいきなり鋭い気合を発した。樫の枝葉が樹から離れゆっくりと地面に落ちていったのは、一閃した大刀が鍔鳴《つばな》りをするのと同時であった。高野は一瞬目を剥いたが何食わぬ顔で握り飯を口に運んでいる。門倉も高野も今は互いに反目し合っているように見えるが、いざと言うときになれば二人とも頼れる剣客とはなるだろうと猛之進はみていた。


夜半、浅い眠りからいきなり現実に引き戻された。門倉に揺り起こされたのだ。最初に見張り番を買って出た猛之進から門倉に代わり、僅か半刻も経たないうちであった。

猛之進は跳ね起きると急いで刀を腰に帯び、押し込み一味かと手短に訊いた。その気配に起き上がった高野が細々と灯る行灯の火を吹き消した。低い声で門倉が合図をすると静かに離れの雨戸を開ける。母屋の方から微かに不穏な物音がする。家の中に忍んで来る賊の気配を猛之進の耳が捉えていた。このようなこともあろうかと考え、さるを掛けておかなかった庭に面した母屋の戸をそっと開き廊下に足を踏み入れる。

「それがしは表口の平土間に向かう。おぬしらは予てよりの打ち合わせ通り縁側沿いの戸口から蔵の方に回ってくれ。それがしも表口に何もなければ直ぐに向かう」

　猛之進は低い声でそう言い残すと鯉口を切りながら上がり框に急いだ。目指す場所に着く前に、僅かな明かりの中で廊下に立つ黒い人影をその目にとらえた。猛之進は無言の気合を発して男に躍りかかった。刀を下段に構えていた男の傍を走り抜けながら、猛之進は下から斬り上げてくる刀を棟で叩くとそのまま相手の胴を薙いでいた。賊はその一撃で低いうめき声を洩らし暗い廊下に派手な音を立てて転がった。勢いづいたまま猛之進は上がり框にまでやってくると奥座敷に向かって大音声で威嚇した。

「盗賊一味に申し渡す。おまえたちの仲間の一人はわしが斬って捨てたぞ。土間にまで出てまいれ。一人残らず成敗してくれるわ」

　その声に引き寄せられるように、目だけを出し黒い布切れで頬被りした二人の男がぬっと顔を出した。この二人を相手にどのように斬り合おうかと考えを巡らしたとき、その後ろから賊がもう一人現れたのだ。相手は三人である。そのうちの二人は身ごなしを見ても場数を踏み剣の腕も凡手ではないように見える。門倉と高野は猛之進との打ち合わせどおり屋敷の裏手にある蔵に向かって行った。ここは派手に立ち回り敵は表口だと二人に知らせなくてはなるまい。そう思ったときである。後から現れた賊の一人が土間に飛び降りると、躊躇いも見せずそのまま無言で打ち込んできたのだ。猛之進はその斬り込みを軽く躱《かわ》しながら男が武士ではないことを見抜いていた。打ち込みが手荒く剣術などとは大きく異なる刀の使い方なのだ。ところがそれはそれで型が定まらぬ太刀打ちというのは先が読み難いのである。その上に修羅場には慣れているとみえ、間合いには何の恐れもなく入ってくる。命のやり取りに定法などない。やくざ者同士の斬り合いはまさにそれである。だが、猛之進は紛れもない剣客であった。先が読み難いとはいえ剣技刀法を身に付けていない者など猛之進の敵ではなかった。

それでも男は最初の一撃を躱され用心深くなったようだ。いきなり斬り込もうとはせず、じりじりと間合いを詰めてくる。他の二人はなぜか動きを見せない。どうやらこの戦いを傍観するつもりのようである。用心棒はここにいる猛之進一人とみて高《たか》を括《くく》ってでもいるのだろう。猛之進は八双に構えを持って行くと隙をみせ相手を誘った。猛之進の得意とする誘い技で胸から下はがら空きになる。派手に斬り倒した方が後ろにいる男たちの腰が引けるだろうと考えたのだ。刀身を交えている男はそれを見て誘われたように踏み込んでくると抜き身を突き上げてきた。まんまと手の内に嵌《はま》ったのだ。八双の構えから横殴りに振った猛之進の刀身を首筋に受けた男は、血の筋を斬られ噴水のように鮮血を辺に撒き散らして平土間《ひらどま》に昏倒した。それを見て後ろに控えていた二人の賊のうちの一人が、慌てたように顔を被っていた布切れを取り去ったのである。目の前にいる猛之進が尋常《じんじょう》な遣い手ではないと見て取り、息遣いで斬り合いに不利になるものを捨てたのだ。だが、賊が多少の余裕らしきものをみせていたのはそのあたりまでだった。盗賊たちの背後から剣戟《けんげき》の音を聞きつけて門倉と高野が姿を見せたのである。

「須田殿、こちらに居る賊の一人はそれがしが相手をしよう。そっちはおぬしに任せた」

門倉は見掛けによらず身軽な動作で平土間に降りてきた。

「蔵に賊の姿はなかったのか」

猛之進の話の遣り取りにもかなり余裕が出てきたようだ。

「二人居たが高野殿が斬り捨てた。奥の部屋に顔を出してみたがこの家の者は誰も姿が見えぬ。賊が侵入したことを知ったとみえてどこかに隠れたのであろう」

「わかった。それでは存分にやってくれ」

猛之進は賊に顔を向けると言った。

「おまえたち今聞いたとおりだ。どうする。まだそれがしたちと斬り合うつもりか」

猛之進の言葉に賊の一人は腰を落とし下段に、門倉が対峙するもう一人は脇構えに刀を持っていった。逃れ得ないとみたのかそれとも勝算はまだあると踏んだのか、どうやらそれが男たちの返答のようだった。猛之進は刀身を正眼に構えながら目の前にいる男と、門倉と剣尖を交えようとしている男の動きを目の端で捉えている。二人斬り倒したことにより猛之進の感覚は冷たい刃のように研ぎ澄まされていた。平土間には噎《む》せ返るような血の匂いが漂っている。猛之進の眼前の敵は下段に構えたままじりじりと擦り足で迫ってきた。間合いに入ったそのときである。賊の刀が素早い動きで猛之進の腹のあたりを目指して伸びてくる。それを上段から叩くように刀の棟で打ち下ろすと、鋼《はがね》同士が激しくぶつかり相手は手がしびれたのか刀を土間に落としたのだ。そのまま勢いを緩めず踏み込んで抜き身を振ると、猛之進の剣尖は驚愕に顔を歪める男の頭部にめり込んでいった。一息ついて門倉はと見ると上がり框にまで押し込まれている。隅の方でその様子を見ていた高野が心配そうに言葉をかけた。

「門倉殿……手を貸そうか」

「いや、その必要はない。黙って見ていてくれ」

門倉はその言葉通り相手の繰り出す技を見切ったように、いきなり攻勢に転じたのである。賊は門倉の繰り出す刀身を受け止めるのに精一杯で、返し技を仕掛けることもできないようだった。そして次の瞬間、鋭い気合と共に門倉の打ち込んだ刃が袈裟《けさ》懸《が》けに深々と男を斬り倒したのである。

邂逅

二日後——猛之進は神田川沿いにある茶店の縁台に座り、隣に置いた団子皿の一串を口に持っていきながら川向こうに視線を凝らしていた。豊島町にある茶店の横には広大な細川長門守屋敷の築地塀《ついじべい》が長く続いていることから、この辺に人を寄せる店らしいものはこの茶店の他には何もない。客も先ほどまで触れ売りらしい男が一人、やはり猛之進と同じように小女《こおんな》が運んできた団子を口にしていたが、浪人者が一緒だと落ち着かないのか食べ終わるとそそくさと店から出て行った。川向こうには、材木問屋辰巳屋《たつみや》の店先に腹掛けに向こう鉢巻で立ち働く数人の男たちが見えた。猛之進がそこに腰を下ろしてから一刻ほどになる。それまでに団子一皿と茶を三杯頼んだだけである。他に客はいないのだが長居をする得体の知れぬ浪人者を店の主人はあまり良い顔をしていなかった。

猛之進は川向こうにある材木問屋に働く男たちの働きぶりを見ていたわけではない。材木問屋辰巳屋は表の顔であった。裏の顔はこの辺一帯を縄張りにしている地廻りである。夜になると材木を積んである小屋の中では、百目蝋燭《ひゃくめろうそく》の明かりに照らされた三間盆《さんげんぼん》を囲む目を血走らせた客を相手に、諸肌を脱ぎ白い晒しを腹に巻いた男が威勢の良い声で壺を振っているのだろう。その光景を思い浮かべながら見ていたのだ。

一刻《いっとき》余りもこの場に詰めていた猛之進はその光景にもそろそろ飽きがきていた。目当ての男が現れないことに諦めて立ち上がろうとしたときである。猛之進は口に運ぼうとしていた湯飲みを盆に置くと何度も見直すように目を瞬《しばた》かせた。そこに意外な男の顔を見たのである。驚いたように眉尻を上げたのは一時で、やおら相好《そうごう》を崩《くず》すとそうかと呟きながら納得したように頷いたのだった。

時折、川風が頬の辺を撫でるようにして解《ほつ》れた鬢《びん》を優しく揺らしていく。猛之進は堀端に置かれた石の上に腰を下ろし、水面を流れていく木の葉に止まる秋茜《あきあかね》を見るともなしに見ていた。落陽が空を赤々と染め暮色が色濃く染まり始めている。つい先ほど夕七つ半の鐘が鳴ったばかりであった。掘割を吹き抜けていく風が肌に冷たさを感じさせるような時節になり、暮れ急ぐ山城橋を行き交う人々の足を早めていた。

川沿いに腰を下ろす浪人者など誰一人として気にもかけていないようである。猛之進の背後を着流し雪駄ばきの遊び人風の男が急ぎ足で通り過ぎた。猛之進はおもむろに立ち上がるとその男の背後から声をかけた。

「そこに行くのは太一郎ではないか」

男はぎょっとしたように足を止め振り返ると、あんぐりと口を開け信じられないものを見た顔で猛之進を見詰めた。

「だ……旦那様……」

そう言ったままその後を繋ぐ言葉が見つからないようだった。

「久しいのう。時間はとらせぬ。少しばかりつきあわぬか。どうだその辺で……」

猛之進は顎を軽くしゃくると男が返事をする前にさっさと歩き始めていた。太一郎と呼ばれた若者は二年ほど前までは須田の家の若党だった男である。

太一郎は前を行くかつて仕えていた主人の背に遠慮のない視線を送っていた。浪人暮らしに身をやつしている猛之進が、思っていたよりも活気に溢れている様子に驚いていたのだ。遠慮のない視線は好奇に満ちたもので、太一郎の置かれた立場は複雑であるだけに様々な思いが胸の中で去来するのだろう。

川端を暫く歩くと猛之進は軒行灯《のきあんどん》にまだ火が入ったばかりの居酒屋の前で足を止め、煤《すす》がこびり付いた障子戸を開けると中に入っていった。

頼んだ徳利が運ばれてくると、猛之進は太一郎の前に置かれた猪口《ちょこ》に酒をついでから自分の杯にもそそぎ満たした。そして一息に喉の奥に送り込んでから太一郎をしげしげと見た。

「江戸にはいつ出てまいったのだ。それにしても……まさか、おまえも江戸に出てきていたとはのう」

「旦那、あっしは……あ、いえ……わたしも一年近く江戸で暮らしてますのでっい……」

「良い良い……言葉など気にするな。わしとの主従関係はとうの昔に終わっておるのだ。それに、おまえが今何をして暮らしているのかも知っておる」

「そうでございましたか。よくわたしが居る場所がおわかりになりましたね」

「うむ、正直申すとおまえの居場所を誰かに聞いたというわけではない。じつはある者に頼まれて材木問屋辰巳屋を調べていたら遠くからではあるが太一郎……おまえに似た男がいて驚いたのだ。で……このようにしておまえを待っていたというわけだ」

「あれからわたくしは奥方様のご実家に暫くご奉公させて頂いておりました。奥方様が……旦那様があのような一大事を引き起こし……あ、奥方様がそのように仰られたものですから……」

「良いから気にするな。先を申せ」

「あ、はい……おまえには何の咎《とが》もないことだから、直ぐに路頭に迷うようなことになるのは忍びないともうされまして」

「それはそうと……瑞江の実家は弥十郎の仇討を藩から申し渡されたのであろう」

「……」

猛之進は何も言わない太一郎の先を読んだように言った。

「そうか。やはり瑞江は弟万次郎の助太刀を申し出たのだな」

「あ……いえ、それはわたくしにもわかりませんのです。その前に奥方様のご実家に暇乞《いとまご》いを申し出たものですから」

「それよりも太一郎……おまえに江戸で身を寄せる場所があったのか」

「実は旦那様にはお話ししておりませんでしたが、わたくしの姪が江戸の商家に嫁いでおりまして、そこにしばらく厄介になるつもりでこちらに出てまいったのでございます。ところがいざ来てみるとその姪が亡くなっておりまして行くあてがなくなり、それでこのようなやくざものにでもなるしか他に道はなかったのでございます」

「そうか。おまえも随分苦労したようだな。ま、今宵は好きなだけ飲ませてやろう。今はわしの懐も潤っておる」

太一郎は猛之進から目を逸らすと、自分で注いだ猪口に手を持っていきながら訊いた。

「ところで、猛之進様……見たところのご様子ではどこかに仕官をしたとも思えません。今は何を方便の糧として日々お暮らしをしているのでございますか」

「そのようなことは見ればわかるであろう。浪々の身に方便の手立てなど知れておる。ま、そうは言うが……江戸に出て直ぐに道場の師範代をする機会に恵まれてな。つい半年ほど前までは国元を出るときに持って出た金子にすべてを頼らなくても、顎が干上がるようなことはなかったのだ」

「そうでございましたか。剣の腕が立つということは……やはり武辺者《ぶへんもの》というものは良いものでございます。それでは仕官口も未だ諦めなくても良いのではございませんか」

「やくたいもないことを申すな。わしは敵持ちぞ。仮にそのような話があったとしても迂闊には仕官などできぬではないか。それよりもおまえ……今は刀を使うこともあるのではないのか。博徒同士で争うようなこともあろう。おまえは中々筋がよかった。あのままわしが剣を教えていれば遠からず一角《ひとかど》の遣い手となっていたやもしれぬぞ」

「まさか、それは持ち上げ過ぎでございましょう」

「おお、そうだ。いま思い付いたのだが、おまえ……わしに加担する気はないか」

太一郎は酒を喉に送り込もうとしていた拍子にいきなりそう言われ、噎せて暫く咳き込んでから涙目で猛之進を見詰めた。猛之進は懐かしさとほろ酔い気分が相俟って、つい軽口をたたいたのだった。

「ご……ご冗談を……わたくしの剣など旦那様のお役に立つようなものではございま

せん。それに奥方様に歯向かうなどと考えただけでも恐ろしいことです」

「なんだ、太一郎。おまえ……瑞江がやって来るとそう思っておるではないか」

猛之進が怪訝そうな顔をみせると戸惑うように太一郎は目を伏せた。

「あ……確かなことだと言っているわけでは……ですが、お身内でございますから」

「ふむ……そうだな。わしが今言ったことは忘れろ。戯言だ」

猛之進はそう言ってから考え事をするように暫く黙然《もくねん》と酒を口に運んでいた。

「太一郎、話は変わるが……おまえ茂助という男を知っておろう。隠さずともよい。調べはついているのだ。その男に少しばかり用があるのだが何事か用事をつくり連れ出してはくれぬか」

「どのような用があるのでございますか」

太一郎は酔いが覚めたような顔付きになると用心深げに猪口を飯台に置いた。

「そのように身構えずとも良い。おまえに迷惑はかけぬ。少しばかり茂助に話をするだけだ。とは言ってもおまえたち博徒からすれば猜疑の目で見るなと言うのは無理かもしれぬな。だが、来なければ乗り込むだけだ。茂助は直参橘庄三郎とか申す旗本屋敷の渡《わた》り中間《ちゅうげん》だということもわかってはおるのだ」

「よくお調べになったようではございますが、その茂助という男は一筋縄ではいきませんですよ。辰巳屋に雇われて未だ日の浅いわたしですからよくは知りませんが、茂助の後ろ盾になっているのは成瀬宗十郎という定町廻り同心だと聞いています。茂助に何かあればこの成瀬という同心が嗅ぎ回るのではないかと思いますが……」

「ほほう、わしの心配をしてくれるのか。すると何か……わしがこの茂助という男に危害を加えようとしているとでも思っておるのか。心配いたすな。そうではない。子細は言えぬが今も申したように話をするだけだ。わしも藩からの討《う》っ手を迎え撃たねばならぬ身だ。これ以上の厄介事を背負い込む気など毛頭ない」

「……」

太一郎は猛之進の顔をじっと見ていたが、視線を外すと弱々しく首を縦に振った。

「わかりました。それならば何とかいたしましょう。ですが、わたくしも自分に厄介事が降りかかると困ります。連れ出すというわけにはまいりませんが、あの男が必ず通る道とその刻限があるのでお教えします。それで勘弁して下さい」

「うむ、無理を申してすまぬ。それからもう一つ訊いても良いか。わしは江戸に着くと暫くしてから幾度も江戸藩邸の様子を窺っておる。今のところ国元から討っ手が江戸表に出て来ている様子はないが、おまえも何か耳にしていないか。上意《じょうい》……主命が下達《かたつ》していてもおかしくはないのだが……」

「はい、わたくしとしては、猛之進様とこのようにしてお会いすることになるとは思ってもみませんでしたので、今までは何も気にしてこなかったのですが、これからは出来得る限り気を配るようにいたしましょう。何か耳にでも入ればお知らせします。猛之進様はどこにお住まいなのでございますか」

「江戸に来てから清住町の吉兵衛店《きちべえだな》という長屋に変わらず住んでおる。汚いところだが一度立ち寄ってくれ」

「ところで猛之進様、憚《はばか》りながら申し上げますが……あなた様のご気性のことなのですが国元に居た頃とは違い随分お変わりになられました。一体どちらが本当の猛之進様なのですか」

「おまえもそう思うか。それが自分でもよくわからぬのだ。多分、堅苦しい宮仕えを捨てたおかげとも言えよう。正直胸の内を明かすと、あのように弥十郎を目の敵にしていたことが信じられぬ。全てを捨て身軽になった今は胸の奥底にいた怒りというものが、捨てたものと一緒にどこかに消え去ったようなのだ」

「そうですか。それはようございました。確かに浪々の身でお窶《やつ》れになったようですが、その代わりお顔は穏やかになりました。郷田藩にお仕えしていた頃とは別人のようです」

その夜、二人は元主従という立場も忘れて飲み明かしたのだった。

転変

徳川譜代の家臣橘庄三郎の屋敷は小石川御門近くにあった。

屋敷の前は江戸川が流れ昼時を過ぎると何故か人通りが途絶える。

猛之進の目の前には朽ちて屋根が崩れ落ちた無住の寺の山門が、まるで墓地にある卒塔婆《そとば》のように二つ立ち並んでいた。

旗本屋敷の渡り中間、茂助が昼過ぎ九つ半頃にこの前を通ることは太一郎から耳に入っていた。猛之進にしてみれば高《たか》が知れた武家屋敷の中間一人なのだが、こうして待ち伏せていると何かしら落ち着かないものである。仕方なく参道の傍らに伸びた欅《けやき》の根元に背をもたせ掛け腰を降ろした。暫くすると眠気を催し目蓋がおりてくる。慌てて首を振り目を覚ます。それを幾度となく繰り返していたとき、辺を憚《はばか》らぬ話し声と雪駄《せった》の音が聞こえてきた。立ち上がり山門の影から通りを覗くと、男が二人何やら大声で話しながらこちらにやって来るのが目に入った。片方の男は茂助に間違いはなく、聞いていたとおり墨で書いたような太い眉やその下のどんぐり眼は達磨《だるま》の風貌《ふうぼう》そのものである。この男の相貌からして、客商売をする商家の手代《てだい》をしていたこと自体が猛之進には不思議でならなかった。善兵衛親娘が営んでいた蝋燭問屋の商いを危うくさせたのは、この男の容貌の所為ではなかったのかと疑うほどである。

男たちが山門の前を通り過ぎる。その後ろから猛之進は待てと声を掛けた。茂助は振り返るとそこに居た浪人者を見て一瞬表情を険しくしたが、直ぐに侮《あなど》るようなふてぶてしい態度に変わった。

「お侍……あっしたちに何か用ですかい。ちょいと先を急いでいるんですがねえ」

「うむ、手間はとらせぬ。ここでは話もできぬゆえ、この寺の境内にまで来てくれぬか」

男たちは互いの耳元で何事か聞き取れぬ会話を交わすと、値踏みでもするような目で猛之進を見てから横柄な態度で頷いたのである。二人は後ろを歩きながら猛之進の背に見下したような視線を送った後、顔を見合わせてにやりと薄笑いを浮かべたのだった。

「この辺でよかろう」

猛之進が足を止めて振り返ると、二人は猛之進を挟むようにじりじりと横に移動した。

「ご浪人……おれたちに何の話があるのか知りやせんが、おれたちが何者か知っていなさるんですかい」

「そっちの男は知らぬが、おまえは旗本屋敷の中間をしている茂助であろう」

「たしかにあっしは橘様の中間をしておりやすが……用というのはなんですかい」

茂助は見知らぬ浪人者に名前と素性を言われたことで俄かに態度を変えた。背後の腰の辺りに差してある脇差に手を掛けながら片方の男に目配せをする。

「おまえは門前町で一膳飯屋をしている善兵衛親娘を知っておるであろう。元蝋燭問屋をしていた善兵衛だ」

「それがどうしたと言うんで……あの親娘に何か頼まれでもしたのかい」

茂助はぎょろりと大目玉を剥き出し睨めつけるように猛之進を見た。

「やい、さんぴん……おれたちをあまく見ちゃいけねえぜ。何度も命の遣り取りをしてきているんだ。侍だからといって、はいそうですかと怖気づくと思ったら大間違いだぜ」

「ほほう、わしはおまえを斬ろうとしてここで待っていたわけではない。だが、そのように端から不埒《ふらち》な態度を見せるのであれば、今目にしている景色がこの世の見納めとなるが、どうだそれでも良いか」

猛之進の脅しに茂助の顔がみるみる赤く染まり、益々達磨に似てくるようだった。

「しゃらくせえっ……利いた風な口をききゃあがって……そいつはこっちの台詞でえ。

銀次……やっちまおうぜ」

茂助は着ていた袢纏《はんてん》を勢いよく脱ぎ捨て格子縞の着物を尻っぱしょりにすると、背腰に差し込んであった小太刀を鞘走る音と共に抜き放った。もう一人の銀次と呼ばれた男は無言で猛之進をじっと見ていたが、懐に飲んでいた少し長めの匕首《あいくち》を手に、油断の無い仕種で身構えると押し黙ったまま怯える様子もない。茂助のように脅し文句を並び立てる口数の多い男など目の前で抜き身を一閃させてやれば震え上がるが、銀次のような感情を面に出さない男は危険であった。銀次の首の辺と着物の袖を捲り上げた腕に、数カ所刀傷を思わせる刃物で抉られたような傷跡があった。匕首を手にした男は相手が素浪人だとはいえ、二本差しの侍を前にして何の怯えもなく立ち向かおうとしているのだ。茂助が言うようにいくつもの修羅場を掻い潜ってきたのはおそらくこの男なのであろう。

人間は殺戮を繰り返すと顔の表情や目の奥に特有の暗い影を帯びる。彼ら町人は侍のように幼い頃から斬人の方法や、打ち物……所謂《いわゆる》刃物に対する神聖さを教えと共に身体に植え付けられるようなことはないのだ。それだけに人を傷つけたり殺したりすることが日常化すると、次第に死に対しての捉え方が瑣末《さまつ》なことに思われてくるのであろう。

銀次のような男は、人の生き死にを日常の中で繰り返される何の変哲もない出来事とみているのかも知れなかった。そこには武士の生き様に通ずるものがあった。猛之進はやくざ者のような輩は剣尖で髷でも飛ばしてやれば簡単に脅しに屈すると思っていたが、その考えは捨てざるを得なかった。銀次はじわじわと前に出てきていた。間合いなどというものは考えてもいない動きである。

刀の棟《むね》で殴打して腕でも折ってやるか、それとも斬って捨てるかを猛之進は迷っていた。一刀のもとに銀次を斬りさえすれば、茂助は簡単に言うことを聞くだろうとは思っていたが、太一郎からは背後に十手者《じってもの》がいると聞いていることだ。身辺を探られでもしては厄介であった。そのときである。銀次がいきなり匕首を腰だめにして走り込んできたのだ。

猛之進は気合もろとも抜き打ちに払い斬りにしたが、鋼同士の打ち当たる音が境内に響き渡った。猛之進が斬ることを躊躇《ためら》っていた為に剣尖《けんせん》が鈍ったとはいえ、こやつ……匕首でおれの剣を受けたのだと呆気にとられた。道場での打ち合いではあったが、若かりし頃、妻の瑞江に打ち込んだ一太刀《ひとたち》を小太刀で受け止められたときの驚きに似ていた。

「銀次とやら匕首を収める気はないか。これ以上手向かうと斬り捨てることになるぞ」

銀次は何を思ったかにやりと唇を曲げてから、これが猛之進の言葉に対する応えだと言わんばかりに匕首を構えなおすと再び突っ込んできたのだ。今度は猛之進も手加減する気はなかった。軽く振り下ろした剣が匕首を掴んでいる手に入った。その瞬間、男の持つ刃物は一間ほど飛んで地面に落ちた。銀次は地面に落ちた匕首を拾おうと身を屈めたが拾うことはできなかった。落ちた匕首から僅かな所に男の親指が転がっていたからだ。

「申しておくが手首を斬ろうと思えば斬れたのだ。そうなれば五本の指が無くなっていたぞ。こうなってはもう戦えまい。茂助、おまえはどうする。銀次と違い端《はな》からおまえにはそれがしに立ち向かう気力などはあるまい。かかってくるのなら相手になるぞ。首が胴から離れても良ければな」

その言葉に茂助は足を前に踏み出すこともできなかった。既に戦意はなく歯の根が合わぬほど怯えていた。猛之進は指を抑え蒼白な顔でその場に立つ銀次を見て言った。

「その方……指が落ちても命に関わることはあるまい。おまえに用はない。わしの気持ちの変わらぬうちに直ぐにこの場から立ち去れ。この男のことは心配いたすな斬りはせぬ」

銀次は匕首を左手で拾い上げると、茂助に一瞥をくれ後ろも見ずに立ち去っていった。

「さて、その刀は鞘に収めてくれぬとな。そうしないと話も出来ぬぞ」

茂助は猛之進の斬らぬという言葉を信用したようだったが、震えが収まらず小太刀を鞘に収めるのにはかなり手こずっているのが見えた。

「そ……それで……おれに話というのは……な、何でえ」

「先ほども申したが……その方、あの親娘に良からぬ言い掛かりをつけて脅しておるそうではないか」

「誰がそんなことを言ったのかは知りやせんが、あっしはそんな阿漕《あこぎ》な真似はしていませんぜ」

「ほほう、良い覚悟だ。この期に及んでも未だ白を切るというのか。このうえ知らぬ存ぜぬを決め込むというのならば、先ほどは斬らぬと申したが少し痛い目をみることになるぞ。それでも良いのだな」

猛之進は凄みを利かすと、腰だめにした大刀を抜き打ちに素早く白刃を振るった。茂助の目の前を刃風と共に唸りを上げて抜き身が通り過ぎた。茂助は何が起こったのか分からず目を瞬《しばた》かせていたが、そのとき腰に挟んでいた脇差が音を立てて地面に落ちたのだ。自分の下半身に目をやった茂助は、脇差を結んでいた帯が切られたことを知って短い悲鳴を上げた。

「わ……分かりやした。わかりやしたよ。へい、確かに脅しやした。繁盛している飯屋なんで銭になると思い……」

腰を抜かしたように座り込んだ茂助は慌てて頷いた。

「嘘を申すな。あの親娘が蝋燭問屋を営んでいた頃、おまえはそこで手代をしていたというではないか」

「へい、それはそのとおりですが……それがどうかしやしたんで……」

「わしが思うにはその蝋燭問屋が潰れたのは、おまえが何かを企んでのことだと睨んでおるのだが……どうだ。図星であろう」

「な……何を言うのかと思えば……それは見当違いも良いとこですぜ、旦那。一体どこから聞いてきたのか知りやせんが、根も葉もない噂話じゃねえんですかい」

「わしの言うことが戯言や噂話だと申すのか。……ふむ、未だ懲りぬようだの。では……おまえの片腕をもらうとするか。落とされても良い方の腕を出せ」

「だ……旦那……誰も腕を斬られたい奴などいやしませんぜ。わかりましたよ。全部話しますからもう勘弁して下さいよ。旦那の言うとおり、あの蝋燭問屋結城屋《ゆうきや》を潰す話に加わったのは確かなことで……」

「加担だと……すると企んだのはおまえではなく、他の者だともうすのか」

「へい、大店一軒を潰すのは手代のあっし一人ではいくらなんでも無理ですから……」

「それでは……誰なのだ」

茂助への脅しはこのあたりで充分であった。これ以上の関わりはする必要もあるまいと思ったが、逆にそれが誰なのか猛之進には知りたい気持ちが膨らんできていた。

「それを聞いてどうしなさるんで……そう言っては何ですがご浪人の旦那には荷が重すぎるような気がしますがねえ」

「それはおまえの知ったことではない。良いから詳しく話さぬか」

茂助は観念したように頷くと腹を括ったようだった。

「あっしの後ろ盾は十手持ちですぜ、旦那。それも定町廻り同心の成瀬宗十郎様というお方なんで……」

「その調べは疾うについておる」

「へ、そうと知っていてあっしを脅しているんですかい」

茂助は驚いたように目を丸くした。

「十手持ちなどそれがしには恐れるに足りぬわ。まさかその同心ではあるまいな」

「いくらなんでも成瀬様が関わるようなことはありませんよ」

「すると材木問屋の辰巳屋久右衛門か」

「……」

「ほう、何も言えぬところを見ると正鵠《せいこく》を射《い》ておるようだな。おまえと辰巳屋とはどのような関係なのだ。材木問屋の久右衛門が博徒の元締めだということは百も承知しておる」

猛之進が勝手に想像し先走って話を進めるのを茂助は丁度良いと思ったのだろう。口を挟もうとはせず腹の中で舌を出していたのだ。

「……まあ、良い。だが、おまえの後ろに居る成瀬という同心がおまえたちのしたことを知らぬはずはあるまい。奴もお零れを懐に入れておるのであろう」

茂助は表情を変えず何も言わなかったが、猛之進とは視線を合わさないようにしていた。

「ふむ……実を言うとそれがし、今の話は好奇心から聞いただけでそれほど深入りするつもりはないのだ。要はおまえがあの親娘から手を引けばそれで良いのだ」

「へい、わかりましたよ。善兵衛親娘には今後一切手を出さなければ良いんですな」

「言葉だけでは信用できぬ。一筆もらうぞ」

猛之進は用意してきた半紙と筆を懐から出すと茂助に渡し促した。このような事で男が素直に猛之進の言葉に従うとは考えてもいなかったが、その為に十手者とは関わりのない銀次という男の指を斬り落としてみせたのだ。ところがこの茂助という男……その後、猛之進の先行きに少なからず関わりを持ってくることになるのである。

「さて、これが証文だ。二度とあの親娘には近づくな。約束を違《たが》えたときはそれがし必ずやおまえの前に現れるであろう。そのときは腕だけではすまぬぞ。良いな」

「へい、二度と近づきやせんよ。命あっての物種でやすからね」

男の腹の中を覗くことはできないが茂助は従順な素振りをみせてそう言った。

「よし、わかったのなら去《い》ねい。そのしゃっ面、忘れずに覚えておくぞ」

茂助は軽く頭を下げると踵を返した。遠ざかる男の背を見つめながら、猛之進もこれで茂助が脅しに屈したとは思わなかった。この場を立ち去りながら腹の中では舌を出しているのかも知れないのだ。茂助を斬ってしまえば事はそれで済んだのかもしれないが、厄介なのは奴の後ろに居るという役人だ。猛之進としても十手持ちに周囲を嗅ぎまわってもらいたくはなかったが、元凶《げんきょう》が辰巳屋久右衛門だとすればその男を引きずり出さないことには親娘を助けることはできないと考えていた。そうまでして一膳飯屋の親娘に肩入れする謂《い》われはないのだが、そこのところは猛之進にも何故なのかよく分からないのである。若党であった太一郎が言うように、猛之進は江戸に出てきて変わったのだと思うしかなかった。たとえそうだとしてもだ。幼少の頃から同じ道場で剣を競い合った同輩の弥十郎を斬って国元を出奔した猛之進である。仇敵となり弥十郎の弟万次郎とは、何れ対峙せざるを得ない身であることには些《いささ》かも変わりはしないのだった。


猛之進は外で遊ぶ子供たちの声で起こされた。どうしようもなく喉が渇き、台所にまで行くと水瓶《みずがめ》を覗き込んで悪態をついた。柄杓《ひしゃく》が乾いた音を立てて反転する。瓶に水を入れておくのを忘れたのだ。仕方なく長屋の井戸にまで行こうと土間に降り立った。

するとと閉め切ってある戸の向こうで訪いを入れる男の声がした。同じ長屋の住人ではないことは武家言葉で直ぐにそうだと知れた。壁に立て掛けてあった刀を手にすると猫の額ほどの平土間にもう一度用心深く立った。

「どなたでござるかな」

「身共《みども》だ……門倉権左だ。覚えているであろう」

「おお、貴公は……」

小太りで背丈のあるふくよかな丸顔を思い浮かべる。猛之進は心張り棒を外すと立て付けの悪い戸を軋ませながら器用に開けた。いきなり外の光が目に入り手で被う。

「よくここがわかったではないか」

「それがでござる。おっと……堅苦しい武家言葉はやめにいたそう。おぬしとは共に盗賊を相手に斬りあった仲だ。それがしを権左と名前で呼んでくれ。わしも猛之進と呼ぼう」

権左は家の中にずかずかと入ってくると手にしていた酒徳利を板間に置いた。勝手に上がり框に腰を掛け、遠慮のない親しげな口振りで今後の親交を深めようと言うのである。

「それがな……猛之進。貴公が近頃通っている田丸とかいう居酒屋のおすまという娘がおるであろう。ま、娘とはいったが少しばかり薹《とう》は立っているがな。ふむ……そのおすまに聞いたのだ」

猛之進の脳裏におかめのような女の顔が現れた。おすまは決して器量よしとは言えないが気立てのよいどこか憎めないところがあった。

「ほれ……手土産を持ってきたから一緒に飲もうではないか」

権左は置いてあった酒徳利を持ち上げると猛之進の目の前に差し出した。

「ふむ……これは良い所へ良い物を持って来てくれた。喉が渇いて水を飲もうとしたら水瓶が干上がっていたのだ」

猛之進は白い歯を見せると汚いところだが上がれと権左を促し、台所から茶碗を二つ手にして戻ってきた。

「酒のつまみは何もないが……」

そう言いながら棚に置いてあった甕《かめ》を開けてみる。

「おお、先達《せんだっ》て隣の女房に貰った沢あんがあった。こんなものでも良いか」

「沢あん漬け……上等ではないか」

権左はいきなりひと切れ摘むと口の中に放り込み、ぽりぽりと小気味のよい音を立てた。

「ところで……おぬし……今は何をしておるのだ」

猛之進はそう口にしてからつまらぬことを訊いたと思い苦笑を浮かべた。

「それがしか……何もしてはおらぬ。この間の玉乃屋の件で当面の方便は立っておるからな。それは貴公とて同じであろう」

「ふむ、見たとおりだ。門倉殿……おぬし……」

「おいおい、堅苦しいではないか猛之進。権左で良い権左で……」

「うむ、わかった。それでは権左……おぬし、わしに力を貸さぬか」

「ほほう、何か金になりそうな話でもあるのか」

「十手持ちが絡んでくるかもしれぬが金にはなる」

「おいおい、まさか押し込みでもしようと言うのではあるまいな」

口に持っていこうとしていた茶碗を床に置くと、探りを入れるような目で猛之進を見た。

「案じるな。相手は旗本屋敷の中間だ。とは言っても博徒風情だがな。その中間の後ろに定町廻り同心がついておるようなのだ」

「十手持ちというから岡っ引きなのかと思えば定町廻りか。奴らは御家人とはいえそれがしと同じ直参だからなあ」

「なんだ。嫌なのか……」

「ん……ま……早まるな猛之進。嫌だとは言っておらぬ。どちらにしてもこのまま何もしないでいればじり貧だ。とにかく話を聞こうか」

「先に申しておくが、それがしの話を聞いてこれは駄目だと思えば止めても良い。だが、それがしが所持しておる刀の件は前には進まぬぞ」

「何だ、おぬし……わしがこうして酒を手土産に持参したというに、脅しめいた言葉を口にいたすのか」

「べつに脅してなどおらぬ。貴公のことは江戸に来て初めて知己を得たとそう思っておるからの」

「おいおい、大袈裟なことを申すな。この辺がこそばゆくなるではないか」

権左は照れくさそうに首のあたりを手で掻く仕種をしてから、茶碗になみなみと注いだ酒を一息に飲み干すと任せておけとでもいうように胸を叩いた。

「よしっ……わかった。微力ながらそれがしで良ければおぬしに力を貸そう。何でも言ってくれ、猛之進」

変わり身の早いやつだと思ったがおくびにも出さず、これまでの経緯《いきさつ》を話して聞かせた。

「するとその親娘を脅している地回りを貴公が懲らしめたというわけか。それならば話は簡単だ。あとはその親娘から金を貰うだけではないか」

「いや、あやつらがそれだけで済ませるとは思えぬ。わしは必ず茂助の後ろ盾が出てくるとみているのだ」

「その後ろ盾ともうすのは町方と博徒なのであろう。町方のほうは厄介だぞ。斬って捨てるとでも言うのか」

権左は覗き込むような目つきで猛之進を見た。

「いや、それがしがみるところでは、出てくるのは辰巳屋久右衛門という博徒の親分だとみておる。わしも出来れば十手持ちを斬るようなことになるのは避けたい」

「それはそうであろう。それも定町廻りなど斬ったら後々面倒なことになるからのう」

「そこでだ、権左。待っているよりもこちらから仕掛けるつもりでおるのだが、どうであろう」

「ふむ……わかった。して、どうしようと言うのだ。聞かせてくれ」

「ではもそっと近くに寄れ。このような破れ長屋など、どこに耳があるかわからぬからな」

猛之進はわざとらしく周りを窺うような素振りをしてから、真顔になると声を潜めたのだった。

凶手

「お貸元《かしもと》……」

その言葉に帳場に座っていた温和そうな男の顔が険しくなった。

「おい、ここではその名で呼ぶなと言ってあるではないか」

「あ……申し訳ございません。つい、はずみで……」

「ま、良い……なんだね。何かあったのかね、番頭さん」

「ご浪人さんが尋ねてきているのですが旦那様……お会いになりますか」

「なんの用だといっているんだね。そのお人は……」

「用心棒として雇う気はないかとそう仰っていますが……」

「どんなお人だね。やっとうの方はいけそうかね」

旦那様と呼ばれた男は何やら察したような顔つきになると番頭にそう訊いた。

「それが……見た目はどこか頼りなさそうなお人でございまして……」

「ま、奥座敷へお通ししなさい。会ってみましょう」

番頭は主人にお辞儀をすると玄関口に戻って行った。店の裏手では材木を運ぶ人足たちの掛け声が表通りにまで威勢よく聞こえてくる。材木問屋辰巳屋の主人久右衛門《きゅうえもん》は大店の商人としての顔を日頃は装っていたが、この辺り一帯を縄張りとした博徒を率いる元締めである。だが、この界隈でも裏の顔を知る者は少ない。

「ご浪人様、それではあなた様のお名前をお聞かせくださ い」

「それがし、門倉権左と申す」

「門倉様……浪々の身となられましてお長いのでございますかな」

「うむ、実を申すとそれがし……元直参なのだ。とは申しても厄介者の三男坊なのだが……訳は言えぬが明日からの食い扶持にも事欠いておる始末なのだ」

「お旗本でございましたか。いえ、理由などお聞きしたところで仕方がございません。用心棒をなさりたいと仰っていたとお聞きしましたが、手前どもは材木を商う商人でございますから、お武家様をお雇いする理由はございませんのですが……」

「正直に申せ、辰巳屋……おぬしが博徒の元締めだということはそれがし知っておるからこそこうして訪ねて参ったのだ。それに……おぬしの方にその気がなければそれがしを座敷になど上げるまい。どうだ。そうではないか」

辰巳屋久右衛門が、温厚そうな商人の顔から口辺に漂う笑みを消したのは、ほんの一瞬のことであった。直ぐにもとの商人らしい如才のない笑みを浮かべ、いきなり両手を叩いて人を呼ぶと顔を出した男に茶を持ってくるように言った。番頭と思われる男が戻ってきて門倉の前に茶を置くとそのまま男はその場に居座った。

「門倉様と仰られましたな。良いでしょう。わたしのことを地廻りを束ねる男と知って訪ねて参られたのでしたら、当然のように剣術は人並み以上にお使いになられるのでございましょう。それでは今日からこの辰巳屋にお住まいになっていただきます。あなた様の部屋はこの番頭の助五郎がご案内いたしますから夕飯までごゆるりとしていてくださいい」

あまりに簡単に用心棒に雇われた権左は目を白黒させた。

「辰巳屋……そんなに簡単にそれがしを信じても良いのか。もしかするとその方に危害を加えようとしておるのかも知れぬぞ」

「いえいえ、わたしの人を見る目は確かでございますよ。あなた様がそのような策謀などおできにならないことくらいはちゃーんと見抜いておりますから」

権左は博徒の親分といわれる男には初めて会ったのだが、一分の隙もないような気がしていた。見た限りでは徒の商人だったが話してみると、修羅場を潜り抜けてきた男だけが持つ特有の気配が身体の奥から滲み出てくるようであった。それは剣を使い命のやり取りの中に身を置いた者でなければわからない感覚なのだ。猛之進から聞いていた話とは大分隔たりがあると権左は思うのである。会ってみると久右衛門という男がそれほど悪い人間ではないような気がしてきたのだった。とは言うものの、難なく猛之進の企てどおり辰巳屋に入り込んだ権左であった。

「もし……お武家様……」

その声で権左は目を開けた。目の前に三十代半ばと思われる年増女の穏やかな顔があった。

久右衛門と話し終わった後、一人では広すぎる十畳ほどの部屋に案内され畳に寝転がって目を閉じた途端に眠くなり、そのまま寝入ってしまったようだった。

外で様子を窺っていた猛之進は権左が屋敷から出てこないのを見届け、思惑通り事が運んだことに満足して引き上げたことだろう。

「うむ……それがし、どうやら寝てしまったようだな」

「はい、起こすのがもうしわけないほどよく寝ていらっしゃいましたよ」

女は笑みを浮かべよく通る声でそう言った。

「旦那様から夕食をお出しするように言われたのですが、そろそろお持ちしてもよろしいでしょうか。それとも先にお湯に浸かってさっぱりなさいますか」

「なに……もうそのような時刻になるのか」

権左は起き上がると部屋の障子戸を開けて確かめるように外を見た。

「そなた今風呂ともうしたか……この屋敷には風呂もあるのか。それは有り難い。このところ風呂というものとは縁がなかった。是非とも湯に浸かりたい」

「さようでございますか。それではご案内いたしますのでついて来てくださいな。鉄砲風呂ですが今頃は丁度良い湯加減だと思いますよ。それからわたしの名はおつまと言います」

「おつまか……良い名だ。お女中……そなたはこの家の奉公人かの？」

おつまという女は権左の問いに小さな笑い声を上げた。

「わたしでございますか。ふふ……まあ、そのような者でございますよ」

おつまの後ろをついて行くと、庭の中ごろに戸のついていない小屋がありそこに鉄砲と呼ばれている煙突形の釜が見えた。

「お名前は門倉様とうかがっております」

「そうだ。それがし、門倉権左と申す。暫く厄介になる。見知りおいてくれ」

権左が改まった口調で言うと、おつまは優しげな目を細め白い歯を見せた。

「お部屋の方にお食事の用意をしておきます。それから食事がお済みになりましたら旦那様がお話があるそうです」

「ふむ、あいわかった」

おつまの言葉どおり湯を浴び部屋に戻ると既に膳は運ばれていたが、その上に乗っていた料理の取り合わせを見て権左は驚いていた。今まで暮らしていた旗本屋敷でもこれほど豪華な膳立てなど見たことがなかったからだ。おまけに燗《かん》のつけられる徳利《とっくり》が付いており至れり尽くせりの扱いであった。この話を猛之進にすれば自分が来ればよかったと羨むだろうと思い権左は目尻を下げたのだった。

誰も居ない部屋で出された夕飯を一人で食べ終わり、満たされた腹から喉元にまで上ってきたおくびを出すと平気な顔で再びその場にごろりと寝転がった。辰巳屋久右衛門が姿を見せたのはそれから四半刻ほど経った頃のことである。

「門倉様、入ってもよろしゅうございますか」

「おお、久右衛門殿か」

権左は慌てて起き上がりその場に端座した。自然に身体が動いた。そうしなければならないほどの辰巳屋の待遇であったのだ。久右衛門は入ってくるなり権左の心中を言い当てた。

「どうでございますか、門倉様。当方の扱い方が用心棒に対するものではないと不審をお抱きになっているのではございませんかな」

「久右衛門殿……それがし、あまりの待遇の良さに驚いてはおるのだが……あ、いや、不審などとはとんでもござらん」

「いえいえ、ご承知のとおりあなた様にはわたしの命をお守りしていただくのでございますから、このくらいのことは当然です」

「命だと……おぬし、何者かに狙われておると申すのか」

「いいえ、そのようなことがあるかもしれないという用心のためでございますよ。じつを言いますと、わたしは明後日から箱根に湯治に行くつもりなのでございます。あなた様にはご一緒していただき道中の警護をお願い致したいと考えております」

「そうか。腑に落ち申した。それでそれがしを用心棒として雇い入れたというわけだな」

「はい、丁度良いところへやってこられたというわけでございますよ」

「湯治か……それは良いのう。ではそれがしも湯に浸かってもよいのか」

「もちろんでございますよ、門倉様。わたしの用心棒としての旅となりますので、ゆるりと過ごすわけにはまいりませんでしょうが、箱根の湯には浸かっていただきますよ」

「それはありがたい。ところで久右衛門殿。さきほどのおつまという女子はおぬしのご妻女であろう」

「はい、よくおわかりになりましたな。おつまがそうもうしましたか」

「いや、よくできたご妻女で、流石に辰巳屋の女房殿だと感服つかまつったしだいだ」

「それは少々褒め過ぎでございますよ、門倉様」

久右衛門は照れたように破顔一笑した。このようなときの久右衛門は実に穏やかな顔を見せる。気の荒い博徒たちを束ねる貸元だとはとても見えないのである。それだけに何事かあれば裏で見せる顔は恐ろしいほどの迫力があり、久右衛門の子分たちも震え上がるのではないだろうか。


次の日、権左は猛之進の住まいである吉兵衛店に居た。

「上手い具合に久右衛門が湯治に行くというのは明日からなのだな、権左。そうなるとその日の泊まりは戸塚の宿ということになるな」

「そうだ。のう、猛之進。それがしが思うには……辰巳屋久右衛門を引っ捕らえて叩くのはもう少し様子をみてからでも遅くないのではないか」

「なんだ、権左……辰巳屋に一日居ただけでもう取り込まれたのか」

猛之進は権左の顔をまじまじと見た。

「そうではない。そうではないがおぬしも久右衛門に会って一度あの男をその眼で見たほうが良い。拙者にはどうしても親娘を脅すような奴に肩入れする男には見えないのだ」

「おぬしの目を疑うわけではないが、権左……そうは言うがあやつは表と裏の二つの顔を使い分けておるのだぞ。おぬしに見せたのは材木問屋辰巳屋という表の顔だ。博徒の親分の顔をおぬしは見たわけではあるまい」

「それはそうなのだが……」

権左は懐手をすると納得のいかぬ表情を浮かべたままあらぬ方向に視線を移した。

「ま……おぬしが合点がいかぬというのであれば事を起こすのは箱根に入ってからでもよい。旅の途中に襲う機会はどこにでもある。急ぐこともなかろう」

「のう、猛之進……その茂助とかいう中間を斬るだけでは済まぬのか。奸物《かんぶつ》はその中間なのであろう。ひょっとすると茂助から久右衛門の耳には何も届いていないのかもしれぬぞ」

「おぬしには話したではないか。茂助は久右衛門の手下ではないがあの男とは深い関わりをもっていると……それに茂助一人斬るのならそれがしだけで足りる。おぬしの手を借りる必要もないのだ。ひとつ話してないことがあったが……その一膳飯屋の娘きよだが聞くところによると、嘘か誠かわからぬがあの娘の器量と歳を見れば安く見ても二百両は堅いと言われておるそうだ。博徒風情がそれを黙って見ているだろうか。そうは思わぬか」

権左は承知したともしないとも取れる顔で頷いたが言葉にはしなかった。

「ただ……そうだとすれば気になることがあるのだ、猛之進」

「なんだ、気になることというのは……?」

「うむ、辰巳屋が何の疑いもなくそれがしを用心棒として雇い入れたことだ。確かに久右衛門はそれがしのことを一目見て気に入ったからだとは言った。だが、茂助から話を聞いておれば拙者がおぬしとは同じ穴の貉《むじな》だと思っておらぬであろうか。そう考えればそれがしを雇ったのは何か策略でもめぐらしているのやも知れぬぞ」

「権左よ。それほど難しく考えぬでもよいのではないか。それがしが思うには、湯治に行くつもりだったところにおぬしのような浪人者が現れ、これ幸いと雇ったとみるのが妥当であろう」

猛之進がそのように手短に言い切ったのには、ここは権左の疑念を払拭させなければならぬと考えたからである。

「ふむ、そうかも知れぬ。しかし、用心しているだけだとは言ったがそれがしには自分が何者かに命を狙われているような口振りともとれる言い種に聞こえたのだ。それは見方によっては茂助を脅した者が道中で襲ってくるかも知れぬという疑いをもっているのではあるまいか。猛之進、おぬしの言うように深く考えぬでもよいというのであれば、もう一度言うが茂助から何も聞いていないかも知れぬということもあり得るのではないのか」

「いや、茂助が久右衛門に何も話していない筈はない。拙者は話が久右衛門の耳に届くように茂助を斬らずにおいたのだ」

猛之進が溜息混じりに眉根を寄せたのも、己の目論見に疑問を呈するような権左の言葉が気に入らなかったからだ。

「ま……どちらにしてもそれは直ぐに分かることだ。とにかく今も申したように箱根の湯治場まで様子をみることにしようではないか」

猛之進はそう言ったあと、さて、このあとはどうするつもりなのだと権左に訊いた。

「それがしは屋敷に戻る。少しばかり用事を片付けてくると言って屋敷を出てきたのだ。あまり長く離れていて変に疑いをもたれないとも限らぬからな」

「ふむ、それもそうだな。ではもう連絡はせぬ。箱根で会うことにしようではないか」

「おぬしも箱根への道中あまり近づかぬことだ。不審に思われては元も子もない」

「心配いたすな。わかっておる。その前にそれがしはもう一度茂助を叩いてみようと思っておる」

「おい、あまりやり過ぎるなよ猛之進。追い込んでしまうと十手者に泣きつかぬとも限らぬからな」

懸念の言葉を口にする権左に心配するなと言うように笑みを浮かべ、猛之進は軽く二度ほど頷いたのであった。

中間部屋に居た茂助を外から来た仲間の藤蔵という男が呼んだ。

「なんでえ、藤蔵。どうかしたのかい」

「屋敷の外で侍がおめえを呼んでるぜ」

ぎょっとしたように茂助の顔についた二つのどんぐり眼が大きく見開いた。

「何だと……どんな風体をした奴なんだ」

藤蔵の説明に根掘り葉掘り執拗に聞き返した茂助は、やっと安心したのかほっとした表情になり部屋を出て行こうとしたが、それでも胸に僅かに残る不安を払拭できないのか足を止めて振り返るともう一度聞き返した。

「明日からのことを打ち合わせたいとそう言ったんだな。間違いないだろうな」

「間違いねえよ。しつこいぜ、茂助」

茂助の疑り深い執拗な問い掛けに藤蔵は気分を害したように言葉を荒げた。


猛之進は小石川御門近くにある、直参旗本橘庄三郎の屋敷から少し離れた井筒という料理屋の二階に居た。そこから旗本屋敷の門前が良く見えるのである。彼は茂助を捉まえるために井筒の二階で見張っていたのだが、意外な光景を目の当たりにしたのだった。

屋敷の門前に見知った男が立っていたのである。いつからそこに居たのかは見落としていたが、その男の名は塚本善次郎……猛之進と同じ郷田藩の元藩士であった。事の成り行きは定かではないが元藩士というのは、この男も人を斬って郷田藩を逐電《ちくでん》していたからだ。

塚本が国を出たのは猛之進が国元を出奔する二年ほど前のことである。唯、塚本は代に渡る郷田藩の藩士ではなく中途での召抱えだった。彼も非凡な剣の使い手であった。国元の道場で一度立ち合ったことがあったが、腕は互角かそれ以上とも思えた。立ち会った三本のうち、初めの一本は猛之進の上段からの打ち込みが面に決まり、二本目は塚本の竹刀が猛之進の篭手を打った。三本目は互いに譲らず勝敗を決し得なかったのであるが、妙なことにそのときは塚本の方が竹刀を引いたのだった。その塚本が何故ここに居るのだ。不思議に思っていたそのときである。築地塀《ついじべい》に取り付いた潜《くぐ》り戸から茂助が顔を出したのだ。慌てて立ち上がろうとしたが、塚本が茂助を見て歩み寄ったのである。何だ二人は顔見知りなのかと猛之進は再びその場に腰を落とした。様子を見ていると何やら深刻そうな顔で話をしている。暫くして話し終えるとその場で二人は別れ茂助の方は屋敷の中に姿を消した。それから半刻ほどを料理屋井筒で費やしたが、茂助が姿を見せないので猛之進は止む無く吉兵衛店に引き上げたのだった。

権左は起き上がると大刀を掴み庭に出た。清々しい朝の冷気が漂うなか、空を見上げると雲一つないような晴天であった。

ずっと昔、幼少のみぎり一度だけ遠出をしたことがあったのだが、旅に出かける前というのは良いもので気持ちも晴々と浮き立つものがあり、そのころに感じたような心地よさが蘇るようでもある。その中に陰りがあるとすればこの箱根への旅が血を見ることになるかもしれないことだった。道中は番頭の助五郎と手代の三蔵に源太、それに辰巳屋久右衛門である。久右衛門は旅先に危険が待ち構えているとは思わないのか、それとも本当に権左の腕を信じきっているのか同行者は権左を入れて四人だけである。唯、助五郎と他の二人も常人ではない雰囲気を漂わせていた。腰には道中差しを身に着けていたが、おそらく子分たちの中でもこの三人が腕利きでもっとも信用がおけるのだろう。庭に立つ喬木の葉が二枚はらりと落ちてきた。権左はいきなり上下に剣を振るい四枚に分かれた二枚の葉が地面に落ちる前にもう一度剣を振るった。驚いたことに葉は八枚になって庭の黒い土壌の上に落ちた。それを見て権左はゆっくりと抜き身を鞘に収めたのだった。その光景を一人の男が戸の隙間からじっと見ていたが、男の目が驚愕に歪んだのは一瞬のことであった。直ぐに元の鋭い目つきに変わるとその場を離れて行ったのである。

「それでは門倉様……わたしの道中の無事はあなた様にお頼み申しましたよ」

「うむ、任せておけ。大船に乗った気でおればよい。だが、これだけは聞かせておいてくれぬか。おぬし、本当に誰にも狙われてはおらぬのだな。と言うより、何者かが道中のどこかで襲ってくるかもしれぬと思っておるのであれば先に言っておいてもらいたい。それがしとしてもその方が護りやすいのだが……」

「門倉様、何度も申すようで恐縮でございますが、一応わたしも調べさせてみたのですがそのような気配はないと言ってもよろしゅうございます」

「そなたの縄張りを狙っている者の心当たりもないということなのだな」

権左の問い掛けに、久右衛門は含みを持たせるような笑みを浮かべたまま頷いたが言葉にはしなかった。その日、戸塚宿へ続く街道に踏み出した権左たち一行の前には、商人風の夫婦連れ、その向こうには饅頭笠を被った旅の僧。そこから少し距離をおいた鳥追女《とりおいおんな》が足早に行く。権左たち一行とは離れていたが、背後には角笠を被り打飼《うちか》いを背に旅装の武士が付かず離れずついてきていた。遠めに見えるその武士が猛之進であるのかは識別できる距離にはなかった。久右衛門と子分たちは旅なれているのか足は速い。権左がついていけないほどである。一刻ほど歩きとうとう音を上げると泣きを入れた。

「おい、おぬしら……もそっと歩みを遅くできぬのか。それがし旅慣れておらぬゆえ、おぬしらに歩調を合わせるのは大変なのだ。急ぐ旅ではないのであろう」

久右衛門は足を止めると小さく笑い声を上げた。

「門倉様……わたしたちは早く歩いてはおりませんよ。旅というのはこれが普通でございます。のんびりしておりますと戸塚に着くまでに日が暮れてしまいますので……」

「それはそうかもしれぬがこれではそれがしの足がもたぬ」

「もうすこしがんばっていただけませんか。ここから半刻ほど行ったところに茶店が並んでいる場所がございます。そこまで行けば今日の残りの路程は楽になりますから」

言われて権左はすこしばかり元気になった。

小高い峠を越えて街道を覆うように茂る常磐木の並木を抜けると、そこは戸塚宿であった。

久右衛門たちより少し遅れて旅籠《はたご》に着いた権左を、久右衛門から言い付かったのか戸塚の入り口付近で手代の源太が待っていた。既に辺りは薄暗くなり始めており、戸塚宿に足を踏み入れる旅人の姿はなく権左の他には誰もいなかった。

「おう、源太か。久右衛門殿は無事に着いたのであろうな」

「へい、襲ってきた四人のうちの二人を痛めつけたら逃げて行きやした。旦那の方は……あの侍二人はどうなりやしたんで……」

久右衛門のいないところでは、源太の喋り方は生きの良い江戸っ子らしい伝法な口調になる。権左たちは茶店で暫く休んだあと直ぐに出発したのだが、川と崖を背負った場所でいきなり襲撃されたのである。襲ってきたのは浪人二人と雲助と見える四人を入れ、六人の凶徒であった。権左は咄嗟に久右衛門たちをその場から逃がしたのだが、四人の凶徒が後を追っていったのを見て上手く対処できたのか案じていたのだ。

「うむ、一人は斬り捨てた。だがもう一人はそれがしに近づこうともしなかった。どうやらわしがどれほどの使い手なのか探りを入れてみたようだな」

「すると、またどこかで襲ってくるというんですかい」

「それは間違いあるまい。終わりにするつもりならば、あの場でそれがしと一戦交えたであろう。それに、あやつは尋常一様《じんじょういちよう》な使い手ではない。ひょっとするとわしの手には負えぬかもしれぬ」

「それほどの使い手なんですかい。門倉の旦那でも太刀打ちできないお侍がいるんですな」

源太は道場通いでもしたことがあるとみえ、少しは手並みが見えるようである。

「それがしのことよりもおまえたちの方が心配であった。だが、どうやら源太。おまえも助五郎と三蔵もあの場は何とか切り抜けたようではないか」

「へい、あっしの見たところ襲ってきた四人はあっしらと同じ博打《ばくち》うちだったようです。妙なことですが四人のうち二人は雲助かも知れねえ。ドスの使い方がトウシロで、そのおかげで何とか切り抜けることができやした。旦那も知っていなさるように、うちの貸元も修羅場を踏むのは慣れていなさるんで」

「そうか。それもそうだな。ところで此度の襲撃者はおまえたちの縄張りを狙っておるのか。それとも久右衛門殿に恨みでもあるのか。おまえはどうみておるのだ。そこのところを聞かせてくれぬか」

源太は権左の顔を暫く見つめていたが視線を逸らすと話し始めた。

「あっしにも本当のところ、よくはわかりやせんが……あっしら博徒は縄張りを維持する為には身体を張って何でもやってきやしたんで、当然でやすがその中で恨みを買うことがないとは言い切れやしねえ。それに、親分の人柄もあってうちのシマは良い旦那衆がついておりやすからね」

「ふむ、そうか。欲しがる奴は一人や二人ではないであろうな。おまえたち博徒というのは賽子《さいころ》博打で食べているのであろう。賭場を開くのは材木問屋の屋敷の中なのか」

「いや、表の商売をしている場所で賭場は開けやしねえんで……親分がそれは許しやせん。旦那はあっしらのような博徒に関心がおありなさるんですかい」

「いや……あいわかった。これ以上はおまえとしても話し難かろう。わしも元は旗本だ。渡り中間どもが旗本屋敷の中間部屋を賭場として使うのは知っておる」

「へい、そのとおりでござんす。……ご開帳……いえ、賭場を開くのは岡っ引きや同心などが手を出せない寺や旗本屋敷を使うのはあっしら博徒の常套手段でやすからね」

「つかぬ事を訊くが……おまえは茂助という男を知っておるであろう」

「へい、橘様のところの中間ですかい。旦那も茂助を知っていなさるんで……」

「うむ、知っていると申しても心安い間柄というわけではない。おまえも知っておるようにそれがしは旗本の三男坊だからな」

「ああ、そういうことですかい。正直なところを言えば、あっしはどうもあいつが気に入らねえんで……おっと、口が滑りやした。このことは代貸しにはご内聞に願いやす」

「ほほう、それはどうしてだ」

源太の口から出た意外な言葉に権左は好奇の目を向けた。

「いえね……茂助の後ろ盾には定町廻り同心がついていて……野郎、博打うちでもねえのにあっしらのシマ内に顔を出して大きな顔をしていやがるんですよ。それに……」

源太はそう言ったあと次の言葉を躊躇うように眉根を寄せた。

「それに何だ。それがしの胸に留めて……外には洩らさぬから申してみろ」

「へい、二、三日前のことなんですがね。うちの代貸しと額を寄せて何かこそこそ話していやがったんですよ。あっしが部屋の戸を開けると急に話すのを止めやがったんで……茂助のやつは気まずい顔で愛想笑いしたんですがね。あっしには他人には聞かれたくない話をしていたように見えたんでござんすよ」

「代貸しというのは助五郎のことだな。よし、そこまで口にしたのなら底を割っておまえの胸の内を全部それがしに話してみろ。力になるぞ」

「へい、助五郎の兄貴は……うちの親分があのシマを継ぐ前の貸元のときから子分をしていなすったお人で、兄貴分とは言うものの、あっしはどうもあまり好きになれねえんで」

「すると源太。おまえも久右衛門殿が辰巳屋を仕切るようになる前からの身内なのだな」

「へい、今のお貸元が代貸しをしていた頃からずっと手下としてついておりやす。親分には返せねえくらいの恩がありまさあ。あっしの命はお貸元に預けてありやすんで」

「ふむ、おまえたち博徒にも武士と同じような、主家に対する家臣の忠義のようなものがあるのだな。さて、このくらいにしておこうか。あまり遅くなって久右衛門殿を心配させてもいかぬ」

「旦那、くどいようですが今あっしが話したことは内密にお願いいいたしやすよ。茂助はともかくとしても、代貸しの助五郎どんがうちの親分を裏切ろうとしているかどうかは確かなことではないんで」

「わかっておる。余計なことは口にせぬ。心配無用だ。懸念いたすな」

権左は安心させるように源太の肩を二、三度叩いた。


久右衛門は源太と一緒に部屋に入ってきた権左を見て安心したようだった。

「いや、門倉様のおかげで危ないところを助かりました。それであの侍は……」

「今、源太にも話したのだが、一人は斬り捨てたがもう一人は斬り合う気は端からなかったようだ。どうやらそれがしの腕がどの程度のものか探るつもりだったようだ」

「そうですか。いや、あなた様にもわたしたちにも何事もなくて何よりでした。お疲れでしょう。ひと風呂浴びてきて下さい。それから飯にすることにいたしましょう」

旅籠清川の風呂は一度に十五、六人くらいは入る事ができそうな広さがあった。奥の方に一人だけ先客が居たが、風呂場の中は小さな掛行灯《かけあんどん》の明かりだけで薄暗く顔は見えなかった。権左はのんびりと湯船に浸かりながら一刻《いっとき》ほど前に襲ってきた浪人者との命のやり取りを思い浮かべた。その様子を少し離れた場所からじっと見ていた男の姿が頭に浮かび上がった。あの男と次に顔を合わせたときには刃を交えることになるだろう。並の使い手ではないことは目配りや足の運び方でそうだと知れた。不気味に思えるのは権左の太刀筋を見るだけにしたことだ。刃を交える気でいたのならあの場で渡り合うことはできた筈である。立ち合った男が権左に斬り伏せられるだろうことは、刀を抜き合わせたその時点であの男には疾うに見えていたはずである。そうであるならば二人で掛かれば容易く権左を斬り倒すことができたかもしれないではないか。

そう言えば久右衛門を入れて誰もかすり傷ひとつ受けていないのだ。源太が言うには襲い掛かってきた賊を簡単に追い払ったような口振りであった。久右衛門たち一行の防御力がどの程度なのか見たというのならそうかも知れないが、いまひとつ奇異な感じは拭い切れなかった。

「権左……」

背後からの呼ぶ声に驚いて振り向くと、先ほどから一人居た先客が近くに寄って来ていた。

「誰だ。何奴か……」

「拙者だ。猛之進だ」

「なんだ。おぬしか……」

「なんだ、ではない。無用心ではないか。おぬし、今頃斬られていたかもしれないのだぞ」

「うむ、少し考え事をしていたのだ。それよりも今日、辰巳屋が襲われたことは見ていたのであろう。おぬし、それがしたちが始末をつけなくても久右衛門は他の誰かが片付けてくれるから放っておこうとでも言うつもりなのか」

「そういうわけではない。面体を晒すのは今ではないと思ったまでよ。それに、あの場はおぬし一人に任せても大丈夫だと見たからだ。のう、権左。久右衛門が襲われるのは当然なのかもしれぬぞ。辰巳屋の縄張りにはそれだけ魅力があるということなのであろう。久右衛門に恨みつらみのある者がいない限り、同業の仕業とみて間違いなかろう」

「それは拙者もおぬしと同意見なのだが……のう、猛之進……もう一度考えてはみぬか。わしは久右衛門という男……博徒とはいえそれほど悪い男だとは思えぬのだ。おぬしも必ずや考え方が変わるから話してみることだ。それに……だ。思うに、久右衛門を亡き者にして縄張りを手にしようとしている輩は身内の中にいるのではないかとわしはみておる。今のところ、はっきりとはせぬがいずれ正体を見せるに違いなかろう」

権左は既に、辰巳屋久右衛門という男に完全に取り込まれているような口振りである。

「まあ、まて……おぬしの言うとおりかも知れぬ。辰巳屋がそれほど阿漕な博徒ではないと拙者にもそう思えてきたことがあるのだ」

「そうであるならば話は早い。どうだ、おぬし……辰巳屋の味方をするというのは……嫌と言うのならそれがし一人でもかまわぬが」

「待て待て、早合点するな……」

猛之進は苦笑いを浮かべてから言葉を続けた。

「嫌だとは言うてはおらぬわ。此度は拙者がおぬしをこの事に引き込んだときと同じ申しようになるとはな。しかし……だ。まさか……攻守所を変えるとはよう言ったものよ」

「それではおぬしも承知したと言うことだな。いや、それがしとしてもほっと胸を撫で下ろす思いだ。だがな、猛之進。そうだとすればあの一膳飯屋の親娘にとっても悪いことではないぞ」

「もう良い、権左。今も申したが、それがしも少しばかり気になっていることがあるのだ」

「なんだ、それは……」

「うむ、じつはな……」

猛之進はもう一度茂助を問い詰めようと、直参旗本橘庄三郎屋敷が見える場所で張り込んでいたときのことを話して聞かせた。

「その塚本善次郎とかいうおぬしの同輩と中間の茂助とは、同じ仲間なのかも知れぬと言うのだな。すると、久右衛門の縄張りを狙っているのは茂助だということか？」

「ふむ……だがそうなると成瀬とかいう定町廻りが背後で糸を操っているのかもしれぬ。そのうえ塚本善次郎が仲間の一人だとすれば厄介だぞ。それがしは国許で一度立ち合うたことがあるが彼奴は非凡なる使い手だぞ」

権左は何か閃いたのか目を見開いた。

「待てよ。今日襲ってきた二人の浪人者のうちの一人は、それがしが斬り合うのを見ていただけで手を貸そうとはしなかったのだ。その塚本とか言う男、長身で肩幅が広く剛毛のような眉毛の持ち主ではないのか」

「ふむ、そのとおりだ。どうやらこいつは塚本善次郎が一枚噛んでいるのは間違いなさそうだ。できることならあやつとの斬り合いは避けたいと思っていたがそうはいかぬようだ」

「それほどの使い手なのか、塚本という男は……」

「三本立ち合って一本目は拙者の面が決まったのだが直ぐさま籠手を抜かれた。今だから言うがその一本は打ち込みが見えなかったのだ。後から思ったのだが、それがしの最初の面が決まったのは塚本の身体が未だ温まっていなかったこともあったのではないかと……」

「それで三本目はどうなったのだ」

「結局は勝敗を決し得なかったのだ。正直なところを申せば、内心ではそれがしが一歩遅れを取ったのではないかと思っていた。だが、心配いたすな。今は拙者の方に分があると思っている。抜き身を持って人と渡り合うというのは竹刀の打ち合いとは違うからな」

「さて、少しのぼせたようだ。猛之進……おぬしの部屋はどのあたりなのだ」

「二階の街道筋が見下ろせる窓際の場所に部屋を取った。何か事が起きれば下に飛び降りることもできそうだ。おぬしたちの部屋に直ぐに駆けつけることも容易だ」

「それは良い。何かあれば大声で知らせよう。源太という男にだけはおぬしのことを話しておこう」

二人は風呂を出てその場で別々に分かれると、振り向きもせずに薄暗い廊下を互いの部屋に戻って行ったのであった。


その夜は何事もなく次の日の朝を迎えた。

猛之進は未だ夜が明けやらぬ暗いうちに旅籠を発った。上空には残月が白く光輝いて冷気が肌に染み込んでくる。この日は小田原の宿で泊まることになる筈である。猛之進が早めに宿を発ったのは街道の様子を探るつもりなのだ。敵が襲ってくるとすればどの辺りになるのか、地の利も確かめておかなくてはならない。それは襲う側にも言えることなのだから早めに知っておくことは、多少なりともこちら側に利を生むことになろうというものだ。一刻ほど歩くと街道は人の姿がちらほら目に付き始めた。道の両側には田圃が広がっていたが、きれいに刈りとられた稲株が猛之進の視野を埋めつくすほどであった。集団で渡り合う博徒たちの出入りならこの場所は打ってつけなのかもしれないが、奴らもここで襲ってくるようなことはあるまい。周りには遮る物もあまりなく襲撃には目立ち過ぎるからだ。猛之進は立ち止まると、背後に真っ直ぐに続いている道を振り返って見た。権左たちは早めの朝食を済ませて今頃は宿を後にしているだろう。

権左は旅籠を後にする前に宿の女中から猛之進の出立を聞き及んでいた。猛之進が早立ちしたのはおそらく街道の様子を探るためであろうと思われた。

昨日襲撃されたことで久右衛門の周りは剣呑《けんのん》な空気に包まれている。それでも久右衛門は箱根行きは止めようとはしないのだ。湯治というのは表向きの話だと疑わざるを得なかった。そのことに気づいたのは風呂を出て猛之進と別れてからである。当然のように権左はそのことを久右衛門に問い質してみた。すると、お気づきになられましたかと笑みを零したのだった。

「このようなことになればそれがしでなくとも気づくであろう」

「申し訳ございませんが今は未だ話すわけにはまいりませんのです。こうなることを見越したうえであなた様の腕を頼りとお道連れをお願いしたのでございます」

こちらは雇われ用心棒である。そう言われれば権左としてはそれ以上踏み込んで聞き質すことができなかったのだ。

その日は何故か襲撃者たちの襲来はなく、権左たち一行は無事に小田原に着いたのだった。小田原宿は行き帰りの旅人たちで賑わっていた。久右衛門の力はこの辺りにまで及んでいると見え、泊まる旅籠と皆に割り当てられた部屋の良さは昨日泊り込んだ宿と変わりなく、いや、それ以上かと思われる待遇は上々であった。権左が風呂から出て自分に与えられた部屋に戻ってくると既に夕餉の支度が整えられ、思いがけなく膳を前にした久右衛門が座っていたのである。

「おお、久右衛門殿。今宵はそれがしと膳を並べるのかな」

「はい、そのつもりでございます。どうぞこちらにお座りください」

権左が膳を挟んで差し向かいに座ると、久右衛門は先ずは一献と徳利を傾けた。

暫くの間、差しつ差されつ飲んでいたが頃合いを見計らったように久右衛門は杯を置いた。

「門倉様……昨夜あなた様がわたしに訊こうとなさいましたことでございますが、やはり今お話をしておいたほうが良いとおもいまして……」

相変わらず久右衛門は大店の商人然とした話し振りである。権左には段々こちらのほうが本当の久右衛門ではないかと思えてくる。

「そうか。それでは聞かせてくれ。そうしてもらえれば拙者としても久右衛門殿を守りやすい」

「はい、少し長い話になりますので飲みながらお聞きください。わたしの知り合いで卯之助というお人が箱根の湯治場で卯之湯という小さな宿を営んでおります。じつはその卯之助というお人は辰巳屋の先代の主人《あるじ》でございまして……」

久右衛門は喉を潤《うるお》すように手酌で注いだ酒を一息に飲み干してから再び話を始めた。

卯之助は年老いて跡目を久右衛門に譲り、今は箱根で宿を営みながら隠居暮らしをしているのだという。材木問屋の辰巳屋が博徒という裏家業をするようになったのは卯之助の代からであった。辰巳屋の次男だった卯之助には二つ違いの長子である総一郎がいたことから甘やかされて育ったと云う。その為か年頃になると悪い仲間と付き合うようになり店の者の目を盗んでは金を持ち出し遊興に耽っていた。だが、そのようなことは長く続くはずもなく、父親に見つかり卯之助は遂には勘当されたのだった。

当時、野尻の文蔵という地廻りがその辺り一帯を縄張りとしていた。卯之助は文蔵の子分になると次第にその世界で頭角を現し代貸しにまで上り詰め、ついには病に倒れた貸元の跡目を継いで頂点に立ったのである。

その頃、実家の辰巳屋を継いだ兄の総一郎が人に騙されて材木問屋として商いを続けていくのが覚束なくなり、家まで乗っ取られ先行きを悲観して大川に身を投げたのだ。ところが、それを耳にした卯之助は辰巳屋に乗り込んで材木問屋を奪い取ったのである。辰巳屋を陥《おとしい》れた男は相手が博徒の親分となると黙って明け渡すしかなく、騙《だま》し取ったという弱みもありお上に訴え出ることもできなかったのだった。

「じつは……わたしの所へ出入りしている茂助という男がおりますのですが、この男はその卯之助というお人の息子なんでございます」

権左は思わず驚きの声をもらしてしまいそうであった。すんでのところで何とか止まったが、内心の狼狽を咳払いで取り繕いながら問い質した。

「その先代の卯之助だが息子がいて何故その方に跡目を譲ったのだ」

「茂助はその頃、蝋燭問屋に奉公しておりまして、いずれは商人として店を持ち独り立ちする筈でございました。先代としては一人息子の茂助に真っとうな人間として生きてもらいたいと思っていたのでしょう」

「うむ、それはそうであろうな。人の親としては当然だ。あ、いや、おぬしのような博徒もいるから一概には言えぬがな」

「いえいえ、わたしたち博徒は博打で食べているわけですから真ともな生き方とはいえません。ですが、世間には食《は》み出して生きて行くしか他に道はない者たちもおります。わたしはその食み出し者が堅気の人たちに迷惑をかけることがないようにと思い、裏の生業《なりわい》を目立たぬようにして表では材木問屋という真っ当な商いをしているのです」

「なるほどな。考えてみればおぬしのしていることは立派なことではないか。誰にもできるようなことではないぞ」

久右衛門は権左の言った言葉の何がおもしろかったのか、いきなり小さく笑い声を上げた。

「いえ……少しばかり話が逸れてしまいましたが……ところがこの茂助が何を思ったのか突然博徒になりたいと言い出したのでございます。じつはわたしが跡目を継いだとき先代との約束があったのです。茂助が博徒になりたいと言い出したときはそれを受け入れ、貸元の座を譲らなければならないということなのです。わたしは強い疑念を抱きました。茂助という男がどのような人間かを知ってしまったからなのでございます」

「……」

「茂助は勤めていた蝋燭問屋を罠にかけて潰したのです。確かにやったことは食み出し者の博徒そのものだといえるかもしれませんが、わたしにはどうしても許すことができなかったのです」

「そうか。それで茂助は、おぬしが考えを変えぬとあらば手っ取り早く闇に葬ってしまおうと狙っておるのだな」

「はい、それが先代の差し金なのかそうでないのか、真意を確かめるために箱根にまで行かなければならなくなったのでございます」

「ふむ、昨日やつらが何故それがしたちを本気で襲わなかったのかそれで納得をした。おぬしが先代の卯之助と会ってどのような話になるのかが分からぬからだな」

「そのとおりでございましょう。多分脅しを兼ねていることもあるのでしょうが……」

「源太からは代貸しの耳には入らぬようにと口止めされていたが言っておくことがある。おぬしのことだからある程度のことは察しておるやも知れぬが、代貸しというか番頭の助五郎だがあまり信用せぬ方が良いかもしれぬぞ」

「はい、そのことでしたら承知しております。元々先代の息の掛かっているあの助五郎には、背中は見せられぬと思っておりましたので……」

久右衛門の反応に権左は納得するようにやはりなと首を縦に振った。

「卯之助にしてみれば茂助はたった一人の息子で、そのうえおぬしとは約束を交わしておるのだからおぬしが承服するのは当然だと思っているだろうな」

「博徒という家業においては約束を守ることは絶対なのでございますが、出来れば先代には納得をしていただかねばならないというのがわたしの気持ちなのです。いま茂助が貸元の座につけば堅気の人たちがどれほど泣くことになるのか、そのことに思いを巡らせばどうあってもこの座を明け渡すというわけにはまいりません」

それだけは絶対に譲れないとでも言うように強い意思が久右衛門の顔に表れていた。

「久右衛門殿の考えは拙者も大いに同意できるものだ。じつはそこもとには隠していたがそれがしの他にもう一人助っ人を呼んであるのだ。おぬしの承諾を得なければと思っていたのだがどうであろう」

「いいえ、お味方が多ければ多いほどそれに越したことはございません。そのお方がわたしどもにご加勢下さるなら是非ともそうしていただきたいと、こちらからお頼みしたいくらいでございます。門倉様のご推挙ともなればそのお方も凡庸《ぼんよう》な使い手ではございますまい」

これで猛之進も顔を隠さなくて良くなるだろう。どちらにしても襲撃を受けたとき、猛之進と二人でその場に居れば互いに心強いのは確かなことである。

箱根の山道に差し掛かる街道から、緩やかな流れをみせる渓流を望むことができる。鶺鴒《せきれい》がその渓流の水面を飛ぶ羽虫でも捕食しているのか、慌しい鳴き声を上げて飛び交っていた。今は紅葉が晩秋の色合いを濃くし始めている山々も、やがては白一色に移り変わるのだ。箱根七湯と呼ばれている箱根の湯治場は、この時節お伊勢参りや富士大山詣での一夜湯治としての賑わいを見せていた。

旅籠に入り旅の垢を落とし夕餉を終えると、久右衛門は卯之助の営む卯之湯には一人で行くと皆に告げた。卯之助からの書簡には一人で来るようにと認《したた》められていたというのである。源太は一人で行くことに強く反対したが助五郎は異は唱えず、権左も敢えて止めようとはしなかった。権左は昼間のうちに連絡を取りこうなることも予測して、猛之進が護衛することを久右衛門には勿論のこと誰にも知らせなかったのである。

次の日の朝早く久右衛門は卯之湯に向かった。その後ろを猛之進が気付かれぬよう距離を置き付かず離れずついて行く。卯之湯は権左たちが泊まる旅籠からは一里ほどの距離にあった。距離は短いが山道である。猛之進は咄嗟の場合を考え歩き易いように踏込《ふみこ》み袴《ばかま》に穿き替えていた。権左の口振りでは久右衛門が卯之助と話し合う前に襲撃されることはないだろうと言っていたが、用心を怠るのは己の身も危うくするということなのだ。

伊賀袴を着けた久右衛門の足は意外に速かった。ついて行くには少しばかり骨が折れるほどの歩みだったが猛之進も足には自信があった。おそらく久右衛門は若い頃に長旅を経験しているのだろう。猛之進は三度笠に合羽を纏った博徒の旅姿を頭の中に浮かび上がらせていた。

襲撃は受けないだろうとは聞いていたが、山道で先を行く久右衛門の姿が見えなくなると心配になる。慌てて急ぎ駆けるようにして曲りくねった岩陰を覗き込んだとき、猛之進の口からおうと言葉が洩れた。そこに久右衛門が立っていたからである。

「先ほどからわたしの後をついてきなさる御仁がいると気付きまして、この場で待っておりました。あなた様ですかな門倉様がご推挙されたというお方は……」

久右衛門の顔には薄っすらと笑いが浮かんでいたが、油断なく脇差をいつでも抜けるような体勢を保っているようだった。

「流石に博徒たちを束ねる親分だけのことはある。どうやら気付かれてしまったようだな。そうだ。拙者、権左……いや、門倉殿の朋輩の須田猛之進と申す」

「須田様と申されますか。はい、門倉様からはわたくしにご加勢くださるお人とだけ承っております。あなた様のようなお人がお味方についていただくだけでも心強い気がいたします。どうぞこちらこそよろしくお願いいたします」

久右衛門はそう言いながら深々と腰を折ったのである。

「それから……まことにもうしわけないのですが、今から会う御仁から一人で来るようにとの書簡を受け取っておりますので、ここからはわたし一人で行かなくてはなりません」

「いや、権左から聞いてわかっておる。それに道連れがいないのはそうではないかと思うておったのだ。人に見られぬように用心してついて行くゆえ、案ずるには及ばぬ。拙者も役割を果たさねばならぬからのう」

「須田様にそう仰っていただけるのなら、わたしも安心して約束を交わしている卯之助というお人に会いに行けると言うものです。では先を急ぎますので……」

久右衛門は笑みを引っ込めると再び足早に歩き始めた。暫くの間その背を見つめていたが、やがて猛之進も足を踏み出していた。守る者に手が届かぬような間を開けないのは用心棒としての勤めである。飛び道具で射掛けられては防ぎようもないのだが、権左の話していたとおり卯之湯に着くまで襲撃者は疎《おろ》か鳥獣一匹すら姿を見せなかった。

湯治場の宿に入って行く久右衛門の後姿を見ながら猛之進は、どうやら人を見る目は権左の方が一枚上手なようであったなと一人ごちたのだった。

猛之進は卯之湯が見える場所で切り株に腰を下ろしていた。建屋の辺りからは湯の煙が立ち昇りいかにも湯治場らしく硫黄の臭いが漂ってくる。

話が長引いているのか久右衛門が建物に入ってから既に半刻ほどになる。痺れを切らすと猛之進は立ち上がった。何か良からぬ事が起きているのではないかという不安が胸に広がり始めたのだ。久右衛門からは止められているが外からでも宿の中を覗いてみるしかないと思った。権左から聞いた話では、五、六十歳くらいの二人の下働きと、四十に近い端女《はしため》が卯之助と一緒に暮らしているだけなようである。

近くに寄ってみたが家の中はしんと静まり返っている。建屋の周りを一回りしてみたが羽目板で覆われ中の様子を窺える場所はありそうにもない。不安を消すには中に押し入るしか策はなかった。猛之進は刀の目釘に湿りをくれると戸を蹴破った。すると、そこに斧を振りかぶった男が立っておりその前に久右衛門が膝をついて男を仰ぎ見ていたのだ。猛之進は家の中に踏み込むと躊躇《ためらい》なく斧を手にした男の腕に刀身を叩き付けた。斧を握った腕は肘のあたりからすぱっと断ち斬られ土間の上に落ちたのだが、同時に男は短い呻き声を発するとその場にどさりと倒れ動かなくなってしまった。久右衛門が——先代っ！——と叫んで男を抱え起こしたが既に息絶えていたのである。

「久右衛門殿……この男が卯之助なのか」

猛之進が訊くと久右衛門は悲壮な面持ちで言葉には出さず頷いた。

「すまぬ。殺す気はなかったのだ。あのままではおぬしが危ないと思ったのでな。それがしも、まさか腕を斬り落とすだけでこの男が果ててしまうとは思わなかったのだ」

「いいえ、須田様の所為ではございませんでしょう。おそらく、この歳でございますから心の臓がもたなかったのだと思います」

「それで……卯之助とはどのような話になったのだ。それがし、門倉からあらまし話は聞いておる。この様子からしておぬしの説得には応じなかったとみえるな」

「はい、仰るとおりでございます。先代もお歳を召され、たった一人の我が子である茂助可愛さに物事が見えなくなっていたのでございましょう。どちらにしてもこれで茂助とは表立っての争いになることは避けられなくなりました。あなた様にも門倉様にも今にも増してお力添えをお願いすることになりましょう」

「うむ、茂助に力を貸している者たちの腕は凡そは承知しておる。これより江戸に戻る道はいつでも襲撃されると思っておいた方が良いな。ただ、ひとつ気になることはあるのだ」

「気になる事とは何でございましょう」

「茂助の背後にいる定町廻り同心の成瀬とか言う男のことだ。町奉行に関わる者が何かと出しゃばってくると厄介ではある」

「それはご心配には及びません。成瀬という同心のことはわたしも存じてます。門倉様にも申し上げましたが表立って茂助を手助けするようなことはしないでしょう。他の十手者にしても……目明しも含めてですが……鼻薬を嗅がせてありますから目立った動きはしない、というよりもできないと思います」

「そうか。それではこちらとしては思い切ったことができるな。どうやらおぬしを守ることに専念はできそうだ」

「わたしも若い頃は長ドスを振り回していたようなときもありましたので、自分の身を守るくらいのことはできます」

久右衛門はそう言ってから、怪訝そうな猛之進の顔を見ると苦笑いを浮かべた。

「はい、ご推察のとおり先代に刃物を向けることはできませんでした」

その言葉を聞くと猛之進は自分が国元で起こしてきた事件を思い浮かべた。今更悔いてみても仕方の無いことだったが、なんと身勝手な振る舞いであったのか。久右衛門の人柄に触れ思い知らされるのだった。権左の言葉どおり久右衛門という男が疑いのない傑物であると納得せざるを得なかったのである。

猛之進と久右衛門が卯之湯を後にして宿場までの帰り道を半分ほど来たときである。久右衛門の手下と共に息急き切って駆けつけて来た権左と鉢合わせしたのだった。

「おお、権左……何かあったのか」

顔を上気させた権左の頭から湯気が立ち上りそうであった。

「何かあったのかではないぞ、猛之進……」

権左はそう言ったまま両手を腰にあてると暫く肩で息をしていた。

「それがしには慣れぬ山道は大変なのだぞ。おぬしに任せておけば大丈夫だとこの二人には言ったのだが、心配だからどうしても行くというから拙者もついてきたというわけだ」

「権左……おぬしには平坦な道も大変ではないのか」

「ま、それを言うな。わしは江戸からあまり出たことがないのだ」

二人の遣り取りを見ていた久右衛門が笑いながら労いの言葉を口にした。

「門倉様……それはご苦労なことでございましたな。そのうえ、わたしを守るためにこの須田様をつけてくれていたのには本当に感謝いたします。そのおかげで何事もなく用事を済ませることができました」

「それで……どのようになったのか聞かせてくれぬか」

「話が決着する前に先代は亡くなりました。こうなりますと襲撃者はなり振りかまわずわたしたちを襲ってくることでしょう。門倉様とこの二人が丁度良い所まで来ましたので旅籠には戻らずこのまま江戸に向かうことにいたします。おそらく茂助はわたしどもからそれほど遠くない場所にいることは間違いございません。わたしが卯之湯に顔を出したとき端女と下働きが居ましたが、戻るときには人影らしいもの何ひとつ見かけませんでしたので、先代が亡くなり交渉が決裂したことは直ぐに茂助の耳には届くことでしょう」

「お貸元……いや、旦那様……番頭さんがいなくなりました」

源太が気色ばんだ口振りで久右衛門の顔を見た。

「助五郎が……そうですか。ま、良いでしょう。前々から薄々気づいてはいたことですから……源太と三蔵……おまえたち二人はよくわたしについて来てくれたね。それで、源太。他の者はどのくらい残ってくれているのだろうね」

「それが……言い難いのですが、多分わたしとこの三蔵と音吉さんだけではないかと……」

「そうですか。それでも音吉が残ってくれただけでも良しとしなければなるまいね。音吉ならわたしの留守をしっかり守っていてくれるだろうからね」

流石に久右衛門は気落ちした様子だけは見せなかった。

「久右衛門殿……そうなると敵対する相手は分かっているだけでも出ていったおぬしの手下たちと塚本という浪人者ということに相なるが……」

「門倉様の仰るとおりです。もう一度お話をしておきますが成瀬という同心は表立っての加担はしないと思います。少なくともお奉行所のご威光を笠に着てわたしたちに矛先を向けることはできないでしょう。それにわたしの手下の者たちは今の所どちらにも付かないで成り行きを見ていると思われます」

「そうか。ふむ、それがしとしては奉行所の動きだけが心配であった。それがわかればどれほどの襲撃者がやってこようと拙者と猛之進で斬り伏せてやる。のう、猛之進」

「うむ、久右衛門殿……権左の言うとおりだ。こう申しては何だが、我ら用心棒を買って出た以上はおぬしを死なせるわけにはまいらぬからな」

「それは頼もしいお言葉でございますな。わたしも安心して江戸に戻れるというものです。お手前様方のようなお味方が付いたことでわたしも考えを変えました。それでは出立いたしましょう」

久右衛門の話では帰り道は裏街道を進むことにすると言う。裏道の方が襲われ易いのではないかとの権左の問いに久右衛門は答えた。江戸の地を踏む前に危険は承知のうえで茂助と決着をつけてしまいたいと言うのだ。今の子分たちの気持ちとしては、大多数がどちら側に付こうか迷いの気持ちを持って見ているのが本音であろう。強い方に付きたいのは誰しもが同じである。博徒だとはいえできることなら長ドスを振りまわして命の遣り取りなどしたくはないのだ。

裏街道は旅なれている者にも街道と呼ぶにはあまりにも過酷な道のりであった。殆どが山道で獣道のようなところを一刻ほども歩かされることになったのだ。久右衛門はどうやら道筋を心得ているようで迷いもなく先頭を行く。権左が幾度か音を上げて休まざるを得なかったが、日暮れまでにはどうしても目指す場所に着かなくては山中で寝ることになると、珍しく久右衛門が皆を叱咤した。この辺りは鹿や猪が多い。それに混じり時々熊が徘徊していると脅かすのだ。この時期の熊は冬眠を控えている為に気が荒いという。心もち皆の運ぶ足が速くなったのには山の中腹に黒い影が蠢くのを見て、久右衛門の話が大袈裟ではない気がしたからである。秋の日暮れは釣瓶落としのようにすとんと陽は落ちる。況して山の夕暮れは早い。星明りや月の光だけでは前にも進めなくなるのだ。

「さあ、着きましたよ。ほら、見えますか」

久右衛門の指差す方向をみると寺の甍を夕日が赤く染めていた。

「あれが今宵の宿となります。あの寺の住職とは古い知り合いなのです」

「いや、助かった。ひょっとすると野宿になるのではないかと思っておったのだ」

権左がため息交じりに安堵の言葉を口にした。

猛之進は久右衛門の表情を窺いながら気付いたように言った。

「そうか。あの寺が決戦の場となるのであろう。久右衛門殿……おぬし、初めからそのつもりであったのではないのか」

「はい、そのとおりでございます。茂助もあの寺のことはよく知っておりますから、おそらく、それほど待つ必要はないでしょう。どちらにしても、まさか今直ぐに襲ってくることはないでしょうから、今宵は身体をゆっくり休めて明日からのことに備えることといたしましょうか」

久右衛門の言葉にはどこかほっとしたような響きがあった。

寺の名を行安寺――住職の法然は年の頃七十に近い老僧であった。住持の他に作次という名の寺男と四十絡みの飯炊き女うめが居住していた。久右衛門と法然和尚とは旧知の間柄だと聞いたがそれ以上の関わりがあるようだった。多くの檀家を望めないような場所での寺持ちである。裏手に多少の墓石はあれど新しい卒塔婆は見あたらない。老齢の身に托鉢は堪えるであろう。そのうえ三人暮らしだ。他からの手助けがなくては毎日の食にも事欠くであろうことは想像に難くない。気になった猛之進は余計なことだとは思ったが久右衛門に訊いてみると、行安寺には父親の墓があるのだと言う。猛之進はそれですべてを納得しそれ以上のことを語りたがらない久右衛門の心情を察したのである。それは久右衛門の家が以前はこの辺りを統括する名主だったのではないかと思えることだった。

その夜、猛之進も権左も枕を高くして布団に入ったのは久方ぶりのことであった。ところがである。夜半、闇を切り裂くような女の叫び声で猛之進は飛び起きた。隣で寝ている権左も、すわ、敵かと刀を掴んで部屋を走り出たが、本堂に続く廊下は漆黒の闇で一寸先も見えない。二人は足を止めるしかなくその場で立ち止まっていると、先方に明かりが見えそれはいきなり二人を照らした。奴らが襲ってきたのかと身構えると、門倉様に須田様と呼ぶ声が聞こえた。鯉口を切り柄元に手をやりながら用心深く近づくと、その影はガンドウを手にした久右衛門であった。その後ろに源太と三蔵の顔があった。猛之進と権左は灯りが敵ではなかったことがわかると全身に漲《みなぎ》っていた殺気をやわらげた。

「この寺によくそのような物があったのう」

「はい、何れこのようなこともあろうかと和尚に用意をさせておいたのです」

「それでは先ほどの悲鳴は何であったのだ。何事が起こったのかわかったのか」

「はい、飯炊き女の寝言でございました。和尚に聞くと偶《たま》にあのような声を上げるのだそうでございます」

「なんだ。寝言か……拙者は彼奴らが襲ってきたと思ったではないか」

権左がほっと胸を撫で下ろしたように言ったとき、猛之進の顔が俄かに厳しくなった。

「まて、静かに……寺の外に誰かいるぞ。それも一人ではない。久右衛門殿ガンドウの灯りを天井に向けるのだ。戸の隙間から明かりが漏れる」

灯りが天井に向けられると、周りは薄闇になりその場はしんと静まりかえった。

虫の鳴き声が止んでいる。今は晩秋の色合いが濃く賑やかに奏でる虫の音は聴こえなくなっていたが、幾分生彩《いくぶんせいさい》を欠いているとはいえ螻蛄《おけら》や蟋蟀《こおろぎ》が鳴いているのを耳にしていた。その静寂の中に草木や小石を踏む微かな音が猛之進の耳に聞こえたのだ。皆は目が合うと互いに無言で頷きあった。ガンドウに点る火で、各々《おのおの》、久右衛門から手渡された手燭《てしょく》に火を灯し散って行こうとすると猛之進が囁くような小声で耳を貸せと言った。猛之進に何やら耳打ちをされた皆は一様にその指図に頷いた。

「それから、敵の人数が分からぬゆえできることならば外に出ぬ方が良い。今宵は星や月明かりで明るいようだ。敵は建屋の中の暗闇に目が慣れておらぬ。彼奴らが入り込んで来るのを待ち受けて討ち果たすのだ。源太と三蔵……おまえたち二人は勝てぬと思ったら無理をするな。権左に大声で助けを求めよ。久右衛門殿の身はそれがしが守るから心配いたすな。皆、くれぐれも用心するのだぞ」

猛之進はその場で皆を見送ったあと久右衛門と共に表口に向かった。

二人が表口の土間に立ったときである。外から引き戸を抉《こ》じ開けようとする力が伝わり、戸がぎしぎしと音を立てた。猛之進は久右衛門に目配せすると手燭の火を吹き消した。

その途端、引き戸はガタリと音を立てて外され外側に持っていかれた。一人の男が月明かりと共に刀身を手にゆっくりと寺の中に入ってきた。その頭部めがけて猛之進の抜き身が勢いよく振り下ろされた。男は断末魔の叫びを咽元に留めたままその場に崩れるように倒れた。斬り倒した男にとどめを刺し外の様子を窺うが人の入ってくる気配がない。

どうやら後ろに控えていた者は逃げ去ったようである。そのとき、寺の裏手から争う音が怒号と共に聞こえてきた。それを合図のようにして猛之進と久右衛門は屋外に躍り出た。満天に輝く星と月明かりに照らされた境内には、四人の男が二人を待ち受けるようにして立っている。もう一人、石灯籠の横に懐手をした人物がこちらを凝然と見詰め佇立《ちょりつ》しているのが見えた。高木檜《こうぼくひのき》の陰になり面体を窺い知ることはできなかったが猛之進は男を塚本善次郎とみた。前面に居る二人が先に動きを見せた。その身構え出で立ちは間違いなく武士である。久右衛門がどれほど斬り合いに慣れているとはいえ相手は侍である。刃を交えさせてはならなかった。猛之進は即座に判断して猛然と前に出ると二人に刀身を向けた。そのうちの一人を数度の打ち合いで斬り倒しもう一人に立ち向かう。男は上段に構えたまま一息に間合いに入ってくると、袈裟懸けに抜き身を振り下ろしてきた。猛之進は白刃を刀の棟で受け払いそのまま攻撃に転じたのである。思っていたよりも手強い相手だったが、片手斬りに伸ばした猛之進の刀身を受け切れず、脇腹を抉られ苦悶の呻き声を上げ地面に倒れ伏した。残った二人はその様子を見て臆したのかその場を動こうともしなかった。

「その方らそれがしと刃を交えるつもりがなければ早々にこの場を立ち去れ。それともそれがしの剣、一太刀なりとも受けてみるか」

猛之進が威嚇《いかく》するように言い放つ。目の前で二人の人間があっという間に容易《たやす》く斬り倒されたのだ。腰が引けて当然であった。一人が逃げ出すとあとの一人もくるりと背を向け暗闇に紛れて姿が見えなくなった。その様子を見ていた塚本と思われる男が檜の大木の影から月明かりの下に姿を現した。男は思っていたとおり元郷田藩藩士、塚本善次郎であった。

「やはり、貴公であったか」

「それがし……貴公と同じ元郷田藩藩士、須田猛之進でござる。塚本善次郎殿……」

「須田……猛之進か。妙なところで顔を合わすではないか。ふむ、聞いていた辰巳屋の用心棒なる人物とはおぬしのことか。いずれにしても久しいのう」

「まさかこのような場所でおぬしと出会うことになろうとはな」

国元を思い浮かべたのか塚本は口辺に笑みを浮かべた。

「すると、おぬしも脱藩したのか。理由は訊かぬが国境《くにざかい》を越えてどのくらいになるのだ」

「二年ほどにあいなる。お手前もそうであろうが……このような用心棒稼業、武士にあるまじきことをしている思いはあるが、食い詰めている身としては致し方あるまい」

「さよう……お互いにそれは言えることよのう。おぬしの真剣での太刀筋いま眼にしたが浪々の身となり大分人を斬ったようだな。斬り慣れてくると間合いが近くなるようだ」

猛之進は塚本の言っている間合いの意味合いを直ぐに理解した。斬人を繰り返すと自ずと見えてくるものがあるのだ。それは立ち合ったとき、相手の斬り込んでくる踏み込みの浅い深いがわかるようになるのである。間合いに踏み込み、抜き身を相手に叩きつける読みの判断が自ずと容易になるのだ。

「塚本殿……おぬしも用心棒としてこの場に立っているからには、互いに斬り合うのは避けられぬところだ。しかし、それがし……今ここでおぬしとは斬り合いたくないと思うておる。日と場所を改めぬか。どうしても立ち合うというのであれば止むを得ぬが……」

猛之進は静まり返っている辺りの様子から、他の三人のことが心配になってきたのである。

「そう言えばおぬしとは国元で一度立ちおうたことがあったな」

塚本はそう言ったあと暫く何事か考えているようだったが、殺気を帯びた表情を緩め白い歯をみせたように見えた。

「よかろう。急ぐことはあるまい。江戸に戻ってからにしようではないか。おぬしとの勝負、旬日《じゅんじつ》ほどは預けよう」

「その前にひとつ聞かせてくれぬか。茂助はおぬしらとこの場に来ておるのか。さすれば彼の男の命貰い受けることになるやも知れぬがそれでも良いのだな」

「勝手にすればよいことだ。今この場に姿を見せないということは、茂助はどうやらおぬしの仲間に斬られたか捕まったかしたようだ。どうやらこの一件それがしにはどうでも良い事とあいなった。但し、申し置くが一度引き受けた辰巳屋久右衛門の命は何れ貰い受ける。用心棒としての務めだからな。それでは後日、おぬしとの果し合い楽しみにしているぞ」

「承知……互いに国元での決着をつけることにしようではないか。それがしの住まいは清住町の吉兵衛店という裏店だ。いつでも連絡を待っておる」

塚本は猛之進が言い終わらぬうちに身を翻すと悠然と立ち去って行った。

「さて、久右衛門殿……権左はともかく源太と三蔵のことが心配だ。急いで裏手に回ってみようではないか」

「はい……須田様……」

緊張を強いられていたのであろう久右衛門の声音が酷くしわがれて聞こえた。

白刃を鞘に納め急ぎ寺の南側辺りにまで行くと、権左が抜き身を提げたまま呆然としたように突っ立っていた。

「どうしたのだ、権左……どこか手傷でも負ったのか」

「そうではない。この男を見ろ、猛之進」

権左は目の前に倒れ伏している男を指差した。

「なんだ、おぬしが斬ったのであろう。それがどうかしたのか」

「男の顔をよく見るのだ」

言われて猛之進は腰を落とすと倒れている男の顔を覗き込んだ。

「お……これは……」

驚いたことに玉乃屋に雇われ、共に用心棒としての勤めを果たした高野京四郎であった。

「なぜ斬ったのだ、権左。誰なのかわからなかったのか」

「いや、夜だとはいえこの明るさだ。直ぐに分かった。高野にもそれがしのことは直ぐに知れたからこやつも驚いて一旦は刀を引いたのだ。だが、そのあとがいかん。用心棒として雇われた身だ。このまま刀を納めてこの場を立ち去るというわけにはいかぬと、こうだ」

「それでやつと斬り合ったというわけか」

「うむ、あやつには……律儀なことを言うな。誰も見ておらぬからこの場から立ち去れとそう申したのだが……」

「子細はわかった。仕方がなかろう」

「しかし、気分はよくない。高野も使い手だ。斬る気で立ち向かわなければこちらが斬られていた」

それまで黙っていた久右衛門が二人の横に立つと遠慮がちに言葉を口にした。

「お話を聞いておりました。どうやらそこに倒れているお人はお知り合いのようでございますな。差し出がましいようですが、どうでしょう。この寺の和尚にご遺体をこの寺で丁重に葬っていただくようわたしの方で話をいたしますが……」

「そうか……そうしてくれると有り難い。じつはこの高野という男……門倉を入れわれら三人で、ある大店の用心棒をした仲間なのだ。それが敵方におったとはのう」

猛之進は倒れ伏している高野の背に手を合わせると口の中で念仏を唱えた。権左もはたと気づいたように刀を鞘に戻し、同じように手を合わせたあと高野を悼む言葉を洩らした。

「ふうむ……高野には妻子がおると聞いた。男の子で未だ五才だと聞いている。その子が不憫だ」

「仕方があるまい。お互いに命の遣り取りの中に身を置く暮らしをしているのだ。ひとつ間違えば逆におぬしが斬られていたのかもしれぬのだぞ」

「……」

「さて、源太たちの様子を見てみなくてはならぬ。裏手にまいろうではないか」

顔を上げた猛之進の言葉に、久右衛門が気付いたように慌てて身を翻した。

寺の裏手には高木《こうぼく》が隙間なく天を目指して伸びている。その寺の床下辺りにまで根を張った樫の根元に後ろ手に縛られた茂助が転がされていた。

「源太、襲ってきた他の者たちはどうしたのだ」

猛之進は辺りを見回しながらそう訊いた。

「へい、須田の旦那の指示はものの見事、図に当たりやした。こっちは襲ってきたのはこの茂助を入れて三人だけで侍は一人もおりやせんでしたので、茂助を殴り倒して縛り上げたら二人は尻に帆を掛けて逃げて行きやしたよ」

「茂助を縛ってあるこの縄はどうしたのだ」

「それがうまい具合にこいつら縄を持参でやってきやがったんで」

「ほう、久右衛門殿を縛り上げて連れ帰る気だったのかもしれぬな。どれ……茂助の顔を拝んでみるか」

猛之進は前に出て屈むと引き摺り起こした。

「おい、茂助……それがしを覚えておるか」

引き起こされた茂助は恨みがましい目で猛之進を見たが、今度は二つの眼がぎょっとしたように驚きに変わった。

「お、おめえは……」

「そうだ。思い出したであろう。どうやら、あのとき釘を刺しておいたのをおまえは忘れたようだな。それがしの前にその顔出せば唯では済まぬと言っておいたではないか。それに……蝋燭問屋結城屋を乗っ取る指図をしたのはここに居る辰巳屋久右衛門殿だと、おまえは確かそうぬかしおったな」

「……」

茂助は口が利けなくなったように押し黙った。

「久右衛門殿、差し出がましい口を挟むつもりはない。煮て食おうが焼いて食おうがおぬしの勝手だ。こやつをどうする。それがしがこの場でそっ首を刎《は》ねてやっても良いが……」

猛之進は茂助を脅すように腰だめした刀の鯉口を切る真似をした。茂助は恐怖のため血の気が失せて顔面は蒼白であった。

「いえ、茂助の後始末はわたしにお任せねがいます。どうぞこの場は……」

久右衛門が頷くのを見て、猛之進は袴に付いた砂を手で払うと大欠伸をした。

「さて、それではもう一眠りするといたそう」

猛之進はそう言うと権左を顎で促し寺の中へと戻って行ったのである。

お香

猛之進が吉兵衛店に戻って十日ほど経った。

塚本善次郎から果たし合いの日取りを決める言伝は未だなかった。辰巳屋久右衛門の身を護る用心棒の仕事も済んだわけではない。権左とは交代で三日ごとに辰巳屋に泊り込んで警護にあたっている。用心を怠るわけにはいかないのだ。辰巳屋久右衛門の命、いずれ貰い受けるとの言葉を塚本が残しているからだ。

久右衛門が茂助の後始末をどうしたのだろうかと気になるときがあるが、いずれにせよ茂助がどうなろうと猛之進の知ったことではなかった。

今のところは一膳飯屋の親娘から貰った五両の金子で懐は潤っていたし、久右衛門の用心棒をしていれば三日で一両になるのだ。このまま辰巳屋に入り込んでいればかなりの金子が手元に残るであろう。その所為か、近頃では飲み食いがかなり贅沢になってきているようだった。城勤めでいた頃とは違い行儀作法を気にすることもなく、辰巳屋では日頃与えられた部屋でごろごろしているだけである。長屋に戻れば戻ったで、布団に包《くる》まって日がな一日寝ていようとも文句を言う者もいないのだ。極楽であった。

「旦那っ……須田の旦那っ……居るんでしょっ！」

寝込んでしまっていたようだ。酒焼けの濁声でいきなり起こされた。半分寝ぼけ眼で返事をした。勝手に入ってまいれと言う前に引き戸は勢いよく開いた。顔を覗かせたのは斜め向かいに住んでいる料理屋勤めのお香という女である。歳は二十八になろうとしている大年増だったが中々好い女子《おなご》であった。

「旦那、お客さんですよ」

「客だと……拙者にか……？」

「ええ、この子ですよ」

お香の後ろから五、六歳になろうかという男の子が顔を見せた。

「何だ。それがしに何か用か」

「それがね、旦那……文を預かっているんですってよ」

お香は……ほら、自分で言いなさいよと子供の頭を軽く小突いた。

「文だと……わっぱ……それではその文とやらを貰おうではないか」

「わっぱじゃねえや。おいら、ちゃんと仙太という名があるんだからな」

利発そうな子供で口許辺りから頤《おとがい》にかけて勝気そうな面立《おもだ》ちが見て取れた。

「そうか。仙太か……身共にその文をくれぬか」

猛之進が苦笑を浮かべて手を出すと仙太は首を振った。それを見て、お香が執り成し顔で言葉を添えた。

「旦那……先にお駄賃を上げなきゃ……近頃の子供は抜け目がないんだから」

「わかった、わかった」

猛之進は棚から一文銭を五つ出して渡そうとしたが、子供は受け取ろうとしなかった。

「なんだ……これっぽっちか。二十文は貰えるというから、おいらわざわざ清住町までやって来たんだぜ」

思わず、こやつと悪態を呟いてから子供相手に大人気ないと思い直した。

「悪いがそれがし……今、一文銭を持ちあわせてはおらぬのだ。子供に一分銀をやるというわけにもいくまい」

「わかりましたよ、旦那。あたしが立て替えておきますよ。あとでいただきますからね」

「そうか。ありがたい。ではそうしてくれぬか」

仙太はお香から残りの十五文を受け取ると文を猛之進に渡し、大人たちの気持ちが変わらぬうちにとでも思ったのかその場から逃げるように走り去って行った。

「須田の旦那……それって付け文なんですか。なんだ……あたしも旦那に渡そうと思っていたのに……あ、戯言《ざれごと》ですよ……戯言……」

お香は婀娜《あだ》っぽい仕種をみせると年増女の柄にもなく頬を染めたのである。

「お香……」

猛之進は面くらった。戯言だとお香は断ったが思いもよらぬ言葉に不覚にも狼狽えたのだ。武士としての猛之進にはそのような体験は一度としてなかったからである。

「いやですよ、旦那。戯言だと言ったじゃないですか。ですけど、半分は本気かもしれませんよ。そうだとしたらあたしのこと抱いてくれますか」

そう言った後、いかにも面白そうにけらけらと笑い声をあげたのだった。

お香はこの長屋に越してきてから三ヶ月ほどと、未だそれほど長くはない。面と向かって話をしたことなどはなかった。よく見れば顔立ちは整い切れ長の目元には男心を引き付ける色気を湛えている。

「須田の旦那はどこかの外様《とざま》のお殿様にお仕えでしたよね」

「うむ……なぜ知っておる」

「なぜって……あたしがこの吉兵衛店に越して来たときに、旦那があたしにそう言ったでしょう。脱藩して来たって……」

「ん……拙者……そのようなことを申したかの」

「あら……もうお忘れになったんですか」

お香は白い歯を見せると媚びるような目で猛之進を見た。

「ところで旦那……もちろんお酒はいける口ですよね。時々旦那が酔っ払って帰ってくるのを見てますからね。一度あたしの勤めている料理屋にも遊びに来てくださいな。こう見えてもそこではあたしに岡惚れの男が大勢通ってくるんですからね」

お香は悪びれずにそう言ってから、今から湯屋に行くからと話を切り上げ戻って行った。

久しく触れていない女子の残り香が猛之進を暫く陶然とさせていたが、思い出したように手にしていた文を見た。広げてみるとそこには達筆な文字が並んでいた。それは付け文どころか塚本善次郎からの果たし状であった。忘れてはいなかったのである。最早、塚本の雇い主はいないのだ。二人が刃を交える必要などないことはあやつも知ったうえでの尚且《なおか》つというのは、国元での立ち合いの決着をつけたいと思っているのであろう。それは剣客としての猛之進も同じであった。互いの手並みは恐らく五分と五分。あれから数年の間に塚本は腕を上げているやもしれぬがそれはこちらも同じである。

日時は三日後の早朝六つ半――場所は、直参旗本久永兵庫頭屋敷前の江戸川河川敷――

受けて立つしかなかった。

その日の夕刻から久右衛門の警護を権左と交代をすることになっていた。そろそろ出掛けなければならないと腰を上げようとすると腹の虫が鳴いた。

流し台の横に置いてある米櫃《こめびつ》を覗くと、底の方に僅かに一撮《ひとつま》みの米が残っているだけであった。口に出して悪態をついてから衝立《ついたて》に掛けてあった袴を身につけ大刀を手にした。仕方があるまい昼飯はどこかでと思ったとき、猛之進が助けた親娘が営む一膳飯屋が頭に浮かんだのだった。ところが引き戸を開けてみると目の前にお香が立っていたのである。

「お……なんだ。湯屋に行ったのではなかったのか」

「いえね、行こうとは思ったんですよ。でもね……夕べ作ったお雑炊をまだ食べていなかったのを思い出したんですよ。旦那もお昼はまだなんでしょ。そう思ってこれ持ってきたんですから」

お香は鍋を両手で抱いていた。

「冷めたお雑炊ですけど旦那のところで暖めて食べればと思い持ってきたんですよ」

「おお、そうか。それは有り難い。いまからどこかの飯屋にでも食べに行こうかと思っていたところなのだ」

入れと言う前にお香は家の中にずかずかと入って来て、土間にある流し台の上に鍋を置いた。さっそく猛之進が竈に火を入れようとするとお香が甲高い声を出した。

「あ……旦那……あたしがやりますからそっちで寝転がってでもいてくださいな。こういうことは女のあたしに任せて旦那は泰然としていれば良いんですよ」

「うむ、そうか。それではそうさせてもらおうかの」

一度は男と暮らしたことがあるのだろう。お香は持ってきた帯紐で襷掛《たすきか》けをすると甲斐甲斐しく動き始めた。食事の仕度をするお香の後姿を見ながら家に女子が居るというのは良いものだと猛之進は思ったが、国元においてきた妻女の瑞江とその姿を重ねることはなかったのである。郷田藩を出奔して既に二年という歳月を経ており、そればかりか武家の妻女は女人ではなく家人との思いが強い。そのうえに瑞江はもはや猛之進を仇敵とみている可能性が高いからであろう。暫くすると美味そうな匂いが部屋中に広がり始めた。

「旦那のところって、お碗はどうせ一人分しかないんでしょ。あたし自分の物を持ちにいってくるからお鍋焦げ付かないように見ていてくださいね」

お香は猛之進が何か言う前に、さっさと自分の住まいに戻って行ってしまった。どうやら猛之進と一緒に雑炊を食べるつもりのようだ。

煮立ってきた鍋に杓子《しゃくし》を入れ掻き混ぜているとお香が戻ってきた。手には膳とその上に碗と湯のみがしっかりと乗っていた。

「あたしもご相伴《しょうばん》に預かっても良いんでしょ」

「当然であろう。この雑炊はそなたが持参したものではないか。拙者に断りを入れる必要などないから好きにすればよい」

「あたし……ね。前からこうして旦那と一緒に食事をしたいと思っていたんですよ」

湯気の立ち昇る雑炊を口に運びながら、お香は婀娜っぽい目つきで猛之進を見つめた。

死闘

辰巳屋の離れで縁側に腰を下ろした猛之進と権左が茶を飲んでいた。

「なんと……それは真か」

「うむ、果たし状が届いた。三日後……彼奴と立ち合う。権左……おぬしが立会人になってくれ。わしが斬られでもすれば相模《さがみ》屋に預けてある伝家の宝刀郷則重はおぬしの勝手だ。売るなり使うなりおぬしの好きにすればよい」

「それは有り難いが素直には喜べぬな。どうだ、勝ち目はどのくらいあるとみておるのだ」

「前にも話したがあやつとの技量の差は五分と五分であろうか。真剣での立ち合いとなると正直なところそれがしにも分からぬ。それがし禄を離れてから幾人の人を斬ったのか数えたことはないが、斬り慣れたと言っても過言ではあるまい。おぬしも承知していると思うが、人を斬り慣れると間合いの読みが自然と分かるようになる。それだけに踏み込みの甘さが勝敗を分けることになろう」

「猛之進……おぬし、相打ちを覚悟していると申すのではあるまいな」

「そこまで考えてはおらぬが……ふむ……それもありえるな」

猛之進は断ずるように言ったあと、こちらに分はないわけではないと言葉を続けた。

「あの男の持つ癖と申すか習い性のようなものを知っておる。仕掛けようとするときに右肩を少し下げるのだ。彼奴が気づいておらねば良いが……」

「その癖というのは郷田藩に居た頃のことであろう。今も同じような癖を持っているとは限るまい」

「それはそうだが……ま、心配いたすな。それがしとてむざとは斬られぬ。それにまったく策がないわけではないのだ」

権左は、猛之進が目に笑みをのぼらせると諫《いさ》めるような険しい顔になった。

「猛之進……おぬしも承知していることではあろうが、真剣での立ち合いは身体のどこかを僅かに斬られても致命傷になることがある」

「おぬしも心配性よのう。命のやり取りに頃合いなどというものはあり得ぬ。殺るか殺られるかを今からあれこれ気配っても仕方があるまい」

「それはそうだが……」

「そんなことよりも、久右衛門殿だが……おぬし、茂助のやつをどうしたのか聞いておらぬか」

権左が怪訝そうな顔をした。

「ん……？　……おぬし、知らんのか。茂助の奴はこの辰巳屋におるぞ」

「なんだと……どういうことだ、それは……」

「どうやら久右衛門殿は辰巳屋を茂助に継がせるらしいな。いや、間違えるな博徒としてではなく材木商として商いをやらせるようだ」

「ほほう、それはよくよく考えたのう。久右衛門殿らしい温情……いや、思いやりではないか。それで茂助は素直に従ったというのか」

「それがしも詳しい話など聞いてはおらぬし、知りたいとも思わぬ。気になるのであればおぬしが直に訊いてみることだな」

元々、茂助は蝋燭問屋で手代をしていた男である。商いの何たるかは知り尽くしているのだ。茂助が性根を入れ替えて、真面目に商いに精を出すというのならそれに越したことはあるまい。聞いてしまうと他人事ながら放ってはおけないような気がした。茂助は久右衛門を亡き者にして辰巳屋を手に入れようと画策した男なのだ。そんなに簡単に性根を入れ替えることなど出来ようか。茂助のことなどどうでもよいと猛之進は思っていたが、耳にしてしまうと黙ってはいられなかった。猛之進は即座に立ち上がると、止めておけと言う権左の言葉を無視して久右衛門の居る奥座敷に向かった。

座敷の前にまで行き久右衛門殿と声を掛けようとしたが、先客が居る様子で部屋の中から話し声が聞こえてくる。どうやら相手は茂助のようである。猛之進は聞き耳を立てた。

「茂助……おまえは卯之助さんから預かった大切な人だとわたしは言ったよね。本当にそう思っているんだ。だけど、良いかね。心得違いをしてはいけないよ。わたしはおまえにこの店を任せると確かにそう言った。だけど今直ぐにとは言ってないよ」

「じゃ、いつなんですかね」

「おまえがいつまでもそのような態度でいる限りいつとは言えないな」

「それじゃ……おれを煮るなり焼くなりすればいいじゃないか。おれはあんたを殺そうとした男なんだぜ。なんで助けたんだ」

「何度も言うようだけどね、茂助。わたしはおまえのお父っつぁんとの約束があるのだ。おまえを世間に通用するような真っ当な商人にするとね」

「それはもう耳に胼胝《たこ》ができるほど聞いてるよ。なんだ、そのちゃんとした商人って……おれは博打うちに首までどっぷり浸かっちまってるんだぜ。いまさらそんな話は聞けねえな」

二人の会話を聞いていた猛之進は襖を開けて茂助を殴りつけてやろうかと思った。

「まあ、聞きなさい。おまえのお父っつぁんがわたしに跡目を継がせたのは、おまえの行く末を案じてのことなんだ」

「親父を殺した張本人にそんなことは言われたくねえな」

話が進むうち茂助との話し合いが段々穏やかでなくなってきているようだった。

「言っておくがね、茂助。卯之助さんは自分から命を絶ったんだ。それはおまえには博徒の道に入ってもらいたくないという卯之助さんの最後の言葉だと思ったほうが良い。ここまで話したが今日はおまえを説き伏せようと考えて話をしているわけではないよ。わたしも今までおまえを見てきたが……おまえの性根を簡単に直せるとは思ってはいないよ。そこであるお人に頼むことにしたのだ。おまえも博徒の端くれだ。名前くらいは聞いているだろう。それは木曽の白木屋清五郎さんだ。清五郎さんにおまえを預けようと思っているのだ。白木屋も表の家業は材木問屋だからねえ」

「なんだと……おれは木曽路なんかに行く気はねえよ」

「そうはいかないよ、茂助。この一両日中には白木屋から人が迎えに来ることになっているのだ。おまえの性根を叩き直してくれるように清五郎さんに頼んであるのだよ。白木屋清五郎というお人はわたしなんかよりもずっと厳しく怖い博徒だ。二、三年みっちり修行してくるんだね。それも商人としてだからね」

その話を聞き終わると茂助はいきなり座を立ち、逃げるように猛之進の立っている目の前の襖を開けたのだ。

「おっと、逃がさぬぞ」

当身を食らった茂助は声もなく崩れるようにしてその場に倒れたのだった。

「悪いと思ったがここで聞かせてもらった。こやつはどうする」

「はい、お手数をおかけいたしました。あとはわたしどもの方でやりますので……迎えが来るまでの間、物置にでも閉じ込めておこうかと思っています」

「そうか。迎えは一両日とか申しておったの。その一両日が過ぎたらそれがしと権左もここを退散しようと思うておる」

「そうでございますか。ずっとこの辰巳屋に用心棒として居ていただいてもよろしかったのでざいますが、懐がお寂しくなられましたならいつでもお顔を出してくださ い」

「正直なところを言えばそれは助かる。それでは言葉に甘えるとするかの、久右衛門殿。それとは別にもう一つ聞きたいことがあるのだが……」

「なんでございましょう」

「太一郎という男がおぬしのところにおったと思うが……その男の顔を見かけぬがどうしたのかと思うてな」

太一郎の容貌や年恰好を説明すると久右衛門は大きく頷いた。

「そうでしたか。お知り合いでございましたか。確かにおりましたが国元に何か用事が出来ましたそうで……たしか武蔵だとか聞いておりますが……それほど江戸と離れた場所だというわけでもございません。辰巳屋をやめたというわけではありませんから用事さえ済めば程なく戻ってくるとは思います」

「実は……太一郎はそれがし、須田の家の若党をしていたのだ」

「そうでございましたか。承知いたしました。戻りましたならご連絡をいたしましょうか」

「うむ、そうしてくれ。拙者の住まいは太一郎には教えてある」

「ようございますとも。先ほども申しましたが、門倉様にしてもあなた様にしても辰巳屋を我が家だと思っていつでもお寄りください」

久右衛門は満面に笑みを浮かべてから猛之進に深々と頭を下げた。


塚本との果し合いを明後日に控えて猛之進は中々寝付かれず、何度も寝返りをうっていた。

負けると思っているわけではないが、真剣での勝負は何が起こるかわからないのだ。塚本とは互角の腕前だと承知している。それだけに勝つも負けるも紙一重だと言っても良い。あれこれ思案しても立ち合ってみなければわからないが、生死をかけての戦いである。考えずにいるというのには無理があった。猛之進は起き上がるとそのまま土間に降り引き戸を開けた。長屋は昼間の姦《かしま》しい女房どもや子供たちの叫び声も、今はひっそり閑《かん》と静まり返っている。無性に人肌が恋しかった。外に出ると目指す場所に向かった。戸を叩いたが返事がないので声を出して呼んでみた。

「お香……まだ起きているのか。ここを開けてくれ」

暫くそのまま待っていたが返事がなければ引き上げようと思っていた。諦めて踵を返そうとしたとき、突《つ》っ支《か》い棒を外す音がしてそろそろと戸が開いた。

「須田の旦那……こんな夜分遅くに何なんです」

眠そうな声でお香はそう言ってから入り易いように横に退いた。猛之進は家の中に入るといきなりお香を抱き寄せ荒々しく唇を奪った。猛之進の鼻腔を噎せ返るような女の匂いが埋めた。初めは戸惑うように少しばかりお香は抗《あらが》いをみせたが、直ぐに手に余るほどに応ずる振る舞いをするのだった。猛之進が下肢を探ってそこに辿り着くと、長く忘れていた妻の瑞江の身体が脳裏に浮かんだがその顔は煙に包まれたように霞んでいた。

「待って……ここでは駄目……向こうに……」

荒い息遣いの中でお香は途切れ途切れにそう言った。ふたりは縺《もつ》れ合うように板間に上がり込むと敷いてあった布団の上に倒れるようにして転がった。

それから半刻が過ぎ、お香は気だるげに寝返りを打つと隣に寝ている猛之進のはだけている胸に手を置いた。

「旦那……いったいどうしたんですよ。何かあったんですか。この間あたしが旦那に抱かれたいと言ったことを真に受けたんですか」

「なんだ。あれは本当に戯言であったのか」

「ふふ……嘘なんかじゃありませんよ。その証にあたしの身体が旦那にあんなに応えたじゃないですか。まさかこれっきりなんて言わないでしょうね」

「そのようなことはない。お香……お前を見たときからいずれ夜這いでもしてやろうかと思っていたのだ」

「本当ですか。でも次からはどこか茶屋の離れでも借りて過ごさないと、ここでは隣に声が聞こえやしないかと気になって……あ、ひょっとして何か裏があるんじゃないでしょうね。旦那がどこかの藩に仕官でもできたとか……」

「ほほう、鋭いのう」

「えっ、本当にそうなんですか」

驚いたようにお香は半身を起こした。

「はは……そのようなことあるわけがない。今の世の中そう簡単に仕官口など見つかるはずがないではないか。天下の直参旗本でさえ飼い殺しなのだ」

暗闇の中でお香は嬉しそうに抱きついたが、猛之進が顔に笑みを浮かべていないことを気付きもしなかったのである。

川原を朝靄が水の流れに沿って静かに動いていた。その靄の中を高股《たかまた》を取り襷《たすき》を掛け鉢金《はちがね》を額につけた一人の武士が大刀を手に小砂利を踏みしめて歩いて行く。武士は猛之進であった。その行く手に同じような出で立ちをした男が待ち受けていた。

「待たせたか。塚本善次郎」

「いや、拙者もたった今着いたばかりだ。それより先ほどから薄《すすき》の草叢《くさむら》の影にいる男は何者だ。助太刀であるならそう言え。それがしは一向にかまわぬぞ」

塚本は歯を剥き出して嘲《あざけ》るような笑い声を漏らした。

「ほほう、大層な自信だのう。あれはそれがしの朋輩で門倉権左という男だ。立会人を頼んだのだ」

「立会人だと……おぬし、それがしと果たし合う前に既に斬られるつもりでおるのか」

「いちいち気に障ることをもうすな、善次郎。おぬしが倒れたあとそのままにはしておけぬと運ぶ人手を頼んだまでよ」

「ぬかしたのう、猛之進」

塚本はだらりと垂らしていた両手を腰に持っていくと、鞘走る音と共に大刀を抜き放った。

「参る……」

塚本は脇構えのまま化鳥《けちょう》のような雄叫びを上げるといきなり斬り結んできた。凄まじい勢いで唸りを上げて豪剣が襲ってくる。猛之進の剣がそれを棟で受け止めたが手の痺れるほどの衝撃があった。やはり膂力《りょりょく》の強さは並外れたものがある。塚本は打ち合ったあと一旦間合いから出ると、直ぐに二の太刀を打ち込んできた。それを受けきれず猛之進は左の肩を浅く斬られた。咄嗟《とっさ》に反撃しようとしたが塚本は遠く間合いから離れ、打ち込みの機会を逸したのだった。こやつの剣はこのようなものだっただろうか。国元郷田藩でのたった一度の立ち合いだったが思い起こしてみる。塚本が流派を超えたとしか思えなかった。

それとも己で剣技を工夫したのであろうか。数日前の寺での争闘のおり、猛之進の闘い振りを塚本は直ぐ傍で存分に見ていた。彼奴の自信はそこからきているのだ。勝機は自分にあると踏んだのかもしれなかった。

再び塚本が間合いに踏み込んできた。今度は上段からである。猛之進は受けずに後方に飛び退いたが直ぐに斜め下から白刃が伸びてきた。避け切れずに斬られたと思ったが届かず、寸前で着物の襟を切っ先が掠めて通り過ぎていった。体勢を立て直し攻撃に移ろうとしたが塚本は既に間合いの外に身を置いていたのである。

「どうした、猛之進。避けてばかりいてはそれがしを斬ることは出来ぬぞ。さて、次の太刀は受け切れぬぞ」

塚本は正眼に構えて今にも斬り結ぼうとしている気配である。そのとき塚本の右の肩が少し下がった。来るなと猛之進は思った。次の瞬間、塚本の身体が滑るように走り寄ってくると上段から剣尖が降ってきた。猛之進は身を翻《ひるがえ》すことが出来ずに二合三合と襲い来る刀身を受けて打ち合った。鋼同士の打ち合う音が殺気の満ちた川原に響き渡った。

「なぜ斬ってこないのだ、猛之進。剣を打ち合うだけでは勝敗を決することはできぬぞ」

そうかと思った。後の先……塚本は斬り込んで来るのを待っているのだ。相手方が斬り結んでくるところに勝機を見出す刀法であることを猛之進は思い出していた。そうであるなら尚のこと迂闊に踏み込んではいけなかった。肩と胸のあたりにひやりとした感覚がある。塚本の剣で着物を切り裂かれていたが、それと同時に浅く斬られたと思っていた肌は意外に深手とみえて、吸い込まれた血が着物を重くしていた。勝負を長引かせるのは猛之進にとって益々不利になることはわかっていたが、拙速《せっそく》に踏み込めば斬られて地に這うのは己なのだと思った。

互いに間合いに入れず睨み合いが続いていたが、誰かの叫ぶ声で猛之進は我に返った。流れ出た鮮血のために気が遠くなり一時的にぼうっとしていたのだ。気付くと目の前に間合いに入ってこようとする塚本の顔があった。

斬られる、とそう思ったとき塚本の身体が前のめりに傾いたのである。猛之進はその隙を見逃さなかった。横に飛ぶと塚本の脇腹を存分に斬った。重い手ごたえがあった。塚本はうめき声も上げずに地面にどうと倒れたまままみじろぎもしなかった。直ぐに権左が走り寄ってきた。

「危なかったではないか。それがしが声を掛けなければ斬られていたぞ、猛之進。ところで何が起こったのだ」

「こやつ何かに躓《つまず》いたようだ。どうやら天はそれがしに味方したようだな」

倒れている塚本の足元を見ると、幾重にも絡まった葦の根が露草に隠れて地中から覗いていた。

「ま、とにかく斬られなくてよかった」

「うむ、斬り合いというのは何が起こるのかわからぬものだな。だが、これも技量の内だ」

それは斬られずにすんだ安心感が言わせた言葉だった。

「戯言を言っている場合ではないぞ、猛之進。地に這っていたのはおぬしかも知れなかったのだ。それがし、どこで加勢しようかと迷っていたのだからな」

権左は引き攣った顔で猛之進の身を案じたがそれは精一杯の気遣いでもあった。

「ぬかしおったな、権左。しかし、あれほどのものだとは思いもよらなかったのだ。国元での立ち合いでは塚本の手並み……それがしには……」

「それは真剣ではなかったのであろう。それに、塚本という男……相当斬り慣れているとみた。この立ち合い、おぬしの剣捌《けんさば》きは奴には見えていたのだな」

猛之進は権左に言われてみて、そのとき初めて背筋をひやっとしたものが走り抜けたのである。斬られていても不思議はなかったのだ。あの太刀捌きを思い起こして猛之進に勝ち目はなかったのではないかと思えてきたのだった。仇討ちが来るのを待つ身なのだ。まだ斬られて死ぬわけにはいかなかった。

「さて、権左……今宵はどこぞで飲み明かすとしようではないか」

「よし、付き合おう。拾った命に英気を養わねばならぬからのう」

「おぬし、今日は気に障る言動が多いぞ……ま、良いか。おぬしに救われたのだからな」

そのとき権左が猛之進を見て眼を剥いた。

「おい、猛之進。おぬし斬られたのだな。肩の辺りから血が出ておるぞ」

「うむ、これか。大したことはない。もう、血は止まっておろう。長屋に帰って晒しでも巻くか」

俄かに気付いたように着物の切り裂かれた箇所を広げて見た。流れ出た鮮血から深手と思っていた傷口は見た目よりも意外と浅く、血の筋にまでは達しなかったのか既に体内から流れ出るのを止めていた。

斬奸

次の日の朝――

猛之進が寝ているといきなり長屋の戸が開いた。お香である。

「旦那……まだ寝ていたんですか。ちょいと話があるんですけど……」

そう言いながら勝手に部屋に上がり込んでくると寝ている猛之進の顔を覗き込んだ。

「おい、朝っぱらからおまえを抱くわけにはいかんぞ」

「何をおっしゃってんだか。そんなことじゃありませんよ。旦那、もう起きたらどうです」

布団を捲ると鼻を摘んで掌を団扇のようにばたばたさせた。

「あ……お酒臭い……夕べは居ないと思ったらどこかで飲んでいたんですね」

「うむ、少しばかり頭痛がするのだ。あまり大声を出すな。それで話というのは何だ」

「ええ……それが……子供が消えたんですよ」

「何だ……その……子供が消えたというのは……」

「あたしが勤めている香川……あ、料理屋の名前なんですけどね。その香川の十歳になる娘さんが昨日家を出たきり戻ってこないって言うんですよ」

「おいおい、お香……そのような話をそれがしにしてどうするというのだ。奉行所に持ち込むような事ではないのか」

猛之進は布団の上で半身を起こすと嘆息を漏らしたが、お香はそれには構わず話を続ける。

「それがですよ。変なんですよ、旦那」

お香が考えるような素振りを見せると何かむらむらしてくる。その所作がひどく肉感的に見えるからだ。

「あ……旦那……今ふしだらなこと思い浮かべたでしょう」

「いいから先を話してみろ。聞くだけは聞いてやろう」

「そうですか。それが妙ちくりんなんですよ」

「妙なことはわかったからその先を続けろ」

「旦那は用心棒で食べてるんですよね。やっとうの方はかなりいけるんでしょ。上手くいけばお金になりますよ」

「今のところわしの懐は潤っておる。当分の間は働かなくともなんとかなるのだ」

「そんなことを言わないで、お金はいくら持っていても困らないでしょう。ともかく聞くだけでも聞いてくださいな」

「……」

猛之進は布団の上に胡坐《あぐら》をかいたまま大欠伸をした。

「もう、旦那ったら……それでね……、どうも香川の主人新兵衛さんは誰かに脅されているようなんですよ。だって娘さんの姿が見えなくなっても番屋に届け出ることもしないいんですから」

「料理屋の主が脅されているような素振りでもあるのか。それとも拐《かどわ》かしにあったとでも言うのか」

「ええ……拐かしなのかはわかりませんが、この間のことなんですけどね。あたしが生塵を捨てようと勝手口から外に出たんですよ。そしたら……香川の主人と見たこともないご浪人が裏庭の囲いの傍で何やら話し込んでいたので、悪いとは思いましたが近くにまで行って二人の会話を聞いてしまったんです」

「ほほう、どのような内容だったのだ」

「女中頭のおたねさんが外に出てきたので全部聞くことはできなかったんですけどね。その浪人者が金の都合はできたのかとか、あんただけに良い思いはさせないぞとか言ってたんですよね」

「それでお香……おまえはその会話だけで銭になると思っておるのか」

「だって旦那……その話聞いただけでも脅されていることはわかるでしょ。それに娘さん、お菊ちゃんて言うんですけどね。おたねさんが言うには、お菊ちゃんは親戚の家に遊びにいってるらしいってそう言うんですよ」

「それが本当なのかもしれないではないか」

「ううん、そんなことは絶対にないわね。だってあたし、香川には一年近く働いているんですよ。その間に親戚筋とかいう人が一度も訪ねてきたことなんかないし、話を聞いたこともないんですもの。それにご内儀のおみねさん……香川の女将さんなんですけどね。その女将さんの様子も近頃おかしいんですよ」

「それでわしにどうせよと言うのだ。香川に行って近頃主人の新兵衛殿に災難が降りかかっておるようだから用心棒に雇えとでも申すのか」

「そうですよ、旦那」

「馬鹿なことを申すな。人というのは家の中のごたごたは他人には知られたくないものだ。脅されているとなれば尚更だ。脅しというのは知られたくないことを知っているから強請《ゆす》りの種になるのだ。わしが訪ねたとしても、うちは料理屋ですから用心棒などというものは必要ございませんと追い返されるのが落ちだ」

「そうかしらね。主人の新兵衛さんも女将さんも面《おもて》には出さないけど落ち込んでいる様子なのだけは、わたしのような使用人にもわかるんですから」

「お香、おまえは十手者《じってもの》にでもなれば良かったではないか」

「旦那、茶化さないでくださいよ。じゃあ、こうしましょうよ。あたしが何となく女将さんに探りを入れてみますから、もしも用心棒を雇いたがっていることがわかれば頼まれてくれますよね」

「それはかまわぬ。向こうで雇うというのであれば断る必要もないからの」

「そうなったら旦那……あたしにも少しで良いからお裾分けを……」

「なんだ……端からそれが目当てではないのか、お香」

「あら……わかってしまったんですか」

お香は舌を出して笑い声を上げると猛之進に抱き付いてきた。

「痛っ……」

「あ……、怪我でもしたんですか旦那。いったいどうしたんです」

はだけた肩から胸にかけて晒《さらし》が巻かれていることに気づいたお香は、慌てて猛之進から身体を離した。

「隠しても仕方があるまいな。昨日、ある男と以前より申し合わせていた果し合いがあったのだ」

「えっ、また刃傷沙汰なんですか。それでは斬られたんですね。大丈夫なんですか」

お香は心配そうな顔で気遣うように晒しを巻いてある猛之進の腕をそっと触った。

「心配いたすな。大仰に晒しを巻いてあるが傷は大したことはない」

今まで暮らしてきた国元では女子にこのような心配をされたことなどなく、猛之進は急にお香が愛おしくなり思わず抱きしめていた。

一

吊るした軒行灯にはお酒、更科、御料理と書いてある。その横に香川と崩した文字で書かれた大きな看板が目を引く。大川沿いにある料理屋香川は、夏になると川に屋形船を浮かべたりして大層な賑わいをみせる。香川は御府内在住の外様大名の家臣なども接待などで利用したりする料理屋で、庶民が飲み食いするのはすこしばかり敷居が高い店でもあった。

これは直参旗本である権左の調べで得た知識であるが、主人の新兵衛は三年ほど前にこの場所にあった鮒惣《ふなそう》という料理茶屋を買い取り、店構えに少しばかり手を入れて広げ料理屋香川という店を立ち上げたようである。僅かな間でここまでにしたのは新兵衛と言う男の才覚によるものであろうが、武家が利用できるような店にしたのが当たったようだった。奇妙なことにこの男がその前にどこで何をしていたのか、足跡を辿ったが墨で塗り潰したように手繰った糸はそこから先がぷっつりと切れていたのである。

その日の昼過ぎ、猛之進はお香の引き合わせで香川の主人新兵衛と店の奥座敷で向かい合っていた。新兵衛の隣に女が座っていた。女は新兵衛が手を打つと襖を開け茶を持って部屋に入ってきたのだが、この二人が夫婦だとすればどことなく違和感を感じたのだった。

「わたしがこの香川の主人新兵衛で、これは家内のおみねでございます。お武家様のお名前は須田様とお香さんから伺いました」

「うむ、身共は武州浪人須田猛之進と申す。以後見知りおきくだされ」

会ってみて驚いたのは新兵衛も妻女も思っていたよりもずっと歳が若く、夫婦共々町屋の商人とは思えぬような雰囲気を身に纏《まと》っていたからだ。

「須田様……堅苦しい挨拶はこれくらいにして……お香さんからもお聞きになられたかと思いますが……わたしどもこのような商いをしておりますと、いつどのような災難が降り掛かるのか知れたものではありません。用心棒などとお言葉は悪いのですが、頼まれていただけるとまことに有り難いのです」

「もちろん拙者もそのつもりでやってきたのだが……雇うのであればその前にそれがしの腕前を知っておきたかろう。洗い物を干す竿などがあれば都合が良いのだが……」

「ええ、ございますとも。直ぐに用意をさせましょう」

新兵衛は隣に座っている妻女のおみねに直ぐに支度をするように言いつけたのであ

る。

「それから見世物というわけではないが、そこもとらの他に店の者にも見るように言ってくれぬか。拙者の腕を知っておいた方が皆も安心するであろう」

庭に出た猛之進は手始めに物干し竿を気合もろとも真っ二つに槍の穂先のように切ると、間隔を空けて地中に軽く埋めて立てた。猛之進は店の者を集めろといったが、これが雇い人全部なのか人数のあまりの多さに驚いていた。板前から女中、下働きなどを入れ二十人ほどがずらりと顔を並べたのである。その中にはお香の顔もあった。

「先に申しておく。竹というものは生えているものなどは多少なりとも剣術の心得があれば誰にでも斬ることはできるものだ。ところがだ……それがし、今いとも簡単そうにこれを切って見せたが、乾いた竹というものは容易に切れるものではないのだぞ」

猛之進は二本立っている片方の竹の前で刀に反りを打たせた。気を静めるように息を深く吐くと暫くその体勢を続ける。直ぐに抜刀して切って見せても構わないのだが、大仰《おおぎょう》に勿体《もったい》をつけた方が起こった物事を目の当たりにしてそれ以上に驚きは増すのだ。

猛之進はいきなり化鳥《けちょう》のような甲高い気合を発した。抜き放った刀は二度三度と日差しを受けてきらきらと宙を舞い鞘に納まった。そのあと続けて抜刀すると、腰を落としもう片方の立てた竹の前で刀を一閃《いっせん》させる。猛之進は平然と白刃を鞘に納め、無言の気合を発すると袈裟懸けに斬られた一本の竹は、三つに分かれからからと音を立てて崩れたのである。もう一本の方は猛之進が傍に寄って柄頭《つかがしら》で軽く叩いてやると、真ん中から左右に分かれてゆっくりと倒れていった。息を詰めて見ていた周りからため息ともつかぬものが漏れた。お香が口をあんぐりと開けて見ていたのには、腹の中で思わず笑いの虫が動いたのだった。

「わたしどもの方では日にちは切りませんので、居られるだけ居ていただいて結構です。いや、驚きましたな。あなた様ほどの剣の使い手が浪々の身でおられるとは……」

新兵衛は賞賛の言葉を口にしたが腹の中にある確かなものは読めなかった。この男、以前は武士だったのではないかと思った。隙のない身ごなしとちらっと見えた掌に竹刀胼胝《しないだこ》が消えずに残っていたのだ。物腰も商人のような取り分け謙《へりくだ》ったところなどはなく、存外口の利き方もぞんざいなところがあるように見える。しかし、そうは言ってもこの江戸の町では商人でも道場に通う者がいるということである。もう一つ気になることがあった。用心棒を雇おうというのに脅されているとは一言も新兵衛が口にしなかったことだ。

その日から猛之進は香川に寝泊りすることになり八畳ほどの部屋を与えられた。長屋と比べればゆったりと寛《くつろ》げそうだったが却って居心地が悪かった。それでも三食昼寝付きという楽な仕事である。このような場所に盗賊が押し込んでくるとは聞いたこともない。あの親娘を助けてから猛之進には付きが回ってきたのだと思った。この前の用心棒仕事は命の危険もあったが手間賃は多く温泉の湯に入るような旅もできたのだ。そのうえ、今はお香のような小綺麗で心根の優しい女子が猛之進に岡惚れである。まるで夢を見ているような心持であった。一時のことだとしても自分が敵持ちだということを忘れるなどとは、ついぞ思いもしなかったことである。

その夜のことだ。予想もしていないことが起こった。夜は寝ずの番をするのが用心棒の仕事なのだが、盗賊など入って来るわけはないと思っていたので、その気配を察知したときは半分夢現《ゆめうつつ》であった。初めは天井の梁《はり》を何かが伝う気配を感じたときは、鼠だと思い気にも止めなかったのである。ところが、鼠は微かな殺気を放っていた。このところの猛之進は命のやり取りの中に身を置くことが多い。その所為か人の放つ気というものには敏感であった。屋敷に忍び込んだ盗っ人が殺気を抱いているとなると尋常ではない。盗っ人は押し込みとは違い人が寝入っている間に物を盗っていくのである。端《はな》から家人を傷つけようと思い入り込んでくる盗っ人などいないはずだ。猛之進は足袋を履き大刀を手にすると静かに襖を開け廊下に出た。盗っ人の狙うのは主人夫婦の部屋しかないだろう。置いてある金目のものはそこにしかないからだ。押し込みでもない限り、蔵は除外してもよいと思った。猛之進の目には、料理屋の蔵にしては酷く堅牢《けんろう》な造りに見えたのである。蔵を開けようとするには相当の下準備が必要なことは素人目にも分かる。扉に取り付けてある鍵も見るからに頑丈そうな大きさで、盗っ人もこれを見れば諦めるしかほかに為す術もあるまい。

廊下に出てみたが案の定漆黒の闇で何も見えない。部屋に戻り手探りで手燭に火を灯すと再び廊下に出た。すると天井の気配が忙《せわ》しげに動いた。こやつ逃げる気だな。明かりを灯す火打ちの音に気づいたのだ。おそろしく耳聡い盗っ人だと思った。猛之進は庭に面した戸口に回ると、さるを外し手燭の火を吹き消して用心深く戸を開け外に出た。その夜は煌々と月の光が町並みを照らし、手燭の明かりをもってしても家の中よりも外の方が明るいくらいである。見上げると屋根瓦の上に黒い影があった。猛之進は姿を見られないように素早く物陰に身を潜めた。この明るさは猛之進には吉日だったが、盗っ人にとってはこのうえない厄日といえた。影は誰にも見られてはいないと思ったのであろう。ゆっくりと屋根伝いに動き始めた。直ぐに後を追う。用心棒としてはこれ以上関わる必要はなかったが、盗っ人の面体を確かめてみたいという強い好奇心に駆られたのだ。

盗っ人は大川の流れを狭む両岸に架かる昌平橋にまで来ると、暫く辺りの様子を窺うように立ち止まっていたが橋を渡り湯嶋横町の方角に足を向けた。今度は逆に猛之進にとってこの明るさは都合が悪かった。川沿いに身を隠せる場所がないことから、男の姿が横町に消えるまで動くことができないでいた。男が川沿いの通りから見えなくなると猛之進は猛然と走り消えた路地裏にまで来ると顔を覗かせた。そこは向かい合った家同士の軒先が当たるのではないかと思われるほどの狭い路地だった。急いでその裏路地を抜けると長屋の木戸が見えた。木戸の前に立つと戸はわけもなく簡単に開いた。男はこの寝静まった長屋のどこかに店子として住んでいるに違いなかった。用心深く一軒ずつ人の気配を窺いながら歩いて行く。すると通り過ぎようとした家の戸の隙間から微かに明かりが漏れているのが見えた。盗っ人は後をつけられていたとは知らず用心を怠ったようだ。躊躇わずに軽く戸板を叩くと驚いたような気配が中から伝わってくる。このような夜更けの訪問者である。そのうえ人様の家に入り込んで帰ってきたばかりなのだ。思わず息を呑んで当然であった。長屋には裏口がなく逃げようとしてもどこにも逃げ道はなかった。暫くすると、観念したように誰だと家の中から咎《とが》め立てするような声がした。

「料理屋香川からおまえの後をつけてきた者だ。ここを開けろ。心配するな。おまえを捕まえて奉行所に突き出そうと思っているわけではない。良いからこの戸を開けるのだ。どのみち裏口はないから逃げることなどできまい。それともこの戸を叩き壊そうか」

家の中で舌打ちをする音が聞こえたあと観念したように引き戸は開いた。が、入ってきたのが侍だとわかると、男は逃げるように土間から板の間に身軽な動作で飛び上がった。

「そんなに慌てなくともよい。今申したようにおまえを斬る気も捕らえるつもりもない」

「おめえさん、いったい何者なんですかい。今、料理屋香川からあっしの後をつけてきたようなことを言ってやしたが……すると、あそこの用心棒ですかい」

「そうだ。今日が用心棒一日目ということになるのだがな」

「その用心棒の旦那があっしを斬る気も捕まえる気もないというと、いったいどんな用事があると言うんです」

「ふむ、ま……座れ。そこに突っ立っていては話しにくい。わしもここに座らせてもらう」

猛之進は開いていた板戸を閉め腰の大刀を板間に置くと、上がり框《かまち》に腰を下ろした。

「それ……刀をこうしておけばおまえを斬る気などないとわかるであろう。それから話す前に水を一杯くれぬか。柄杓《ひしゃく》でかまわぬ。ここまでおまえを追ってきたので喉が渇いた」

猛之進は男から受け取った柄杓の水を飲み干すと、おまえの名はと訊いた。

「あっしの名前ですかい。増吉と言いやすが……」

増吉と名乗った男は猛之進が危害を加えないとみて安心したのか、返す柄杓を受け取りながら落ち着きを取り戻した様子でそう答えた。

「増吉とやら……おまえは泥棒を生業にしておるのか」

「旦那、ご冗談を……あっしは本当は大工なんですぜ」

増吉は眉根を上げると否定するように目の前で片手を振った。

「ほう、その大工が夜は盗っ人稼業に早変わりか」

「いえ……じつを言いやすとあの料理屋の主人新兵衛は……あっしの仇なんで……」

「仇だと……」

猛之進は仇と言われてどきりとした。近頃、自分が仇持ちであることをつい忘れていたりするときがあるのだ。今更ながら江戸の暮らしに首までどっぷりと浸かってしまっていることを思い知るのだった。

「へい、あの新兵衛という男、元は笠井重左衛門《かさいじゅうざえもん》という名の高倉藩の藩士でやしてね。酒の席で言い争いの末に人を斬って逐電しやしたんで」

「するとその方も元は武士か」

「いえいえ、あっしは斬られた坂東弥兵次様というお方に仕えていた若党なんで……」

増吉の伝法な口調はどうやら江戸で若党から大工となり、身に付いたようだった。

「その坂東弥兵次とかいう武士には身内がおらぬのか。なぜ、若党のおまえが敵討ちをしようとしているのだ」

「へい、坂東様の家には一人だけ娘さんがいたんですが、若くして胸の病でお亡くなりになり、奥方様も旦那様が斬られたことを知りご自害なされたのですよ」

「それでおまえが斬られて亡くなった主人の敵を討とうとしておるのか。ふむ、それは殊勝《しゅしょう》な心がけであるな」

　話しているうちに律儀で真っ正直な男だとわかり、手助けをしてやりたい気持ちが湧き起こってきた。それは猛之進が郷田藩で朋輩の谷口弥十郎を斬ったことへの、贖罪のような気持ちもどこかにあったのかも知れなかった。

「それじゃあ、あっしのことを見逃していただけるんで……」

「それは最初に申したであろう。端からおまえを捕らえるために追ってきたのではない。盗っ人とはどのような男なのか好奇心にかられただけなのだ」

「で……正体が知れたところでご満足いたしましたでしょうか」

「興味が湧いたついでといってはなんだが、正直なところを聞かせてくれぬか。おまえは胸の病で亡くなったというその主人の娘を慕っていたのではないのか」

「はい、よくおわかりで……じつは旦那様はわたしをどこかの武家の養子として出してから、坂東の家に婿として迎えるようにしたいと申されていたのです」

増吉はそう言ってから一呼吸置いて言葉を継いだが、猛之進と話しているうちにいつの間にか伝法な口調はどこへやらもとの若党に戻っているようだった。

「それだけにあの男は絶対に許せないのです。旦那様のご無念をこの手で晴らしてやりたいとそう思っているのです。それで……今宵は下調べをしようとしていたのです」

「それではおまえに武道の心得は多少なりともあるのだな。その新兵衛……いや、重左衛門が刀を手にしてもおまえに勝ち目はあるのか」

「旦那様から剣の教えは多少なりとも受けていますが、まったく勝ち目はありません」

「勝てぬ……か……いとも簡単に申すのだな」

「はい、重左衛門は高倉藩でも屈指の剣の使い手といわれておりました」

「それではどのようにして仇を討つつもりなのだ」

「それはあなたが目にしたとおり、あのように屋敷に入り込んで隙を窺い寝込みを襲うつもりでいたのです。刀さえ持たせなければわたしにも勝ち目はあると思いますから」

「ふむ、それもそうだな。それよりも……どうだ。それがしが手を貸してもよいぞ」

「えっ、あなたがわたしの助太刀をしてくれると言うのですか。見ず知らずのわたしをなぜ……一体どうしてなのです」

　思わぬ猛之進の申し入れに増吉は俄かには信じられないという顔をした。

「それがしも、ある藩を脱藩して二年ほどになるのだが、わしにもおまえのような若党がおる。増吉……おまえの話を聞いて他人事ではないような気持ちになったのだ。それに、あの新兵衛という男……何やら良からぬ気配がしておるのだ。じつを申すとわしもあの男が元は武士ではないかと疑っておったところだ」

「そうなのですか。その新兵衛ですが……国元ではあまり良い噂は耳にしませんでした。旦那様もその辺りのことを口にしたが為に斬られたのではないかと、葬儀の場でしたが、あるお人がそう申していたくらいですから」

「よし、それでは重左衛門を討ち果たすことができるようにわしが手助けしようではないか。そうと決まれば盗っ人の真似事などもうするでないぞ」

「はい、わかりました。そう仰っていただけるのでしたらもう香川には足を踏み入れるようなことはしません。ですが……助太刀は本当にしていただけるのですか」

「うむ、その方が疑うのも尤もだが心配いたすな。まずはおまえの剣術の腕をみてやろう。明後日の朝五つ、海禅寺という潰《つぶ》れ寺の横に空き地があるのを知っておるか」

「はい」

「早朝のあの辺りならば人の目もない。それから、それがしの名は須田猛之進だ」

「須田……猛之進様……ですね。なんとお礼を申してよいか。地獄に仏とはこのことです」

拝むような仕種をする増吉に猛之進は思わず苦笑を浮かべた。

「おいおい、仇討ちがまだ成就できるとは決まっておらぬではないか。礼など申すのは見事仇を討ってからにしたがよかろう」

猛之進の懐は温かい。今は米櫃の中身の心配など皆無である。そのうえ、成り行きで仇討ちに加担するということになり気分も些《いささ》か高揚気味であった。増吉の住む長屋を後にしようと立ち上がった猛之進は、もう一つ訊かねばならぬことがあるのに気が付いた。

「増吉、おまえ……香川の娘を拐かすようなことなどしておらぬであろうな」

「えっ、とんでもない。わたしはそのようなことはしておりませんよ」

「うむ、そうか。それならば良いのだ」

増吉の表情からは嘘をいっているような様子は見えなかった。それに、猛之進も住んでいる裏店のようなところに娘一人を隠す場所などどこにもないのは明白である。

翌々日の朝、香川の番頭に一刻ほど出掛けてくると適当な言い訳をして約束の場所に向かう。潰れ寺の境内から踝《くるぶし》辺りにまで伸びた草地を見ると殊勝にも、腰に大刀を帯び踏込み袴を穿いた増吉がぽつねんと立っていた。

「待たせたか。わしも一振り持参したのだが……その腰の刀はおまえのものか」

猛之進は増吉のためにわざわざ拵え屋に行き、一振りの刀を貰い受けてきたのだ。

「そうです。奥方様からこのようなことしかおまえにはしてやれぬ、そう言われて預かった大事な刀です」

「ふうむ、見せてもらってもかまわぬか」

「あ……どうぞ見てください」

受け取った刀を見た猛之進は……おお、これは……と口にすると目を見張った。

「増吉……これは刀ではないぞ。太刀《たち》と申すのだ」

「え、刀と太刀とはどのように違うのですか」

「太刀は古式の刀で今わしが腰に帯びている打刀《うちがたな》とは違い逆にして腰に佩《は》くのだ」

「逆にと申しますと刃を下に向けるということですか」

「そうだ。このままでは抜き難いからそのときは刃を返すのだ。返すことを反りを打つという。それに鞘に付いている下緒《さげお》は、古くは太刀緒《たちお》と称して刀を佩くためのものなのだ」

猛之進は自分の腰に差している刀に反りを打つと鯉口を切り抜刀してみせる。

「はい、須田様。よくわかりました」

増吉は感じ入った様子で頷いたが、猛之進はその太刀に並々ならぬ関心を寄せるのだった。教えもそこそこに手にした太刀を鞘から引き抜いた途端、猛之進の表情は驚きに変わった。

「増吉……この太刀は坂東の家から貰い受けたものに相違あるまいな」

「はい、間違いありませんが……須田様はこの刀のことをご存じなので……」

「ご存じも何も……これは名刀であるぞ。しかし……驚いたな。このようなところにもう一振りあるとは……」

そういったまま絶句した。猛之進は朝の光に刀身を翳して切《き》っ先《さき》、棟《むね》、鎬《しのぎ》と幾度も丹念に見る。佩表《はきおもて》を確かめて見るまでもなく家宝の宝刀と寸分の違いもない太刀であった。

「これは郷則重という刀鍛冶が鎌倉の末期に拵えたという一振りなのだ。このような刀を斬り合いに使うのは止めておけ。あまりにも畏《おそ》れ多い……というより斬り合いには向かぬ」

「どういうことですか……斬り合いには向かないとは……わたしは仕えていた坂東の家からいただいたこの刀で重左衛門を斬りたいと思っているのですが……」

「そうかもしれぬが、この刀はこの世の中に数本……いや二振りか三振りとも言われている希少な太刀なのだ。そのときになればそれがしが持参したこの刀で仇討ちをすれば良い。こちらの方は大事にしまっておけ」

「須田様がそのように言うのなら……わかりました。そういたしましょう」

増吉の口振りから胸の内ではあまり納得をしていないようだった。だが、見ず知らずの男に力を貸してくれるという物好きな侍が現れたのだ。首を縦に振らなければこの太刀に執着を見せる猛之進という男に、助太刀を断られるような気がしたからであろう。

「よし、ではこの太刀はその辺に立てかけておけ。今日からはわしのこの刀で鍛錬をするのだ。……まず構えから見てやろう」

猛之進の胸はざわついて教えることに集中できなかった。名工則重が打ったとする太刀がこのようなかたちで二振りも存在するはずがない。そう考えると今直ぐにでも我が家の宝刀と見比べてみたい思いが胸の中で膨らんでくる。どちらが紛い物なのか。自分が所有する則重かそれとも今この場にある一振りなのか。改めて弥十郎の言葉が胸に蘇ってきた。

だが、今直ぐこの場で柄を開いて茎先を見るというわけにもいかなかった。

「増吉、おまえの剣の使い方……筋は悪くないぞ。国元での習練は無駄ではなかったとみゆるな。明日から暫くこの刻限にここに来るのだ。相手の腕が分からぬゆえ、はっきりとは言えぬが、もう少し鍛錬すれば相討ちには持ち込めるであろう。それにわしの助勢があれば敵は必ずや討てる。良いか……見ているのだ」

猛之進は増吉に抜刀術を見せた。寺の境内から空き地にまで伸びている樫の枝を抜き放った刀で気合もろとも薙ぎ払った。白刃が鞘に戻り鍔《つば》が鯉口《こいくち》に当たる音が境内に響き、暫くして枝葉はばさりと地面に落ちたのである。子供騙しのようだが料理屋香川の庭先で見せた抜刀術と同じように、果たしてその効果はてき面であった。増吉は目を見張ると腰を抜かし兼ねないほど驚嘆の声を上げたのだ。鍛錬する者は教えを請う師が、自分をはるかに凌ぐ剣技の持ち主でなければ習得に身が入らないのは理の当然である。

色づき華やいでいた庭の落葉樹にも、気が付くと冬の気配が忍び寄ってきているようだ。猛之進は与えられた部屋から腕枕に寝転んで庭の木々を眺めていた。料理屋香川の主人新兵衛に用心棒として雇われてまる一月を過ぎようとしていた。増吉から仇討ちの助太刀を催促されていたが、猛之進は理由をつけてずるずると引き延ばしていた。増吉の所持している太刀が気にはなっていたが、今のところは仇討ちを遂げさせてやりたいと思う気持ちが勝っていた。ことが済んでからでも良い。太刀は逃げていくまいとそう考えていたのだ。敵持ちが仇討ちの助太刀をするというのもおかしな話だが、頼まれもしないのにこちらから買って出たのだから成就させてやるというのが筋であろう。何はともあれ討ち果たすことができた暁にはこちらの要望を断ることなどできまい。それよりも増吉が仇を討とうとしている料理屋香川の主人新兵衛のことだ。時折どこか落ち着きのない素振りを見せることがあるのだ。猛之進はこのことに好奇の目を向けていたのである。香川の一人娘のお菊はあれから二日ほど経ち、知らぬ間に家に戻ってきていた。お香との話の中で拐《かどわ》かされたのではないかと危ぶむ気持ちもあったが、娘の姿を見ればその疑いも消えた。掘り下げた見方をすればお菊を攫《さら》った人物との間で金銭の折り合いがつき娘は無事家に戻されたともいえるが、猛之進は裏に何かがあるのではないかと思っていた。お香は新兵衛が浪人者に脅されていたのを見たと言っていた。尾羽打ち枯らした浪人者といえども武士である。新兵衛も今は商人だが元は高倉藩の藩士だと聞いている。お香が見たという新兵衛を脅していた浪人者と、新兵衛が笠井重左衛門と名乗っていた頃に親交があるのなら、二人の間に何か良からぬ繋がりがあるのかもしれなかった。料理屋香川はたった三年でここまでになっている。それに、店を立ち上げるのに元手というのは一体どこから出たのか。それを知ってからでも増吉への助太刀は遅くはあるまいと猛之進は考えていたのだ。

「須田様……ここにいらしてたんですか」

猛之進が寝転がっていた部屋から庭に出て木刀を振っていると、女中頭のおたねがまるで探し回った末にやっと見つけたというような口振りで息遣いも荒く言った。

「ふむ、何か用か」

「はい、旦那様がお呼びでございますよ。急いでいるようですから直ぐに行ってください。ああ、それから旦那様はお蔵の方に居ますのでそちらに行っていただけますか」

　おたねはそれだけ言って踵を返そうとしたが、何事か思い出したように振り返ると声を潜めた。

「あのう……それから少し聞いていただきたいことがあるのですが、旦那様の用事がお済みになってからでけっこうですので勝手口にまできていただけませんか」

「ほう、わしに話したいことがあると申すのか。どのようなことかは知らぬが、あるじ殿の用事が終わればそちらに顔を出すから待っておれ」

　おたねは女中頭だとはいえ、お香とそれほど歳の違いはないようにみえた。猛之進の言葉にほっとした様子で笑みを浮かべると、足早にその場を立ち去って行ったが入れ違いにお香がやってきた。

「旦那、どうです。あれから何か変わったことがありましたか」

「いや、今のところおまえが言うほど不審なところはないようだな。おまえの方はどうなのだ、お香。何か気づくことでもあったのか」

「いいえ、お菊ちゃんも戻ってきたことだし、あれからあのご浪人さんも姿を見せないから勘ぐり過ぎだったのかも……それより旦那はいつまでこの香川に居るつもりなんですか」

「まだわからぬ。何事も起こらぬゆえ居心地は良い。なぜそのようなことを訊く」

「だって……あれから旦那と一緒にいられるときが、まったく無くなってしまったでしょ。あたしは通いだから長屋には帰れるけど……」

「お香……どちらにしても長屋ではおまえと一緒には居られまい。おまえの声は大きいからあれでは隣に筒抜けだ」

「旦那、旦那……誰かに聞かれるじゃないですか」

お香は、しぃっと言ってから口に人差し指を当て赤くなった頬を両手で挟んだ。その身体を猛之進はいきなり抱きしめてやった。そう言えば暫くこの身体を抱いていなかったなと思うと愛しさが募ったのである。


「須田様、お呼び立てして申し訳ございませんでした」

「うむ、何か急ぎの用事だと聞いたのだが……」

「はい、そこに積まれている木箱を見てください」

新兵衛は血走った目で蔵の上の方を指差してそう言ったが、堆《うずたか》く木箱が幾重にも積まれており、どれを差しているのかがわからなかった。

「一番上に乗っている黒い漆塗りの木箱がありますが、中身がないのでございますよ。

盗られました。いつ盗っ人が入ったのかは知りませんが中身を全部持っていかれました」

「いったい箱の中には何が入っていたのだ」

「藩札でございますよ」

「はんさつ……？」

猛之進の声が裏返ったのには無理もなかったのだ。藩札の値打ちなど猛之進には皆目見当もつかなかったからだ。

「どこの藩なのかは申し上げられませんが、この中には五千両を超える藩札が入っていたのでございます」

「五千両だと……」

猛之進はあまりの額の大きさに度肝を抜かれた。藩札とはその藩が発行する紙幣で領内で使うものなのだが、新兵衛のように御府内という藩の領外にいる者でも持っている豪商がいたのである。新兵衛にとって藩札は約束手形のようなものであった。

「それで拙者にどうせよと言うのだ」

「取り返すのに力を貸していただきたいと思っています」

「取り返すといっても雲を掴むような話ではないか。拙者は奉行所の役人ではないぞ」

猛之進は一瞬、盗って行ったのは増吉ではないかと思った。

「いえ、相手はわかっておりますので……」

「何だと……盗みに入ったものは分かっていると申すのか。それはどういうことなのだ」

「詳しく申しあげることはできませんが、凡その居場所もわかっているのです。どちらにしても、何れ向こうから何がしかの連絡があるとは思いますが……」

「なに……盗っておいて向こうから連絡をよこすと申すのか」

猛之進は何がどうなっているのかわからず目を白黒させた。

「あの藩札はわたし以外の者にとっては何の役にも立たない代物なのです。持っていてもただの紙切れ同然なのですよ」

新兵衛はある藩に五千両という金を貸し付けたのだと言う。藩札はその債権であった。

その藩札がないと藩に貸し付けた五千両は、取り立てることができずに消えてしまうというのである。しかし、話半分だとしてもこの新兵衛という男、どこにそれだけの貸し付ける金があったのだろうか。もと侍だということはわかっていたが、豪商といわれる者や藩政を牛耳っている者でもない限りそのような大金を生み出せるわけもないのだ。いったいこの男は何者なのだと猛之進はただ驚くばかりであった。

「この五千両は倍になって返ってくるかも知れないのです。わたしが持っているからこそ価値があるのですよ。須田様、料理屋の主人のわたしにどこにそれだけの金があったのか不思議に思ってはいませんか。じつを言いますと金で貸し付けたわけではありません。ここまで話すのはあなた様の腕を見込み、わたしと共に組んで一心同体となっていただきたいと思っているからなのです」

「そうか。わかったぞ。どうやらおぬしはその藩の弱みを握っておるようだな。藩では幕府にそれが知れると取り潰されるようなことをひた隠しにしておるのであろう」

その言葉を聞いて新兵衛は一瞬疑わしげな表情をしたが、直ぐに笑みを浮かべると今度は感心したような目で猛之進を見た。この男はおそらく藩が震え上がるような書付、書状というような類のものを隠し持っているに違いない。外様一藩とはいえその力は大きいものだ。その力を持ってすれば、一人の人間をこの世から消し去るなどわけもないことである。それができないのは、この男に何かあれば直ぐさま幕閣に書付、書状が届くようになっているのかも知れなかった。

「よくおわかりでございますな。どうです、須田様。一生好きなことをして遊んで暮らせるのですよ」

――おぬしが言うその藩というのは高倉藩であろう――猛之進は口には出さなかったがそう言ってやれば肝を潰すだろうと腹の中で密かにほくそ笑んだ。

「おもしろそうだの。よし、おぬしのその企みにわしも一口乗せてもらおうではないか」

「そうです、そうです。そうこなくてはいけませんよ。そうなりますと、今までは屋敷の出入りはご自由になさっていただいておりましたが、ご不自由かもしれませんが今日からはなるべく屋敷内に留まっていただくことになりますよ。向こうからいつ連絡がくるのかわかりませんですからね」

「心得ておる。不穏な動きでもあれば直ぐに知らせてくれ。それから、ひとつ聞かせてくれぬか。藩札というのは箱の中に何枚もあったのか。一枚では足りぬのか」

そこに置かれている箱の大きさを見て猛之進は訊いてみた。

「はい、どこのお大名にしても一度に五千両、一万両という藩札を振り出すというわけにはまいりません。ですから百両ほどにして少しずつ受け取るのですよ」

「おぬしとしては藩の弱みを知っておるのだから、そのような面倒なことをせずとも良いのではないのか」

「いえいえ、どこのお大名にも派閥というものがございますから、他の執政者たちの目を眩《くら》ますということを考えますと、向こうもこのような小細工を弄《ろう》するのですな」

「ふうむ、なるほどな。ところで……盗っ人が屋敷に入ったことは店の使用人には内緒にしておくつもりなのか」

「はい、そうするつもりです。須田様もその辺のところはご承知おき願いたいと存じます」

「よかろう。承知した」

猛之進はそう言いながら、これは権左にも話しておいた方が良いなと考え始めていた。

大枚五千両だ一万両だという夢のような話をすれば、あの男がどのような顔をするだろうかと考えると自然と笑みが零れるのだった。

猛之進は部屋に戻ろうとして女中頭のおたねとの約束を思い出した。勝手口まで行くとおたねは待ちかねていた様子で僅かに口許を綻ばせると猛之進に近寄ってきた。

「おたね……待たせたの。新兵衛……あるじ殿との話が長引いての。それで、それがしに聞いてもらいたい話というのは何なのだ」

おたねは猛之進の着物の袖口《そでぐち》を引っ張ると垣根の影に隠れるように身を寄せた。

「須田様……旦那様の用事というのはどのようなことでしたか」

「うむ、大したことではない。用心棒の仕事に必要であるから蔵の中をざっと見せてくれたのだ」

「そうですか。それで蔵の中は何事もなかったのですね」

「何を言いたいのかな、おたね は……」

「わたしは見てしまったのですよ、須田様」

おたねはおどおどした様子で周囲に目を配りながら言った。

「何を見たというのだ」

「真夜中のことなんですがね。わたしが厠《かわや》に起きたときなんですが……奥様が男に蔵の鍵を渡しているのを見てしまったんです」

「なに……それは本当なのか」

「ええ、本当も何も……男が奥様に訊いたんですから、これは蔵の鍵に間違いないだろうなって……」

「おたね……おまえはこのこと、まだ誰にも話していないだろうな」

「はい、怖かったものですから誰にも……それで聞いてもらうなら須田様しかいないと思ったんでございますよ」

「その男に見覚えはあったのか」

「いいえ、聞いたことのない声でした。それに……奥様の持つ手燭の明かりに浮かんだ顔は黒い布で覆われていましたから」

おたねは怯えたように身体を一度震わせると、誰かが見ていないか周囲を見回した。

「よし、この話は絶対に他の者に言ってはならぬぞ。おまえの命にも関わることだからな」

猛之進が脅すように言うと、おたねはもう一度身体を大きく震わせ頷いたのだった。

昼飯を食べ終わり畳の上で寝転んでいるとお香が部屋に入ってきた。

「旦那……良いご身分でございますこと。こうして転がっていれば食べ物も手間賃も黙っていても旦那の懐に入ってくるんですからねえ」

「たわけたことを申すでない。これでも事あればと心気を凝らしておるのだ。それで権左とは連絡はとれたのか」

通い勤めのお香に権左との連絡を頼んでおいたのだ。

「ええ、明日の夕暮れ七つ半頃に裏手にまで来るとそう仰ってましたよ。旦那……あたしもここに忍んできても良いかしら……」

お香は傍に寄ってきて甘い声を出した。

「おいおい、このことが済めばお香……おまえの懐も潤うことになるかもしれぬのだぞ。そのようなことをして新兵衛に見られでもすれば台無しになりかねんではないか」

「はいはい、わかってますよ。でも、もう少し話の内容を教えておいてもらわないと……」

「いずれな……ところで、おまえに頼みがあるのだ。どこに耳があるか分からぬゆえ、もう少し近くに寄って耳を貸せ」

お香は笑みを消して真面目な顔になると猛之進の傍に寄った。二人は何やら耳打ちするように話していたが、ややあってお香は頷くとその場を離れて行ったのである。

夕刻――少し離れると人の顔も定かではなくなるような暗さが既に辺りを包み込んでいる。時節柄か陽の出ている間はさほどでもないが、流石に朝夕はめっきり火が恋しくなるほど冷え込んできていた。料理屋香川では数日まえから火鉢が出されていたが、熾《お》き火を入れたのはつい昨日からであった。猛之進は夕飯がすんで火鉢を覗き込むようにして身体を寄せていた。

「旦那……起きてますか」

「お香か……入ってまいれ」

お香は猛之進の言葉にしれっとした顔で入って来ると、火鉢の傍にまで寄ってきて熾き火の上で両手を広げた。

「起きてますかはないであろう。わしがいつも寝転んでいるように聞こえるではないか」

「あら、違うんですか。よく大の字に寝ているのをお見かけしますから、つい……」

「おい、そのようなことよりもどうであったのだ。わかったのか」

猛之進は隣に座るお香の顔を横目で見る。

「ええ、旦那の言うとおり女将さんは娘のお菊ちゃんと出掛けていきましたよ。後をつけたら江戸川橋を渡り左に折れると桜木町があるのは知ってますよね、旦那」

「うむ……それがし、あの辺りには疎《うと》いが凡その見当は付く」

「その桜木町の本念寺というお寺さんに二人して入って行きましたよ。旦那が思うようなことじゃないんじゃないですか。お墓参りとか和尚さんと懇意にしているとか……」

「なんだ、お香。おまえは寺の中までついていったのではないのか」

「だって、狭いお寺なので中までついていったら見つかりそうな気がしたんですもの」

「まあ、良い。それで寺にはどのくらい居たのだ」

「四半刻は居なかったと思いますけどね。直ぐに出てきたという感じだったから」

「それで他には足を向けることはなかったのだな」

「ええ、あとは茶店《ちゃみせ》に寄ったくらいでしょうかね。母娘二人で団子を食べてましたよ」

「誰かに会うということはなかったのか」

「あたしの知る限りでは誰にも会わなかったと思いますよ。旦那……もっと詳しい話をしてくださいな。旦那は何をしようとしていらっしゃるのか。そのあたりだけでも話してくださいな」

「そうだな。話してやりたいのは山々なのだが正直なところ、わしにも未だ確かなことは分からぬのだ。ま、このくらいにしておけ。物騒なことになるかも知れぬからな」

「なんですよ、旦那。物騒なことって……刃傷沙汰《にんじょうざた》にでもなるということですか。どっちにしても手伝わせておいてこのくらいにしておけはないでしょう。女って見聞きしたがる気持ちは人一倍旺盛《おうせい》なんですからね。このままでは喉元に魚の骨でも引っ掛かっているような感じで、すっきりしませんよ」

「わかった、わかった。明日か明後日になればはっきりするかも知れぬ。そうすればおまえにも話せるであろう。それまで待っておれ」

「そうですか。そう仰っていただくのなら引き下がりますけどね。約束ですよ、旦那……。さて、あたしは仕事に戻らなくちゃ……おたねさんに叱られちゃう」

お香は屋敷の中が忙しくなり始めた気配に、慌てて部屋を飛び出すと勝手場の方に向かって小走りに廊下を戻って行った。猛之進としてはお香にどこまで話してよいのか迷っていた。お香が言う刃傷沙汰になるのはおそらく間違いないと思われるのだ。まずは本念寺とかいう寺に行ってみるかと猛之進は声に出して呟いたあと、両腕を持ち上げ大欠伸をした。

次の日、拠所無《よんどころな》い事情で一刻ほどは戻れぬと断りを入れて香川を出た。雇い主の新兵衛はあまり良い顔をしなかったが、暗くならないうちには間違いなく戻って下さいましよと念を押すと渋々ながら承諾したのである。

江戸川橋を渡り桜木町に入ると、人に尋ねなくても本念寺は直ぐに分かった。なるほど、お香が言うように檀家の数が十指で数えられるのではないかと思われるほどの小さな寺であった。境内は狭いとはいえ落ち葉が綺麗に掃かれていた。人が住んでいることはそれでわかる。小坊主も一人くらい居るのかもしれない。猛之進は訪ねる前にまず、自分の足でぐるりと寺の周りを一周してみた。曲がりなりにも庫裏《くり》らしき建屋が本堂の裏手に建っており、墓石の数も思っていたよりもあるようだった。庫裏の傍にまで行って訪いを入れてみたが返事はない。本堂に居るのかも知れないと山門のある表側に回った。建屋の中に入るにはこの寺に似合わぬ妙に大きな賽銭箱の横を通り抜け、本堂の引き戸を開けて中に入るしかなかった。立て付けの悪い引き戸を開け中に入ってみると、わりと広い仏間に仏像が何体か置かれ掃除も行き届いていた。仏事などはこの場で執り行うのであろう。どこかに出かけているのかここにも人の気配はない。庫裏の建っている北側から外に出ようと引き戸に近づいたとき背後から突然声を掛けられた。

「どなたですかな。寺に御用でもおありですかな」

振り向くと和尚らしき人物が疑わしげな目つきをして立っていた。

「おお、この寺の住持殿《じゅうじ》でござるかな。怪しい者ではござらぬ。それがし、須田猛之進と申す」

「その須田様が何用で参られましたのですかな。拙僧は白雲《はくうん》という名のこの寺の住職です」

寺の住持というには歳が若そうに思える。四十には未だ届いていないようだった。

「この寺には白雲和尚殿お一人だけでござるか、住まわれておるのは……」

「はて……だれぞお尋ねなのですかな」

「大川沿いに店を構える料理屋香川を知っておられるであろう」

猛之進は持って回った言い方をせずに訊いてみることにしていたのだ。

「はい、あの辺りでは評判の料理屋さんですから……それで……その香川がどうかいたしましたか」

「拙者はその香川に厄介になっている者でござる。……つい先だってのことだがその香川の妻女がお菊という娘御と一緒にこの寺を訪ねて来たと思うが……」

「はい、その母娘でしたら墓参に参られたようでございますな」

「墓参……？ ……縁者でもこの寺に葬られておるのでござるか」

白雲和尚は訝しげな顔をすると逆に猛之進に訊いてきた。

「あなた様はただ今、香川に厄介になっていると仰られましたな。すると用心棒ということでございますか」

「うむ、端的に申せばそう言うことになるであろう」

「その用心棒をなさっておられるお人が、何故そのようなことに関心をお持ちになられるのでございますかな」

「確かにそう言われればそうなのだが……。分かり申した。ならば腹蔵《ふくぞう》のないところを和尚に聞いてもらうことにいたそうか」

和尚と話を進めるには、まずは増吉から聞いたことを話しておかねばならなかった。若党の増吉は主人の敵を討とうとしており、猛之進がその助太刀を買って出たことを話して聞かせると白雲の表情が変わった。和尚は暫く何事か思案しているようだったが大きく頷くと、続きは庫裏で聞きますからと猛之進を促したのである。庫裏に入り火鉢の前に座ると白雲は、五徳の上で湯気を立てている鉄瓶から湯呑みに茶を注ぎ、猛之進の前に置いた。

「するとあなた様は、料理屋香川の主人が笠井重左衛門であることを増吉から聞いたのでございますね。そのうえで助太刀をしていただけるというのは本当なのでございますか」

「それがしも浪々となる身、いろいろとありましてな。和尚の疑いは尤もでござるが拙者、増吉から話を聞いて他人事とはおもえぬ思いを抱いたのでござるよ」

「そうでございましたか。じつはわたしも今はこのように仏門に身をおいていますが、元は増吉と同じ高倉藩の藩士だったのです。増吉とは半年ほど前に知り合いましてな。話を聞いて胸を痛めておりました」

「ほほう……和尚も元武士であったのか」

「須田様……わたしは勘定方におりまして剣の方はからきしでございます。増吉の助太刀など到底無理なことなので、出来ればどなたかご助勢いただければと思っていたところでございました」

「ふむ、どうやら和尚はそのあたりの事情を知っておるようだな。そこで訊くが、笠井重左衛門という男のことを聞かせてもらえぬか」

「はい、よろしゅうございますとも……ですが、その前に話しておかねばならないことがあるのです。じつはこの寺に佐竹数馬《かずま》という浪人者ですが……若い男が住みついているのです。香川のご妻女おみねさんはその男に誑《たぶら》かされているのでございますよ」

その佐竹数馬という若者と重左衛門の二人は、数年前まで繋がりがあったようだ。一回りも歳の違う佐竹数馬が重左衛門と行動を共にするというのも妙な気はするが、重左衛門が脱藩して江戸に出てきたおりに知り合ったようだった。これは想像ですがと和尚は前置きしてから、重左衛門が料理屋香川を始める元手は二人で良からぬことをして得たものではないかと云う。そうでなければあのような料理屋を僅か三年であれだけの構えにするのは無理だと言うのだ。和尚に言われなくともそう考えるのは至極当然のことであった。

「ところで白雲和尚、その重左衛門が高倉藩を脅しておるのを知っておるかの」

「高倉藩を……ですか。さて、そこまでは……」

「重左衛門は高倉藩の藩札を持っておるのだ。なんと五千両だそうだ。そのような大金を動かせるほどあの男は力を持っていたのであろうか。和尚はどう思われるかな」

「はてさて、どうなのでしょうか。それはわたしにもわかりませんが、あの男ならば藩の弱みを握っているというのは確かなことなのかもしれませんな。重左衛門の役職は横目付でしたのでもしかすると……」

「その藩札を重左衛門は根こそぎ奪われたと言っておった。重左衛門の口からはっきりと聞いたわけではないが、どうやら察するところ藩札を奪い取っていったのは和尚の話からみてもその佐竹数馬に相違あるまいとそれがしはみておる。重左衛門も誰の仕業なのかは承知しておるようだからの。それに、ご妻女が浪人者に蔵の鍵を渡しているのを香川の女中頭が見たといっておるのだ」

「そうでございますか。では間違いないのでしょう。佐竹という若者はこの寺にいきなりやって来て何の断りもなく居座っているのです。ええ……妻女のおみねさんは佐竹に脅され鍵を渡したのでしょうな。佐竹は娘を暫く預かっているとか言ってましたが、お菊ちゃんは庫裏に監禁状態となっていたのでわたしが食事の世話をしたのです。それにあの男のことだから持っていた金を使ってしまい、同じ悪事をした仲間だとはいえ料理屋を営み良い暮らしをしている重左衛門を妬み、奪った藩札を買い取らせようとでもしているのかもしれませんな」

白雲和尚はまるで自分ごとのように抑えきれない怒りを面に出したのだが、まだ腹の中に話そうか話すまいか迷っているものがあるように見えた。余計な口出しだとは思ったが猛之進はその躊躇いを取り払い口を滑らかにしてやろうと考えた。

「和尚、まだ他に話したいことがあるのではないかな。すべてを話してもらえれば拙者、微力ながら力をお貸しいたすが……」

「わかりました。それではお話いたしますが……おみねさんは娘のお菊ちゃん共々、笠井重左衛門に国元から無理やり連れてこられたのでございます」

そのとき猛之進には和尚の怒りの因が見えた気がした。

「和尚……差し出がましい口を利くようだが……香川の内儀と娘御はそこもとの妻子なのではござらぬか？」

猛之進の言葉に和尚の顔が悔やみなのか憤りなのか見る見るうちに赤らんだが、直ぐに冷静さを取り戻したように元の住持の顔に戻った。

「そうか。やはりな。和尚の話を聞いていて母娘のことになると、仏に仕える者にしては怒りが面に出過ぎるような気がしたからのう。国元で何があったのかは知らぬが重左衛門という男、相当な奸物《かんぶつ》とみえるのう」

「……」

「ところで和尚。佐竹とか申す男だがここへは戻ってくるのであろうな」

「必ずとは言えませんが……はい、他に戻るところもないと思いますよ。重左衛門から金を取ろうとしているのなら、今は香川に様子を見にでも行っておるのかもしれませんな」

そのときである。境内の玉砂利を踏む音が猛之進の耳に微かに聞こえたのだ。

「おっ、しずかに……」

猛之進は掌を広げて和尚の声を遮った。雪駄の音は庫裏の前で止まった。待つまでもなく庫裏の戸がいきなり開き、仁王立ちに立つ浪人者は猛之進を見ると険しい顔で誰何《すいか》した。

「おぬし、何者だ」

浪人者は用心深く庫裏に足を踏み入れると白雲和尚に視線を送った。

「佐竹様、このお方は昔のわたしの知り合いで久しく会っていなかったので……」

「和尚、隠し立てなどしなくても良い」

猛之進はそう言いながら立ち上がると男の視線を受け止めた。

「佐竹数馬というのはおぬしか……」

その言葉が終わらぬ内に男は血相を変えて踵を巡らし、庫裏から少し離れた場所で立ち止まると振り返った。猛之進も続いて外に出る。

「おのれ……貴様、重左衛門の回し者か」

佐竹には浪々の荒んだ暮らし振りが骨の髄まで染み込んでいるらしく、若者らしい覇気が見られなかった。凄みを利かすと腰の刀に手をやりいきなり鯉口を切った。

「まあ、待て。落ち着け……ここでおぬしと斬り合うつもりはない。言っておくが斬り合ったとしてもおぬしに勝ち目はないぞ。それにだ。それがし香川に雇われてはいるが重左衛門の回し者というわけでもない」

「雇われているというのなら用心棒ではないか。藩札を取り返しにきたのであろう」

「新兵衛……いや、重左衛門から……ふむ、ややこしいのう。確かに重左衛門から取り返せとは言われておるが、このままあの男の味方をするつもりなどそれがしにはない」

殺気をみせぬ猛之進に斬り合う意思のないことがわかると、安心したのか佐竹も身体の力を抜き腰の刀から手を離した。佐竹という若者をよく見るとそれほどの悪相とも思えず、長い浪々の身ともなれば肩肘張って生きるしか他に道はなかったのだろう。

「すると何か……おぬしもあやつの金が目当てなのか」

数馬は疑り深そうな目で猛之進を見た。

「ま……そのようなものだ。どうだおぬし……拙者に与《くみ》する気はないか。重左衛門が人を斬って国元には居られなくなり逐電したのはそれがしも聞いておる。それにあの男、相当の手練れのようではないか。こう言っては何だが、おぬしに重左衛門は斬れまい」

佐竹は返事をしなかったが、猛之進と組むべきかを秤《はかり》にかけ思案しているようだった。

猛之進に敵意がないと知ったことで対応は少し穏やかになり顔つきにもそれが表れていた。

「お手前の名は……」

「それがしか……拙者は武州浪人須田猛之進……それで返答はいかに……」

「うむ……どうやらおぬし、剣の腕前の方は相当の自信を持っているようだが……あの笠井重左衛門が斬れるというのか」

「それは立ち合ってみなければわからぬ。わからぬが、重左衛門は長い間刀を手にしてはおらぬであろう。その分、多少なりともこちらに分が有ろう」

猛之進の言葉に佐竹は口許を歪めた。笑ったようである。

「須田殿と申したの……香川というところは武家が料理屋としてよく利用する場所であろう。重左衛門には旗本の次男坊で鳥飼源次郎という男がついているのだ。その男、戸沢道場でも高弟の一人と目されておる。この男が出てくるとなると重左衛門には迂《う》闊《かつ》には近寄れぬ。それでもそれがしと手を組むと申されるか」

「おぬしも多少なりとも剣を使う武士なら道場の棒振り剣法など、どれほど腕を上げようとも真剣での立ち合いには大した役には立たぬことは承知しておろう。それに戸沢道場だが……足が動きやすいように足袋を履き、磨き抜かれた道場の床板で舞うように稽古するあのような道場剣法など取るに足りぬとはおもわぬか」

佐竹は軽く顎を上げそれには同意したようだったが、未だ言いたい事があるようだった。

「それはそのとおりだが……その鳥飼という男の剣捌《けんさば》きをそれがし一度目にしておるのだ。相手は人ではなく二匹の野犬だったが、飛び掛ってきたところを一刀両断にしたのだ。それに鳥飼には取り巻きが多い。そやつらが手を貸せば何かと厄介だぞ」

「おぬしの話を聞いていると端から泣き言ばかりではないか。そのような腰倒れでは藩札を奪っても何もできぬぞ。重左衛門の口振りもおぬしからなど簡単に取り返せると高《たか》を括《くく》っておったようだからな」

「何とでも言わせておけばよい。重左衛門も藩札が手元になければどうすることもできまい。あやつの企みは高倉藩を自分の思うとおりに牛耳ることなのだ。高々三万石だとはいえ高倉藩は見た目よりも藩政は潤っているようだからな。重左めは金で幕閣にでも取り入ろうとしておるのかもしれぬ」

「ただ嘆いているだけでは前には進まぬぞ。それがしには共に修羅場を掻い潜ってきた門倉という腕の立つ男が味方にいる。おぬしを入れて三人いれば充分彼奴らに対抗できると思うがどうだ。ここはそれがしと手を組んだ方が良いとおもうがな。おぬしもこのまま一人で立ち向かうことなどできまい。藩札など持っていても唯の紙切れ同然ではないか」

佐竹は暫し考えていたが猛之進の言うとおり他に手立てはないとみたようだった。

「ふむ……あいわかった。おぬしの言うとおりだ須田殿。本音を言えば藩札を奪ったは良いが、それがし一人ではこれ以上どうにもできぬと思っていたところだ。是非とも手を貸してもらいたい」

「仲間になるというのなら猛之進で結構だ。拙者も貴公を数馬と呼ぶが……よいか」

「うむ、承知いたした」

猛之進は境内に置かれている石の上に腰を降ろすように数馬を促した。

「ところで……おぬしのような歳若い者が、重左衛門のような男と初めはどのようにして関わりを持ったのだ」

数馬は味方になった途端、急に伏したように従順になると言葉遣いも丁寧になり、その変わり身の早さに猛之進も戸惑うほどであった。この江戸で若者一人、両刀を手挟み浪人として生きていくには、肩肘を張り横車を押すのは無理からぬ成り行きだったのであろう。

「重左衛門が国元高倉藩を出奔してきたばかりの頃のことですが、あやつが右も左も分からぬこの江戸で食い詰めていたところをわたしが助けたのです。とはいっても道場破りをして食い繋ぐように教えただけなのだが、その日暮らしなのは親の代から受け継いだわたしも似たようなもので、あるとき重左衛門に高倉藩の下屋敷にある蔵を覗いてみないかと言われたのです」

「蔵を覗くというと賊として入り込むということかな」

「いや、堂々と入っていっても差し支えなどないといわれてそれがしも驚いたのですが、下屋敷は中屋敷や上屋敷に比べて警戒がそれほど厳しくはない。それに重左は自分のしたことが江戸表には未だ届いていないだろうと言うのです。そのうえ面体は知られていないし二人で旅装をしてそれらしい格好をして行けば国元から来た藩士だと思う筈だと……」

「なるほど……その手があったか」

感心したように猛之進も頷いた。

「それで蔵に金でも隠しているのかと訊いたら、高倉藩にとってはもっと大事なものがあるかもしれぬと薄笑いを浮かべてそう言うのです。それはいったい何なのだと訊くと今のところそれ以上は言えぬが、知れば命に関わるぞと脅しともとれる言葉を言われました」

「それはいったいどのような物であったのだ」

「それが蔵から持ち去ったのは箱に納まった書状としかわからぬのです」

「書状か……すると蔵には簡単に入ることができたというわけか。それで多少の金にはなったのであろうな」

ばつが悪そうに数馬は頭を掻いた。

「古箪笥の中には袱紗《ふくさ》に包まれた十両ほどの金があり、それと槍や刀が置いてあったので持ち出せそうな刀を三振り頂戴しました。重左が言うには拵え屋に持ち込めばかなりの値がつくというので自分たちの刀も交換して持って出たのです」

「どれほどになったのだ」

「それが五十両というわたしが思っていたよりも高値がついたのです。その金の十両をわたしが貰ったのですが、あの料理屋を買い取るほどの金子であったとは思われませぬ」

「すると重左衛門は藩を出るときに、既に相当の金子を懐にしていたようだな。蔵に入ったのはその書状が目的であったのだろう。国元でその書状の在《あ》り処《か》を重左衛門に教えた人物がいるのだ」

「同じ企てを遂げようとする仲間がいるというのですか」

「そうだ」

「そう言えば、端からどこに何があるかを知っていたようでしたね」

数馬は頤《おとがい》の辺りに手を持っていくと思案顔をして黙り込んだ。

「それから数馬……もう一つ言っておかねばならぬことがある。重左衛門をある男が仇として狙っておるのだが、わしはその男の助太刀をしてやろうと思っておるのだ」

「それはそちらの勝手でしょう。わたしは関わらぬから事の子細は訊かなくても……」

「そうはいかぬぞ、数馬。重左衛門に斬られた坂東弥兵次という人物は、おそらく重左衛門の企みを知って斬られたのではないかと思われるのだ」

「それではそれがしも猛之進殿と一緒に助太刀をせよというのですか」

「そのようなことなどしなくても、いずれにせよ重左衛門と刃を交えることになるのは変わりはあるまい。それだけに、物事の成り行きというものはすべて知っておいた方が良かろう」

少し考えた末に数馬は覚悟を決めたようだった。

「わかりました。たしかに猛之進殿の申されるとおりでしょう。すると、その仇討ちをしようとしている御仁も我らに加わるということですか」

「そういうことにはなるが……ただその男が我らの力になるとは言えぬのだ。坂東家の若党で剣の腕はからきしだと聞いておるからの」

そう話してから猛之進は険しい顔で数馬を見た。

「数馬……それから言っておくことがある。香川の妻子のことだが……あの母子はこの寺の和尚の妻子であるから、そこもとも承知しておくようにな」

「なんですと……それは本当ですか。そのようなこと重左衛門からも和尚からも聞いておりませぬぞ。どうりで、今思えば娘に対する和尚の気遣いがただ事ではないような気がしたわけだ」

「重左衛門を斬れば坂東家と和尚にとってしても、あやつのしたことを償わせることにもなろうというものだ」

猛之進はそう口にしながらも、己の身勝手によって同胞を斬り捨てたことが三度《みたび》蘇《よみが》り胸を重くするのだった。


猛之進と権左の二人は居酒屋田丸で酒を酌み交わしていた。

「その新兵衛とか重左衛門とか申す男、料理屋の主人であろう。斬るにしても、向こうが無腰では斬るわけにもいかぬぞ、猛之進」

「心配いたすな、権左。元は侍だ。我らを敵だと見做《みな》せば間違いなく刀を持つ。藩では屈指の使い手だったというからな。それに味方をする者たちがいてその中に凡庸《ぼんよう》でない使い手が一人いるようなのだ。おまけにその男、旗本の次男坊だというからには次男、三男坊の取り巻きが多いかもしれぬ。そうなると……」

直参と聞いて権左の顔つきが変わった。

「おい……相手は直参なのか。次男坊だとはいえ旗本の子息を斬ると後が厄介だぞ。元だとは言ってもおぬしは外様の家来衆だからな。外様の家来に斬られたとあっては旗本が黙ってはおらぬ。随分と昔のことだが、荒木又右衛門の助太刀で渡辺数馬が河合又五郎を討ち果たした話は誰もが知っておるところだ。そう言えばその若造……同じ数馬と申すのか」

「今でも旗本衆は外様を目の仇にしておるのか。あれから随分時が経つぞ。それに真相は分からぬがあの事件は赤穂の浪士たちと同じように世人が荒木方に味方したではないか。おい、するとなんだ。おぬしはこの一件には関わりたくないとそう申すのだな」

「まてまて、そうは言ってはおらぬ。厄介だと申しておるのだ。悪い癖だぞ猛之進。

おぬしという男はいつも早まったことをいうので迂闊《うかつ》なことは言えぬな。ま……一杯いけ」

権左は身を乗り出すと猛之進の猪口に酒を注いだ。二人とも互いに生酔《なまよ》いだが気分は上々で話が弾み、話題が赤穂浪士や荒木又右衛門の仇討ちにまで及んでいる。

「それではやるのだな、権左」

「金になる話なのであろう。そう簡単に引き下がれるか」

「よし、決まりだ。ではこの二、三日のうちには連絡をするからそのつもりでいてくれぬか。あのお香と申す女子がおぬしの住まいに訪ねて行くと思うが……」

「おう、そうだ。そのお香という女子はおぬしのこれか」

権左はそう言いながら猛之進の目の前で小指を翳してみせた。そろそろ生酔いも本腰を入れて酔いが回ってきているようである。

「それがし、江戸に来てから女子と遊ぶようなことはなかったのだが、あのお香という女子は気に入っておるのだ。いやいや、それがしのことより権左……おぬし、近頃この店の女子、おすまを目当てに通っておるのであろう」

「馬鹿を申せ。そのようなことではないわ。田丸で出す料理を気に入っているのだ。おぬしのように女子の尻など追ってはおらぬわ」

確かに田丸の料理は煮物ひとつとってしても手が込んでおり、徳利の中身も他の居酒屋のように水で薄めてはおらず酒が進んで酔いが回るのが早いような気がする。

「ところで権左……おぬしが気を晴らすような話があるのだが聞く気があるかね」

「なんだ。拙者はべつに不快な気分でいるわけではないぞ。話があるのなら気を揉ませるような言い方をするな」

「では申すが……郷則重のことだ」

権左はその一言で酔眼の眼をおもいっきり見開いて猛之進を食い入るように見据えた。

「それみろ。酔いが醒めたであろう」

「そう言えばその太刀の一件……すっかり忘れておったな。あれからいろいろとあったからなあ。それで話というのは何なのだ、猛之進」

「おどろくなよ、権左。則重がもう一振り出てきたのだ」

「な、何だと……」

権左は一息に酒を呷ろうとしていたところにその話を聞かされたので思わずそれを吹き出したのだった。板場に居たおすまという娘が何事かと顔を出したが、理由が知れると白い歯を見せ両手で口許を被い隠して直ぐに板場に引っ込んだ。

「則重がもう一振りだと……どこにあるのだそれは……」

「ま、慌てるな。今から話して聞かせるゆえ」

猛之進は手酌で注いだ酒を喉越しに腹の中へ送り込むと、増吉のことを話して聞かせた。

「すると、その増吉とか申す男が持っている太刀が郷則重だと言うのか」

「権左……則重がこれほど身近なものになってくると、それがしにも確かなことは言えぬような気がしてきたのだ。思うてもみよ。則重が打った刀は三振りか四振りとも言われている中で、あろうことか二振りもこのわしが目にしておるのだぞ」

「それはわからぬではないか。おぬしには則重との因縁のようなものが何かあるのであろう。それよりどうだ。増吉が持つ太刀を拙者も目にすることができぬか猛之進」

「見たとしてもおぬしに真贋の是非などわかるまい」

「であるからして……拵え屋に持ち込んで見てもらおうというのだ」

「それは良いが直ぐにというわけにはいかぬぞ。増吉に刀の値打ちを話してしまったからな。増吉はあの刀で仇討ちをする気なのだ。拙者が則重の代わりの刀を渡して仇討ちはその刀でするように説き伏せたが、あの様子ではわからんな」

「おいおい、そいつはとんでもないことではないか。なんとかその前に手に入れるというわけにはまいらぬのか」

慌てたように権左は膝を詰めた。こやつ、そうとう則重に入れ込んでおるな。猛之進は自分がそうであったことを棚に上げて腹の中で秘かにほくそ笑んだ。

「ま……そうは言ったが心配いたすな。増吉はそれがしを仇討ちの助太刀人と頼りにしておるのだ。今やあの太刀はそれがしのものになったも同然だ。いまのところ質草にしてあると思えば良い。ま……飲め、権左」

「おぬし、そういうことは早く申せ。すると今度の一件が片付くまでのお預けということだな。だが、楽しみよのう。二振りあればどちらかは真物である可能性は高いと言う事だ」

権左は安心したように落ち着きを取り戻すと、手にしていた猪口を猛之進の前に注げとばかりに突き出したのだった。

「ところで、あの若造……佐竹数馬とか申したな。信用はおけるのか」

「信用するも何も新兵衛の蔵から藩札を盗み出したのだ。我らの味方をするしか他に為す術があるまい」

「それはそうだが用心するに越したことはないぞ、猛之進。浪人者という奴は分があるほうにつきたがるものだ。いつ掌《てのひら》を返してもおかしくはないからな」

猛之進は我らも浪人者ではないのかと喉元にまで言葉が出かけたが止めておいた。

「その佐竹数馬だが……重左衛門に仕掛けるのはいつになるのだ」

「この一両日には動くであろう。であるからして、先ほども申したようにおぬしに知らせるのは二、三日のうちにはということになろう。それまでは居場所をはっきりさせておいてもらわねばこまるぞ、権左」

「そのように押し付けがましく言わなくても承知しておる。今までもそれがしを捉まえるのに苦労したことはなかろう」

「いや、近頃おぬし……怪しげな場所に出入りしておるようだから敢えて言うのだ」

「なんだ、その怪しげな場所というのは……それがしそのような所には行ってはおらぬぞ」

二人は酔いが回り、ねちねちと互いに言うことがくどくなってきているようだった。


次の日、まだ高鼾《たかいびき》で寝ている猛之進の部屋に女中頭のおたねがやってきた。

「須田様……まだ寝ていらっしゃったのですか。旦那様がお呼びでございますよ」

「なんだ、このような朝っぱらから……何事だ」

昨晩は飲み過ぎたようで、猛之進は頭痛を堪えて起き上がった。

「さあ、知りませんよ。早く行ってくださいな。いやだ、お酒の匂いがぷんぷんしますよ」

「うーむ、昨夜は少々飲み過ぎたようだ」

女中頭のおたねは猛之進の虚ろな姿に侮蔑《ぶべつ》の視線を送りながら部屋を出て行った。

猛之進は雪隠で用を足すと主の部屋に向かい顔を出した。

「須田様……来ましたのですよ。動きがあったのですよ、あの男から……」

寝起きのうえに二日酔いの猛之進がぼうっとしたままでいると、新兵衛はいきなり目の覚めるような大声を上げた。

「須田様っ！……昨夜は遅いお帰りでございましたな。あなた様を雇っているのはわたしを守ってもらう為でございますからね。しゃんとしていただかないと困りますよ」

「お……申しわけござらぬ。このとおりだ。武士であるがゆえ、酒を断ることができないのっぴきならぬ事態が起こっての」

目の前で掌を翳すとその場で思いついた言葉を口にした猛之進だったが、いずれ剣を交えることになるかもしれぬ男に何たる言い様だとも思った。

「新兵衛殿……腹立ちはもっともだが今後このようなことは控えるゆえ許されよ。それで藩札を盗んでいった賊から何と言ってきたのかな」

「明後日、夕の七つ半に、五百両の金を持って西条寺の境内にまで来いと言ってきました」

「五百両だとは、また吹っ掛けおったのう。どうするのだ、新兵衛殿」

「行くしかございますまい。ですが、五百両などという大金を黙って渡す気など毛頭ございません。そこはそれ……あなた様のお力をお借りして盗賊を斬っていただきます」

「よかろう。そこのところはまかせていただこう。のこのこ現れたら一刀両断にしてやろうではないか」

「その賊なのですが、おそらく一人でやってくるとは思われないのです。それはでございますな」

新兵衛が言葉を濁したそのあと、態度顔つきが一変して猛之進の予想もしなかった驚きの展開となったのである。おかげで二日酔いもどこかに吹き飛んでしまったのだった。

「さて……須田殿……猛之進殿、……何と呼ぼうかの。じつは拙者、もと高倉藩藩士、菰田家の家臣笠井重左衛門と申す。わけあって今はこのように料理屋の主人に納まっておるが、このような事態になり貴公には隠してはおけなくなったのだ。と言うより貴公とは同腹《どうふく》となった今は、すべて話しておいた方が今後はお互い何かと遣り易いことは間違いなかろう」

まさか重左衛門が自ら己の身元を明らかにするとは思いもしなかったが、猛之進としてはそのとき初めて知ったという表情を浮かべなければならなかった。

「いや、驚いたでござる。すると、弱みを握っている藩というのはおぬしが仕えていた高倉藩のことでござったか」

「そのとおりだ。藩を出た当初の頃は討っ手が幾度か拙者の前に現れたが、すべて返り討ちにしてやったのだ。藩として今は打つ手がなくなったとみえて、それがしこうしてのうのうと料理屋の主人をしておる。藩札を盗んでいった輩も佐竹数馬という男だということはわかっておるのだ。その佐竹などそれがしにしてみればその辺にいる野犬を斬るよりも容易《たやす》いことだ」

料理屋を営む商人から武士の顔に戻った重左衛門のあまりの変貌振りに、猛之進は圧倒されていた。

「ほほう、それではそれがしの助けなど必要ないのではないか、重左衛門殿」

「いや、あやつは一人で拙者と対峙する気など毛頭ないであろう。何人かの仲間を引き連れてくるのは目に見えておるのだ。この江戸というところは金の話になると目のない無頼の輩などいくらでもおるからな。おぬしの剣の腕は見せてもらったがかなりのものだと承知しておる。そのうえに加勢を幾人か頼むつもりだ」

「話を聞いてみればどうやら貴公もかなりの使い手とみえるではないか。加勢など頼まなくても無頼の徒などそれがしとおぬしの二人ならば、何人いようと斬り伏せることができるのではないのか」

猛之進は加勢の人数が増えると厄介だと思った。

「いや、貴公も知ってのとおりそれがし暫く剣を振るってはおらぬゆえ、人と斬り合うことに慣れておらぬ。そうかと言って自信がないというわけではないのだ。何事にも万全を期すということだ」

重左衛門は暫く剣を手にしたことがないと言ったがそれは嘘だと思った。両手にある剣胼胝《けんだこ》は日毎の鍛錬を怠らないことの証であった。

「然《しか》るべく……わかり申した。それで……その仲間という御仁にはいつ会わせてもらえるのであろうか」

猛之進は胸に広がる微かな動揺を押し隠すと何食わぬ顔でそう訊いた。

「明日には面を会わすことができるとは思うが……ひとつ話しておかねばならぬことがある。その加勢をする男なのだが歳若い所為か人を侮《あなど》る癖があるのだ。腹を立てずに聞き流してもらいたい。剣の腕前の方は拙者が受けあう。もう一つ、この屋敷の中では商人と用心棒の関係はそのままに……」

「うむ、委細承知いたした」

重左衛門はそのあと言葉どおり、何の躊躇いもなく料理屋香川の主人新兵衛の顔に戻ったのである。

次の日、江戸川の河川敷で重左衛門の加勢をする鳥飼源次郎という男に引き合わせられた。

重左衛門が話していたように、他人を侮るのは若さの特権だと言わんばかりの男であった。

猛之進の方に悪気はなかったのだが、引き合わされた最初に態度のどこかに鳥飼を軽く見るような素振りがあったのであろう。それが気に障ったのか険阻《けんそ》な顔に怒気を漲《みなぎ》らせて、立ち合えとばかり今にも抜刀しそうになったのには閉口したのだった。

この男が目の前に居る猛之進が敵側だと知ったら、どのような顔になるのかを思い浮かべて笑いをかみ殺したのである。重左衛門が間に止めに入ったがために斬り合いにまではいたらなかったが、こやつこの場で斬り倒してやろうかと刀の柄に手が掛かったほどであった。それよりも気になったのは、鳥飼源次郎の他に加勢する輩が数人いると聞かされたことだ。こちら側は権左と佐竹数馬。それに却って味方の力を削ぐことにもなりかねない若党の増吉である。そう考えると、まともに戦うことができるのは猛之進と権左の二人だけだと言わざるを得ない。出たとこ勝負だとは思っているが無住の西条寺は予《あらかじ》め敵の数が多いことを考えて選んだ場所ではあった。境内は人の手から放置されて数年は経ち寺の周りに樹木が生い茂り、人数が多いと却って原生する木々が邪魔をして、同士討ちの危険を避けようとするため一度に斬り込んでは来られないのだ。それに、天に向かって伸びている幾本かの巨木は味方の背後を守ってくれるであろう。武蔵と吉岡一門との闘争をみても、入り乱れての斬り合いは地の利を生かして戦うことが最善の方法であると教えてくれている。重左衛門たちはそれを知らずに人の数さえ増やせば勝てると踏んでいるようだが、裏を返せば数馬の連れてくる相手など高《たか》が知れているると甘く見ているということにもなろう。

そろそろ夕の七つになろうとする時刻である。香川の奥座敷に重左衛門と猛之進が対座していた。重左衛門は脇差を腰に差し武士の出で立ちだったが、髷を戻すのは間に合わなかったとみえ大黒頭巾で隠した姿は少しばかり滑稽であった。隣に内儀のおみねが神妙な顔で座っていたが、おみねには猛之進が前以て全てを話しておいてある。

「須田殿……出掛ける前に少しだけ太刀捌きに付き合ってもらいたい」

重左衛門は刀を手にすると猛之進を中庭に誘った。猛之進は頷くとその後ろから付いて庭に降り立つ。重左衛門は気息を整え腰を捻ると刀を引き抜いた。そのまま正眼から八双の構えになると気合もろとも一振りしてから猛之進の前に立った。猛之進も刀を抜き同じように正眼に構えると僅かに腰を落とし重左衛門を見据えた。太刀捌きの付き合いにしては凄まじい気迫が重左衛門の身体から押し寄せてくる。なるほどと猛之進は思った。増吉が言うとおり藩で五本の指に入る使い手であったことは疑いのないようだった。誘うように上段に構えを持っていくと胸元に鋭い一撃がきた。その瞬間、足を後ろに引いたのは数多《あまた》の真剣での立ち合いを身体が覚えていて無意識に動いたのだ。

打ち込んで伸びきった重左衛門の腕を思わず猛之進が撫で斬ろうとしたが一髪の差でぴたりと止めた。重左衛門が引き攣った顔を見せたのは僅かな間であった。

「このくらいで良かろう、重左衛門殿。どうでござる。身体はまだ剣技を覚えておるようではないか。中々鋭い打ち込みでござった」

猛之進の言葉に重左衛門は何を思ったか無言のまま抜刀した刀を鞘に納めると、くるりと背を向け部屋に戻って行ったのである。

四半刻後、二人で西条寺に向かう間も重左衛門は口を開こうともしなかった。途中、茶店で待っていた鳥飼源次郎とその四人の仲間が猛之進たちと合流したが、これもこれから斬り合いに向かう所為なのか口を真一文字に結んだまま、誰も話しかけようとする素振りはない。猛之進は新しく加わった四人を品定めするように見たが、その中に一人だけ厄介な相手になると思える男がいた。他の三人は猛之進と権左が精妙な斬人剣を見せてやれば、腰が引けて一歩たりとも踏み込んでは来れまい。

西の空が夕日で赤く染まっている。西条寺の山門が目に映った。境内の奥に男が二人立っている。佐竹数馬と権左であった。姿が見えぬ増吉は潅木の茂る中にでも隠れているのであろう。猛之進が合図をしたら出て来るように申し合わせはしておいたのだ。

「数馬、おぬしとは二度と会うことはないと思うておったのだが……まさかわしに脅しを掛けるとはのう。そのうえに、僅か二人だけで来るとはそれがしも軽う見られたものよ。見るところ、隣に居る御仁は相当の使い手だと見ゆるが、加勢の数からしてもこちらに分があることは火を見るよりも明らかだ。黙って藩札を返せばこのまま見過ごすがどうだ」

重左衛門が余裕の笑みを浮かべながら言い放った。

「ふ……それはこちらも同じでそのまま言葉を返してやろうではないか。それだけの加勢にどれだけの金子をばら撒いたのかは知らぬが、五百両は持ってきたのであろうな、重左衛門」

「ほほう……やけに余裕を見せているところをみると、どこぞに手勢なりと潜ませておるとみえるな。金は我らを斬ってから奪うのだな」

その言葉が終わると同時に重左衛門たち一行は横に適度な間隔を開け広がった。猛之進もまだ味方の振りをしていたが、このまま重左衛門を撫で斬ることは容易いことではあった。

「まあ、暫時待たれい……重左衛門殿。ひとつ申しておかねばならぬことがある」

背後に居た猛之進がそう声をかけると何事だとみな振り向いた。

「じつはそれがし、申し訳ござらぬがおぬしらと共には戦えぬのだ。おぬしらがどうしても斬り合うというのならば拙者は向こう側に与せねばならぬ」

重左衛門はこやつ何を言っておるのかという顔をしていたが、突然察したかのような顔になると眉尻を上げ、いきなり猛之進と呼び捨てた。

「そうか、やはりのう。疑いは持っていたのだ。どうも端から胡散臭い用心棒の売り込みだと思ってはいたのだ」

「まてまて……それがし、おぬしの言うように端からこうなることを見据えて雇われたわけではないぞ。いや、ま……そのようなことはどうでも良いか」

猛之進の言葉が終わらぬうちに俄かに鞘走る音が境内に鳴り響くと、抜刀した鳥飼が歯を剥いて猛之進に突進してきた。剛剣を振りかざして襲い掛かってきたが真剣での斬り合いの場数は少ないとみえ、上段からの打ち込みは萎縮気味で僅かに届かず剣尖は空を切って地面を叩いた。透かさず猛之進はがら空きになった上半身に抜き身を八双から袈裟懸けに振り下ろし、鳥飼の脳天を西瓜でも斬るように斜めに断ち割ったのだ。絶叫を上げることもできず鳥飼は血飛沫を上げ地面につんのめるようにして倒れていった。重左衛門に加勢する残りの男たちは凄惨な光景を目の当たりにして既に及び腰であった。それだけに権左が叫び声を上げてその中に斬り込んで行くと、三人は身を翻し後も見ずに逃げ去っていったのだった。ところが残った一人は果敢にも斬り結ぼうと権左の眼前に立ち塞がったのである。重左衛門はそのときまで立ち合う姿勢を見せずにいたが、頃合いとみたのか大刀を引き抜くと佐竹数馬に近づいて行った。

両者の腕の違いは明白であったが腕の立つ二人を仲間にする数馬は、恐れる様子もなく抜き放った刃を正眼に構えると迎え撃つ姿勢を見せたのだ。

猛之進は目の前に繰り広げられる争闘を暫く見ていた。権左が相手をする男は思いのほか強敵とみえ先ほどまでは押され気味であったが、それは権左のいつもの戦法であり今は返し技を打ち込み逆に攻勢に転じていた。状況を見れば数馬に加勢するしかなかったがそのとき思わぬ事態が起こった。どこから現れたのか増吉が姿を見せたのである。増吉は数馬と対峙している重左衛門の背後から近づくと、何の躊躇いもなく斬りかかったのだ。止める間もなくあっという間の出来事であった。当然の結果ではあったが増吉は気配を感じて振り向いた重左衛門の刀で腹を突き刺され、他愛もなくその場に転がったのだった。

それを見て猛之進は声高に呼び掛けた。

「重左衛門っ……その男……佐竹数馬が相手では貴公にとって不足であろう。それがしが存分に相手になろうではないか」

重左衛門は向き直るとその顔に同意するような不敵な笑いを浮かべた。まるで数馬など初めからそこにいなかったような身振りで猛之進の方に歩を進めたのである。

重左衛門は恐れも無く詰め寄ってくると上段から猛然と斬り込んできた。猛之進はその打ち込みを難なく受け止め逆袈裟に刀身を振るったが、重左衛門は身軽な動作でそれを交わすと後ろにするすると下がり間合から離れた。猛之進が深追いは控え剣尖を下段に持っていくと重左衛門は正眼に構えたままぴくりとも動かなくなった。気がつくと辺りは足元から次第に暮色に包まれようとしている。夕間暮れが迫る中で微動だにしない重左衛門の身体から凄まじい殺気が押し寄せてくる。――重左衛門のことを少しばかり甘く見ていたのかも知れぬ――その思いが胸を過ぎったときである。無声の気合と共に重左衛門の剣が唸りを上げて襲い掛かってきた。猛之進はその剣を横殴りに弾き返すと、重左衛門の腰の辺りに刀身を向けながら前に走り出て擦れ違った。重左衛門の着物を切り裂く軽い手応えがあったが擦れ違いざま直ぐに振り返った。猛之進の背後から凄まじい突きが繰り出されてきたのだ。重左衛門の見せた初めの一撃は見せ掛けで次の一撃が斬人の剣であった。危うく刃を腹に受けるところだった猛之進は刀の棟で剣尖を受け流しつつも素早く横に跳んだ。

目の前にいるのは凡庸《ぼんよう》な使い手ではなかった。暫く剣を握っていなかったなどと言うのは戯言であった。間違えば重左衛門の今のひと突きで、増吉のように猛之進は串刺しになっていたのかも知れないのだ。背筋に悪寒が走った。斬り合っているのは難《なん》敵《てき》である。技量は伯仲しているかも知れないが斬り合いというものは僅かな誤算が命取りになる。

そのとき猛之進は目が覚めたような気がした。命を代償にして戦える相手がそこにいるのだ。目の前に立ちはだかるのは谷口弥十郎であった。おれを斬るか弥十郎。国元の誓願寺での斬り合いが脳裏に蘇ってくる。人は生涯で唯一度だけ遭遇する死という終焉《しゅうえん》に向かって突き進んでいるのだ。生と死は世の常、死は一瞬でその先は深い闇である。早いか遅いかの違いはあれど何人たりとも避けることなどできない命運だといえよう。今までもそうであったが命の遣り取りに怯えはなかった。浪々の身だとはいえ闘争に明け暮れる限り深淵の闇というものは常に身近なところに潜んでいるのだ。

重左衛門の次の踏み込みは慎重だった。脇構《わきがま》えから下段に構えを移すと、じりじりと足を運び間合いを詰めてくる。猛之進は平正眼に構えていた刀を八双《はっそう》に変えた。それを見て重左衛門は軽く腰を落とした。来るぞと思った刹那、間合いに深く踏み込んだ重左衛門の刀が腹の辺りをめがけて下から跳ね上がってきた。その太刀筋がまるで空気をなぞるように見えた気がした猛之進は前に出て跳躍した。それは重左衛門の予測を覆《くつがえ》した動きであったのだろう。俄かに刀の速さが衰えたのだ。猛之進は烈火の如き勢いで抜き身を振り下ろし棟で重左衛門の刀を叩いた。鋼同士が激しくぶつかり合って火花が散り焦臭《きなくさ》いにおいが鼻を突く。武士の暮らしから長く離れていた重左衛門は日毎の鍛錬を怠らなかったとはいえ、流石に膂力《りょりょく》の衰えはあり猛之進の目論見どおり手が痺れ刀を落としたのである。地面に降り立つと同時に猛之進はその機を逃さず重左衛門の脇腹を抉《えぐ》るように斬り付けた。重い手応えがあった。夕闇の中で重左衛門は苦悶の表情を浮かべるとゆっくりと身体を沈めていったのだった。猛之進は白刃に付いた鮮血を振り払うように勢いよく一振りすると、倒れている増吉の傍に駆け寄り抱え起こした。

「おい、増吉……息があるなら気力はまだ残っておろう」

猛之進が叱咤《しった》するように呼びかける。すると増吉は目を開き気力を振り絞って立ち上がったのだ。その増吉に猛之進は自分の脇差《わきざし》を持たせた。

「さあ、重左衛門の息のあるうちに仇を討つのだ」

増吉は残った最後の力を奮い立たせると、重左衛門の胸を狙って決定的な一撃を加えたのであった。

「よし、よくやった。みごと坂東弥兵次殿の仇を討ったぞ。天晴れであった、増吉」

「須田様、有難うございました。こ……これでわたしは胸を張って三途の川を渡れます」

言葉途切れ途切れに言う増吉の顔には笑みが浮かび、仇討ちをやり遂げた充足感に満たされているようだった。

「うむ、草葉の陰で弥兵次殿もさぞかし喜んでいるであろう。おまえの骨はそれがしが拾ってやる。安心して成仏せい」

猛之進に事切れた増吉の顔が安らかに見えたのは、長い間の思いを遂げさせてやれたという満足感からであったろう。人の気配に顔を上げると権左と数馬が見下ろしていた。

「お……どうした、権左……どこか斬られでもしたのか」

「うむ、いや……これは返り血を浴びたのだ。それより重左衛門の懐を探ってみたのか」

「いや、見てはいないが……どのみち五百両などという金は持ってはおらぬであろう。そのような金子が懐にあれば重くてあのような動きはできぬからな」

権左は猛之進の言葉を無視するようにしゃがみ込むと、重左衛門の懐中を探ってから残念そうに大きなため息をついた。

「おぬしの言うとおり、やはり一分の金も持ってはおらぬわ。すると、猛之進……今回は只働きということになるのか」

「まあ……そう落ち込むな、権左。この太刀がある。今ごろ三途の川を渡っているであろう増吉には申し訳ないが、これはもうこちらのものだ」

猛之進は境内に生える雑草の上に抜き身のまま置かれていた郷則重を拾い上げると、見事に鍛えられた刀身を増吉の腰から抜き取った鞘に戻すのだった。

「なんだ⁉……増吉はこの則重の太刀で仇を討とうとしていたのか。猛之進……おぬし、この男に代わりの刀を渡してあったと申したではないか」

「いや、渡しておいたのだが増吉としてはどうあっても主人から貰った太刀で仇を討ちたかったのであろう。ま……使われなくて良かったではないか」

「猛之進殿……その話はそれがしにもひと口乗せて貰えるのでしょうな」

隣で黙って聞いていた数馬が横から遠慮気味に言葉を挟むと、権左が空惚《そらとぼ》けたような口を利いた。

「お……なんだ未だそこに居たのか数馬。おぬし、どちらにしてもこの話は聞いても詰まらんぞ。一銭にもならんからな」

ここは一歩も引けぬと思ったのか数馬も食い下がった。

「そうは思えませんが、権左殿。その話が出た途端、落ち込んでいた貴公の顔が緩みましたからな」

「そこのところはおまえにはわからぬ。金ではない価値がこの刀にはあるからなのだ」

「まあ、良いではないか権左。数馬も仲間に入れてやろうではないか。なにしろ当てにしていた五百両の金が消えてしまったのだ」

猛之進は不満気な態度を装う権左を説き伏せるように言葉にしてから、その横で妙に取り澄まし顔をしている数馬に視線を移した。

「ま、おぬしも一銭の金も入らなくなり気落ちしたであろう。だが、言っておくが権佐の言うとおり金になるならぬはわからぬのだ。ただ、この太刀ともう一振りある郷則重という名刀が真物ならば少なくみても百両は下るまい。いや、それよりも仕官の口も転がってくるかもしれぬのだ。そうだな、権左」

「ほ……本当ですか、それは……」

数馬は目を白黒させると頓狂な声を出した。

「おい、猛之進……そこまで話してしまうことはあるまい。こやつは未だわしらの仲間というわけではないぞ」

「良いではないか、権左。数馬はわしらよりもまだ歳若い。これから先は長いのだ。まだ実るか実らぬかはまったくわからぬ話だが、仲間には入れてやろうではないか」

「おぬしがそう申すのなら致し方あるまい。元々、太刀はおぬしの物だからな。取り敢えず早いうちに拵え屋に持って行き二振りを見立ててもらうのが先決よの」

「うむ、おぬしの言うとおり明日早速鑑定してもらうことにしよう。それでだ。ここに二両の金がある。これをおぬしらに一両ずつ渡そう」

猛之進は懐から懐紙に包んである小判を徐《おもむろ》に取り出すと二人に差し出した。

「なんだ、これは……施しは受けぬぞ、猛之進」

「施しなどではない。此度のことはそれがしが勝手にしたことだ。手間賃として受け取ってくれ。主はいなくなってしまったが香川の用心棒代というのがわりと良くてな。

今のところそれがしの懐は暖かい。遠慮するな」
数馬の方は権左の遠慮振りとは異なり、物も言わず引《ひ》っ手繰《たく》るように手にすると
さっと懐に仕舞い込んでいた。その振る舞いが滑稽に見えて、猛之進は権佐と顔を見
合わせて苦笑いを浮かべたのだった。

宿命

質屋相模屋の主人から口添えされた拵え屋の奥州屋《おうしゅうや》は、本所南割り下水からそれほど離れてはいない三宅備前守屋敷の門前に店を構えていた。猛之進が持ち込んだ二《ふた》振《ふ》りの刀を見た途端、番頭の喜平は目利きらしい目遣いをしたあと驚きの表情を隠さなかった。抜き身を立てたり横にしたり、棟《むね》や鎬《しのぎ》、切っ先、物打ちどころと見ていたが、やがて短いため息のようなものを漏らすと顔を上げて猛之進を見た。

「お武家様……元々所持なされていたこちらの刀には則重と銘が打ってあるともうされましたが……」

「その先は申さずとも良い。棟の反り具合に異を唱えるのであろう」

「はい、わたしの口から真物《ほんもの》だとの断定はできかねます。ただ、正直なところを申せば板目がやや肌立ち、地沸《じにえ》がついて金筋《きんすじ》が仕切りに交わっているところはこの二振りともまったく同じでございますから同じ刀工が鍛えたものではないかとおもわれます。それにしても……はい、驚きました」

喜平はもしもこれが贋作だとすれば前置きをしてから言葉を繋いだ。

「この刀鍛冶が則重に似せてこれを打ったとすれば、刀工の腕前は則重と同等かそれ以上だとも言えますな。わたくしも長い間目利きをしておりますが、これほど見立てが厄介な代物にお目に掛かったことはこれまで一度たりともございません。そのようなわけでございまして、これは主人《あるじ》の卯左衛門《うざえもん》の目利きに頼るほかないと思われます。ですが、ただ今、主人は所用で上方に参っておりまして……戻りましたならもう少し詳しいことがわかると思いますが、どうなさいますか」

実は猛之進と奥州屋卯左衛門はある場所で一度顔を合わせたことがあったのである。唯、この事を猛之進はひた隠しにしており、わけても権左にだけは知られたくなかったのだ。

番頭の喜平は掌を口許にもっていくと暫く考えた末、顔を上げ思いついたように言った。

「お武家様……二振りともこの場で柄を開き、佩表《はきおもて》を見ながら並べて確かめてみるというのはどうでございましょう」

「うむ、そうだな。それも良いが……」

増吉の持っていた太刀にも則重の銘が打たれているのだろうか。喜平が言うように目釘を抜き柄を開いて茎先を見てみたい強い誘惑に駆られた。だが、まるで引き寄せられるようにして目の前に並び置かれた二振りの刀身に、猛之進はなぜか畏怖の念を抱きこの場で柄を開くことに躊躇《ためらい》を覚えるのだった。

「いや、卯左衛門殿の見立てなら分かると申すのであればそのときにでよかろう」

「はい、主人であればおそらくは……」

しかしながら猛之進がこの場で確かめることを迷い先送りしたことで、真贋の判断はおろかその目で二度と二振りの太刀を見ることは叶わなかったのである。

「戻るのはいつ頃になるのだな」

「そうでございますな。出掛けたのが……」

番頭の喜平は眉根を寄せ思い出すように指折り数えてから、用が済めば早ければ戻ってくるのは十日から遅れても十五日くらいまでには間違いないとは思いますがと言った。

「ではその頃にもう一度立ち寄ろうかの」

「お武家様は持ち込まれた二振りとは別に差料をお持ちでございますから、この刀はそれまでこの奥州屋でお預かりいたしてもよろしゅうございますが……」

「そうだな。それはかまわぬ。うむ、そうしてもらえるとありがたい」

「はい、ではお預かりをいたします。ただ今預かり証をご用意いたしますから少々お待ちください」

猛之進は預かり証を懐に仕舞うと奥州屋を出た。時節は初冬に入ったばかりだったが朝夕は大分冷え込んできており、江戸の町並みが冬景色に変わるのもあと僅かであった。

ところが、昨日までは薄ら寒い天気だったのがこの日は小春日和で、時折表通りを吹き抜けていく風も心地好く、行き交う人の顔にどこか華やいだものが見えるのも季節はずれの陽気の所為であったろう。市井《しせい》の佇《たたず》まいもそろそろ冬の支度をし始めているようだったが、寒がりの猛之進も三日ほど前辺りから袷《あわせ》から綿入れにしたばかりで、歩いていると首筋辺りがうっすらと汗ばんでくる。どこかで昼飯でも食べようかと両国橋を渡り、広小路に足を踏み入れたときである。笹屋と看板を出した陣笠問屋の前で人集《ひとだか》りがしていた。人集りは膨らんだり横に移動したり、時折その人混みの中から女の悲鳴が上がったりしている。何事だろうと猛之進は野次馬の外側に居た大工らしい男をつかまえて訊いてみた。

「おい、この人集りは何事だ」

肩をつかまれた男は無愛想な素振りで振り返ったが、そこに居たのが浪人者だとはいえ侍だと知れると接する態度が一変した。

「あ……へい、あっしも詳しいことは知らねえんですがね。なんでも仇討ちだそうですぜ」

猛之進は仇討ちと聞くと、その場を離れ難い思いがして野次馬を掻き分けて中に入った。

見ると二人の武士が抜き身を手に凄まじい形相で対峙していた。驚いたのは二人とも剃り上げた月代《さかやき》に、まだ薄っすらと頭髪が顔を出したばかりだという気がしたからだ。敵持ちというのは猛之進本人がそうであるように、追われる方は殆どが総髪にした浪人者である。

逃走中であろうとなかろうと長い浪々の身では髪など結えないからだ。だが、さらに驚くべきことは他にあったのだ。猛之進は対峙している片方の人物の顔に視線を移し、ぎょっとして思わず声を上げそうになった。

国元武州で斬り殺した谷口弥十郎の弟である谷口万次郎だったのである。猛之進を仇敵と狙っている男が、猛之進ではない他の誰かと斬り合いをしているのだ。訳が分からず頭の中を取り留めもない考えが入り乱れて走り回った。そのうえ、背後にいた野次馬同士の会話が聞こえてきてそれが混乱に輪を掛けたのだった。

「仇を討とうとしているのは朱鞘《しゅざや》を差した向こうの侍か」

「いや、こっち側に居る額に鉢がねを巻いたお武家で、なんでも女敵討《めがたきう》ちだそうだぜ」

その言葉からすると谷口万次郎のほうが敵持ちということになろう。これはどういうことなのだ。万次郎は猛之進を仇と狙い探し回っていても不思議はない。それが逆に討たれる側にいる……これは一体？……国元で何か不条理な出来事が起こったのは間違いないようだった。唯、腕の差が歴然としているのは猛之進でなくとも一目瞭然であった。そうであるのに勝負が簡単に決着をみせていないのは、仇を討つ側が猫が鼠を嬲《なぶ》るようにしてじわじわと追い込んでいる為である。

慌てて野次馬の囲いの外にでたとき背後でどよめきが起こった。どうやら勝負の決着がついたようだった。どよめきが褒《ほ》め称《たた》える声になった。それは見事仇討ちを成し遂げたということに他ならず万次郎が斬られたということになる。突然、猛之進の胸に安堵する気持ちがあふれた。これで敵持ちという追われて暮らす人生から解放されたのだろうか。そう考えたとき、妻であった瑞江の顔が脳裏に浮かんだ。いや、駄目だ。瑞江は猛之進の妻であると同時に弥十郎の妹でもある。あの女子の性格からして厳格な武家の習いを諦めるであろうか。万次郎が敵持ちとなった理由はわからぬが、谷口の家が改易《かいえき》となったのは間違いのないところだ。こうなってしまうと郷田藩内には瑞江の居場所などあるまい。哀れなとは思ったが、仇など探している余裕もあるまいと考えたのには最悪の事態を回避したい気持ちがあったからだ。妻の瑞江と刃を交えるようなことになるのは出来得る限り避けたいとの思いは猛之進でなくても当然であった。振り返ると見届《みとど》けの為に奉行所の役人が橋向こうからこちら側にやってくるところだった。関わりを避けるためその場を去ろうとすると、どこからか猛之進を呼び止める声が掛かった。

「旦那様……猛之進様……」

猛之進の振り返った視線の先に走り寄ってくる男の顔が見えた。

「おお、太一郎ではないか。おまえは国元に帰ったと聞いていたが……」

「はい、あれから猛之進様に言われていたことが気になりまして、どうしても一度国元に帰り奥方様のご様子も知りたいと思ったのです。江戸に戻ってきたのはまだ二日ほど前のことです」

「そうか。それで……いや、それよりも、この仇討ち騒ぎをおまえも見ていたのであろう」

「はい、そのことも兼ねてお話いたしますので……ここではちょっと……」

「そうだな。そろそろ昼時にもなる。この先に蕎麦屋があったであろう。そこで話を聞かせてもらおうかの」

猛之進は頷く太一郎を促してから騒ぎの跡を振り返って見た。いつのまにか野次馬たちは散ってしまい、自身番の男たちが地面に付いた血糊の後始末をしていた。

蕎麦屋に入るとまず酒を頼んだ。こうして太一郎と話をするのは久し振りである。

国元ではあまり良い思い出はないが、それでも懐かしい感触が蘇ってくるから不思議であった。猛之進の脳裏の片隅から引き出されたように瑞江の顔が鮮明に浮かび上がる。

「瑞江はどうであった。元気にしておるであろうな」

「はい、奥方様は猛之進様もご存じのとおり気丈なお方ですから、大丈夫だと思います」

太一郎の言い種は国元の郷田藩で万次郎が引き起こした出来事にも、瑞江は取り乱すことなくしかと対処していると猛之進には聞こえた。

「ふむ、それでは何故二年もの間、藩からの討っ手も仇討ちも来なかったのかその辺りのことから話してくれぬか。今だから言うが……瑞江には、出奔する間際にそれがしは江戸に居て逃げも隠れもせぬから、討っ手なり仇討ちなりいつでもくるがよいと申してあったのだ」

そのことは、胸の奥底に瑞江に対する未練が残り、江戸にいるからいつでも来いという気持ちからであったことを猛之進は気づいてもいないのだった。

「そうですか。それは知りませんでした」

猛之進は太一郎の猪口に酒を注いでから手酌の杯をぐいと呷り、太一郎の言葉を待った。

「じつは一年ほどの間……万次郎様はご病気に罹り動くことができなかったとお聞きしました。大病を患ったようなのです」

太一郎は注がれた酒をごくりと音を立てて飲み干してから、他人の秘事を暴くとでもいうように声を落とした。

「ここからは若党同士の伝を辿って耳にした話なのですが……そのようなことになり、藩では初め討っ手を送ることを検討したようなのですが、御城内で騒動が持ち上がったのです。猛之進様もご承知かとは思いますが、次席家老の宇部将玄様が又、動いたのです」

「ほほう、御家老も懲りぬお人のようだな。此度は、またぞろどのようなことを持ち出したのだ」

「お世継ぎの重之助様のことです」

「重之助様がどうかしたのか？」

「重之助様は在府の佐久間長門守重盛様の御子ではないと言われ……」

「待て待て、重盛さまの御子でないというのなら誰の子だと申すのだ」

「それが……今は次の藩主のご母堂《ぼどう》という地位にまで上り詰めたお登世様ですが、以前に妙な噂が流れたことがおありでしたよね」

お登世様は油問屋条八朗《くめはちろう》の娘で、行儀見習いでお城に上がっていたとき国元に帰っていた藩主重盛の目に留まりお手がついたのだった。これは噂の域を出ないのだがお登世様が身体を壊してしまい暫く家に帰されたとき、同じ油問屋仲間の庄兵衛の息子新吉と一夜を過ごしたなどと妙な噂を立てられたことがあった。そのときは噂の出所が商売敵の問屋から広まった話だと分かり、城方からの詮索や御咎《おとが》めはなかったのだが、今になって二人が揃って茶屋から出てくるのを見たという者が現れたのだという。

「すると何か……藩主重盛様もお疑いの目を持たれたということか」

「はい、そのようです。なにしろ重盛様も猜疑心の強いお方だと言われておりますから」

「それで結末としてはどのようなところで落ち着いたというのだ」

「結局は根も葉もない噂だとの結論に落ち着いたのですが、この騒動が一年も尾を引いたというのです」

「次席家老の宇部将玄はどうなったのだ」

「此度は流石に重盛様も看過《かんか》することができなかったようです。逼塞《ひっそく》のご沙汰を下され、将玄様は湯ノ原郷に引き篭もったようです」

「そうか。宇部将玄も藩主の逆鱗《げきりん》に触れ、とうとう辺地に追いやられたか」

「それで藩からの討っ手の話はうやむやになり誰の口にも上らなくなったのですが、仇討ちの話が消えたわけではなく、万次郎様も長い病に犯されたあと鬱然としていたようなのです」

「さきほどの騒ぎだが……野次馬の中から女敵討ちという言葉が聞こえてきたのだがあれはどういうことなのだ」

「はい、その万次郎様なのですが……何に血迷われたのか他人の奥方様に手をお出しになり、二人で手に手を取って藩を抜け出したということのようです」

「そして、女敵討ち……そういうことか」

万次郎も病の所為だとはいえ仇討ちを遂げることも出来ず、藩では周りからの無言の責めに襲われ針の筵に座る思いであったのだろう。そのような状況の中で色恋沙汰はたった一つの救いだったのかも知れなかった。

「これも耳にしているなら聞かせてくれぬか。万次郎と一緒に逃げた女子はどうしたのだ」

「わたしも万次郎様のことが気になり江戸に戻って来ると直ぐに藩邸に行き、知り合いの中間から聞き出したのですが……仇とつけ狙う相手に一緒に暮らしていた裏店を見つけ出され、万次郎様が居ないところを見計らったように押し込まれ斬り殺されたそうです」

哀れなと思った瞬間、猛之進の胸にいきなり強い殺意が湧いた。

「太一郎……万次郎を斬った相手というのは名を何と申すのだ」

「岡田平四朗というお人ですが……あ……お斬りになるつもりですか、猛之進様」

太一郎は猛之進の心の内を読んだように言葉を口にした。

「うむ、話を聞いてこのまま見過ごすというわけにはいかなくなった。岡田はおそらく今宵は江戸藩邸に泊まることになろう。藩に戻るのは在府の江戸家老の指図、それに奉行所の検視書きが出来上がるには二、三日後になるかもしれぬ。帰国する出立のときを待って街道のどこかで立ち合いを申し込もう。悪いが太一郎。もうひと働きしてくれぬか」

「はい、わたしも万次郎様の仇をとってやりたいとおもいます。それと国元で聞き及んだ話があります。岡田平四朗はご自分のご妻女を責め苛《さいな》む性癖《せ》を持っていたと聞きました。それを知った万次郎様が哀れに思い、相談に乗っているうちにこのようなことになったのではないかと思うのです」

「なんだ、太一郎。先ほどの話とは違うではないか。血迷うたなどと言わなかったか」

「申し訳ありません。まさか猛之進様が岡田をお斬りになるとは思いもしなかったものですから」

「まあ、良い。明日以降になるとは思うが、岡田が藩邸を出たらそれがしに連絡してくれ」

「はい、わかりました」

蕎麦屋を出て太一郎が歩き出そうとしたとき、猛之進は思い出したように呼び止めた。

「太一郎、今おまえは辰巳屋に戻っているのであろう。もしも、藩邸を見張ることに差し支えるようなことでもあれば久右衛門にわしの名を出せ。わしから頼まれていると言えば気持ちよく承諾してくれようぞ」

その言葉に太一郎は承知したように頷くと、口辺に笑みを浮かべ背を見せた。

猛之進はその後姿を暫く見送っていたが、奥州屋に持って言った二振りの太刀のことを話しておこうと権左の住む長屋に足を向けたのである。

その横顔を軒先の燈籠の影に潜んで、じっと見詰め続けている武家らしい身なりの女人がいたことを猛之進は知る由もなかった。


「そうか。すると奥州屋の主人が戻ってくるまで待つしかないということか」

権左はため息と共に落胆の言葉を吐いた。

「それほどがっかりすることはあるまい。今まで待ったのだ。楽しみが少しばかり伸びたと思えば良いではないか。たかだか十五、六日ほどのことだ」

「おぬし、近頃妙に楽天的になったのではないか。その結果、気落ちすることになるかも知れぬのだぞ」

「いや、たとえあの二振りの剣が紛い物であったにせよ。奥州屋の番頭が見ても判断がつきかねたのだ。使い道はあろうというものだ」

「使い道だと……贋物だとわかっていても平然としていられるのならな」

「そうは言うが、あのような物を欲しがる御仁は、手に入れてしまえば贋物だと言う者が現れれば排除しようとするに違いない。できるかどうかはわからぬが拵え屋のお墨付きさえ手に入れれば真物となるのではないのか」

沈んでいた権左の顔がぱっと明るさを取り戻した。

「うーむ、おぬしが言うようにそれは良いかも知れぬな。いや、良いことを聞いた。それで行こう。奥州屋以上の目利きが大江戸広しといえど、そうざらには居らぬであろうしな」

「現金な奴だな、おぬし。奥州屋がそれに応じるかどうかはわかるまい」

「おぬしに言わなかったが奥州屋卯左衛門はわしに恩があるのだ。刀の真贋で揉め事があり、そのまま放っておけばこの江戸での商いに支障を来たすことになったかも知れぬところを、それがしが助けたことがあるのだ」

「おい、そのような話はそれがし初めて聞くぞ。すると何か……頼めば承諾するかも知れぬということなのだな」

「確約はできぬが七が三分といったところではある」

「なんだ。急に勢いが下がったな。怪しいのではないか」

「ま、そう言うな。そう言えばおぬしに詳しい話はまだしていなかったな。それがしの伯父御というのが幕府奏者番《そうしゃばん》の臼井《うすい》摂津守《せっつのかみ》孫佐衛門なのだ」

「おい、それは本当の話なのか。奏者番といえば側用人と並ぶほどの家格ではないか」

「それがしを下手に見るのは間違いだぞ、猛之進。門倉の家は旗本の中でも知行三千石を拝領する名門の家柄ぞ。わしの伯父御がそれくらいの地位にいたとしても不思議はあるまい。その伯父御にはそれがし幼少の頃には随分可愛がってもらったものだ。今、剣の腕に多少の覚えがあるのもその伯父御のおかげなのだ。近頃は幕府の要職にある身なのであまり会う機会はないのだがな」

「会えば話は聞いてくれると言うのか」

「うむ、それは間違いないところだ。上様に献上する郷則重があればもう一段高殿に上れると言っていたから、そうなればそれがしは、さる大名との養子縁組をするのはわけはあるまい」

「うむ、それがしは話半分と思うて聞いていたが……そうか、すると仕官口も夢ではないということになるな。そうなれば敵持ちの肩書きも失うことになるかな」

「そうだ。その仇討ちのことだが国元からまだ誰もやっては来ぬのか、猛之進」

権左は思い出したように話を持ち出した。

「そのことだが……じつはな、権左。ここに来る僅か一刻ほど前のことだが、それがしを討とうとしている当の本人が両国広小路で斬られたのだ」

猛之進が太一郎から聞いた詳しい話を聞かせると、それを先に話せと怒ったように目を剥いたが直ぐに相好を崩した。権左とはまだ僅かな付き合いだが同じ修羅場を掻い潜ってきた信じられる友などというものに出会えるとは、国元の武州郷田藩に居た頃には想像だにもしなかったのだ。今にして思えば手にかけた弥十郎とはそうなり得たのではないかと、猛之進はまたしても強い悔悟の情に囚われるのだった。

「すると、これで晴れておぬしは敵持ちではなくなったというわけだな」

権左はふくよかな顔に会心の笑みを湛《たた》えながらそう言ったが、猛之進にとっては最も気に掛けていることが払拭されたわけではなかった。目の前に瑞江が現れれば受けて立つしか他に道はないのだ。それはまだ権左には話せないことであった。

辺りは未だ闇に包まれ街道には人影がなかった。あと半刻もすれば東の空が白み始めて早立ちの旅人がちらほら姿を見せるであろう。

太一郎から猛之進に知らせが入ったのは昨夜四つ過ぎのことである。布団に入りうとうとしかけたときであった。遠慮なしに表戸を叩く音で飛び起きたのだ。戸を開けると太一郎が荒い息遣いで入ってきた。岡田平四朗が明日の朝、帰国の途に着くというのである。

博打好きはどこにもいるもので、太一郎は郷田藩江戸屋敷に中間として仕えるその男に、岡田平四朗の動きを見張るように頼んでおいたようである。

猛之進は下調べをしておいた街道脇にある村の水番小屋で、火を熾し暖をとりながら街道筋に抜け目のない視線を送っていた。岡田という男の剣技が凡手でないことはわかっていたが、今の猛之進には剣尖を交える相手に後れを取るなどとは思いも寄らぬことであった。

ただ、真剣勝負というものは何が起こるのかわからないのだ。己の身体に鋭利な刃物が襲いかかってくるというのは、たとえ受け返すことができると考えても身が竦《すく》むものだ。

それだけに少しでも優位に立つ工夫は怠るべきではない。猛之進が暖をとっているのは、この寒さで手が悴《かじか》んで物を上手く掴めなくなるのを避ける為である。鍵屋の辻で荒木又右衛門が敵方を待ち伏せたとき、やはりそのことを第一に考えたと云う。

東の空が白み始め遠くに残月が淡い光を放っていた。辺りの景色も薄闇の中にぼんやりと浮かび始めている。街道沿いの峠を見詰めていた猛之進の目が一瞬鋭い光を放ったようにみえた。遠くに小さな人影が現れたのだ。足の運びから武士のようだ。猛之進は立ち上がり傍にあった水桶を手にすると火に勢いよく水をかけた。白い煙と灰が立ち上り小屋の外にも広がる。峠を下りて来る人影の足取りに僅かながら用心深さが加わったようだ。視界にある景色の変化に警戒したのである。猛之進は気を引かせるようにわざとそうしたのだ。岡田はおそらく自分が待ち伏せに合い、果し合いを申し込まれようとは夢にも思ってはいまい。こちらは用意周到なうえに斬り合う覚悟も出来ているのだ。

それではあまりに片手落ちのような気がしたからだ。岡田が歩きながら辺りの様子に変わったところはないか目配りをしている素振りが、遠くからでも見受けられた。足の運びにも隠しようもない膂力の強さが滲み出ており、それは男が凡庸な使い手ではないことを物語っていた。

岡田が水小屋を通り過ぎようとしたとき、猛之進は小屋の影から表に姿を見せ背後から呼び止めた。

「そこ行く御仁、暫し待たれい。郷田藩藩士、岡田平四朗殿とお見受けいたす」

その問い掛けに岡田は振り返ると射る様な目つきで見ていたが、尋常ならざる相手と見てとったのか険しい顔で問い返した。近くで対峙してみると男は意外に長身であった。

「うむ、確かに身共は郷田藩佐久間長門守重盛家臣、岡田平四朗だが……貴公は何者で拙者を呼び止めたわけを承《うけたまわ》ろう」

「それがし……元郷田藩藩士、須田猛之進と申す」

猛之進が身元を明かした途端、岡田の目尻が上がり一段と顔が険しくなった。

「須田……猛之進と申したか？　谷口弥十郎を斬って逐電したあの須田猛之進か。ほほう、これはまた何としたことか。おぬし、藩から討っ手が掛かっておるのは知っておるであろう。そちらから出てまいるとはのう。それがし、仇を討ち取って国元に帰る途中なのだ。ついでと言っては何だが、貴殿の首も貰い受けて帰れるとはそれがし何たる果報者か」

「よう言うたのう、岡田平四朗……これはまた大した自信ではないか。それがしの首、取れるものなら取ってみるか。その前にひとつ答えてもらいたいことがあるのだ」

「なんだ。拙者が知っていることなら冥途に行く前に答えてやろう」

男の横柄な態度にむっとしたが、斬り合う前に気色ばむのは相手の思う壺に嵌ると思い気の昂りを猛之進は抑えた。

「それがしが郷田藩を脱藩したことに対して上意の沙汰は下りなかったのか。それを知りたいのだ」

「ほほう、藩侯の沙汰が気になるとは……まあ、良いわ。それがしも良く分からぬのだが重盛様からはおぬしに上意の下達《かたつ》はなかった。なかったが国家老からは討っ手の指示は出ていると言ってもよい」

「曖昧な言い種だが……どうやら戦好きの重盛様のことだ。弥十郎とそれがしの立ち合いを私闘とはみておらぬとみえるな。……ところで貴公。己が腕を過信し過ぎると命取りになりかねんぞ」

猛之進の癇《かん》に障《さわ》るような言葉も無視したように、岡田は足を僅かに広げ腰を落とすと鯉口を切りぐいと刀に反りを打たせそのまま動きを止めた。猛之進は抜き身を正眼から一文字に構えを持っていった。このような相手と以前にも対峙したが、此度は見紛うことなく居合いの使い手であった。抜き打ちに襲い来る白刃に、直ぐに太刀打ちできるように足を少し開き気味にする。その姿勢のまま両者は動きを止めた。岡田は自分から間合いに入ってこようとはしなかった。二人は睨み合ったまま暫し刻が経った。岡田が自分から仕掛けてくる気がないのは明白でこのままでは埒が明かないと思った。どのような太刀筋か分からなかったが、こちらから仕掛けてみようと猛之進は考えて足の幅ほどの間合いをじりじりと寄せた。

そのときである。裂帛《れっぱく》の気合いと共に凄まじい刃風が襲いかかってきた。横殴りの剣尖は受ける間もなく、猛之進の胸元から僅か小指の先ほどのところを通り過ぎていった。一瞬でも飛び退くことが遅れていれば、胸を肋骨もろとも横に斬り裂かれていたであろう。

岡田は抜き身を鞘に納めると再び動きを止めた。対峙してみて猛之進がいつも思うのは、これは手強い男を敵にしたのかも知れないということである。このような居合いの使い手が郷田藩に居たことを猛之進は知らなかったのだ。岡田は猛之進を斬れると踏んだのか、今度は少しずつじわじわと自分から間合いを詰めてくる。猛之進は相手の目の動きをみていた。尋常ではない剣客は多少なりとも癖を持っているものだ。岡田が何かを仕掛けようとするとき、目尻を無意識に上げる癖があることに気づいたのだった。そのうえに、既に猛之進は岡田の踏み込みを見切っていたのである。余裕が出てきた分、次の攻撃は受けてみるつもりであった。居合いは初太刀を外せば次の攻撃にまで僅かな隙ができる。棟で受け止めた刀をそのまま右上段に持って行き、袈裟懸けに斬り倒してやろうと思っていた。すると、岡田の目尻に変化が見えた。今だ、来るぞと思った瞬間、抜き身は予想を覆して上段から降ってきた。猛之進はその白刃を受け流そうとしたが思いがけないことが起こった。猛之進の刀が鍔元から三寸のところで折れたのだ。そのとき身体が反応した。猛之進は擦れ違い様に脇差を抜くと岡田の背後から胸元あたりめがけて投げつけた。咄嗟の判断であった。無腰となるのを承知で投げたのだが、岡田に脇差を避ける余裕は残されていなかった。岡田は振り返ると驚きの表情を浮かべ、猛之進を見てから自分の胸に背中から突き抜けている刃物を不思議そうに見た。

「な……なんだ……貴公……脇差を投げたのか」

岡田は驚いたようにそう言いながら片膝を地面についた。それからゆっくりと仰向けに倒れていった。

止めを刺そうと思ったが、身につけた刀が一振りもないことに気がついた。岡田が何かを言おうとしてるようだった。猛之進が顔を近づけると口辺に笑みを浮かべた。

「おぬし……谷口弥十郎にも脇差を投げたであろう。それがし……弥十郎の骸を見たのだ。

これがおぬしの剣法なのか。負けたそれがしに言う言葉などないが……、どのみちおぬしの刀が折れていなければ、それがしは斬られていたやもしれぬな」

苦しげな息の下で切れ切れにそのような意味の言葉を言い終えると、岡田の口から大量の鮮血が溢れ出た。やがて、その目は中空を見詰めたまま二度と動くことはなかった。

不意討ちも騙し討ちもない尋常なる立ち合いだとは云え、命の遣り取りはその場の勝手なのである。咄嗟の行動だったとはいえ、又しても脇差を投げてしまったのだ。相手の予期せぬところから抜き身を叩きつけるのは立ち合いの定石とも言えよう。だが、今際《いまわ》の際《きわ》に口にした岡田の言葉が咎め立てしているように聞こえたのは、猛之進のどこかに後ろめたい気持ちがあるからなのだろう。気を取り直すと岡田の刀を拾い上げ自分の腰に差してみた。折れた自分の刀を持っては行けなかった。三尺近くありそうな長刀であった。一度抜き打ちに空を斬ってみたが、使い心地は悪くなかった。刃毀《はこぼ》れもそれほど酷くはなく研ぎに出すほどでもないようだった。つい、郷則重を思い出してしまう。岡田の骸《むくろ》を街道脇の伸びた雑草の影にまで運ぶと両手を合わせ念仏を唱えた。

空を仰ぎ見ると東の地平線が赤く染まり日輪が顔を覗かせようとしている。岡田という男との勝負は勝ちを制したが猛之進の刀が折れたのは皮肉であった。まるで弥十郎の怨念が脇差を投げるように仕向けたような気がするのだ。猛之進が視線を遊ばせると、旅人なのであろう、街道の遥か向こうにちらほらと人影が見え始めていた。

「猛之進様……それでは岡田平四朗を討ち果たした……いえ、斬ったのですね」

猛之進の住む吉兵衛店の上がり框に座っていた太一郎は思わず腰を浮かせた。

「うむ、かなり手強い相手ではあったがな。しかし、あれだけの使い手が藩に居たとは知らなかったが……」

太一郎は万次郎の仇討ちができたことが存外嬉しかった様子で、少し興奮気味に猛之進の言葉を聞いたようである。

「のう、太一郎。ところで、おまえは瑞江がその後どうしているのか知っておるのか」

「はい、たしか長徳寺の和尚様のところに、暫くの間厄介になると申しておられました」

「長徳寺と申せば……恵泉和尚……、あの和尚には厄介ばかりかけるな。まあ、元はと言えばそれがしが招いたことではあるが……それで、瑞江は仇討ちのことをどうしようと考えておるのかのう。太一郎、おまえはどう思う」

「奥方様は……万次郎様があのようなことになられましたから……」

「瑞江は万次郎が討たれたことは未だ知るまい。いずれ知ったときに弟の万次郎の代わりにそれがしを討とうと思うであろうかの」

「さあ、どうなのでしょう」

「わしを討ったとしても家の再興など望みは叶わぬであろうがな。それでもやると申すであろうか。瑞江はそれがしを憎んでおろうな」

「……」

矢継ぎ早に問い掛ける猛之進に太一郎は何も言わなかった。というより、須田の家に仕えた若党としては、どのような思いであろうとも言葉にすることなどできなかったのだ。

　猛之進は暫く考えに沈んだ後、いきなりそうだ忘れていたと膝を叩いて立ち上がった。

「それがし今から行かねばならぬ所があったのだ。太一郎、おまえはこれから辰巳屋に戻るのであろう。もう昼時は過ぎておろう。どこぞで飯でも食して行こうではないか」

　猛之進は着流しに刀を手挟むと土間に降りた。二人が外に出ると日は頭上にあったが、薄い雲に覆われ模糊とした日差しが長屋の路地を朧《おぼろ》げに照らしていた。

　門前町に着くと猛之進と太一郎は『三好』と書かれた一膳飯屋の戸を開けた。先客が二人ばかり奥の飯台に座っていたが、調理場から出てきた娘が猛之進の顔を見ると、驚いたように目を丸くしたあと満面に笑みを浮かべ、首を回して調理場に声を掛けた。

「お父っつぁん、お父っつぁん……須田様が来てくれましたよ」

　その声に、一膳飯屋『三好』の主人善兵衛が、手拭いで手を拭きながら調理場から出て来た。

「須田様……あれから一度もお顔をお見せにならないので、忘れてしまわれたのかと思い気落ちしておりましたのです」

「本当ですよ、須田様。お父っつぁんは、須田様はどうしていなさるのだろうかが口癖のようになっていたんですよ」

娘のきよはわざと怒ったような素振りでそう言ったあと、でも嬉しいと白い歯を見せた。

「それはあい済まなかった。それがしもいろいろとあっての。一度来ようとは思っておったのだが……ま、それはそれ、二人とも腹が減っておる。まずは飯をくれぬか」

「あ、はい……ただ今……直ぐにお作りします。そちらのお方は……」

「うむ、昔わしの家の若党をしていた太一郎という男だ。以後見知り置いてくれ」

「太一郎さん……わかりました。また、お一人で是非お寄り下さい。お待ちしております」

きよはその言葉のあと太一郎に視線を合わせ、はにかむようにして自分の名前を言った。

きよの視線を眩しそうに受け止めた太一郎は、照れたように着ている紺の盲縞の袷の袖を意味もなく引っ張ったりしていた。その様子を見ていた猛之進の胸には暖かいものが溢れ、連れて来て良かったと思うのだった。斬り合いに明け暮れ殺伐《さつばつ》とした日々を過ごしてきたこの歳月である。久し振りに触れることができた穏やかな刻《とき》であった。

猛之進は血刀を提げて走っていた。

後ろを振り返ると大勢の男たちが抜き身を手に追いかけて来る。このままでは追いつかれると思ったが足が思うように動かなかった。追っ手は直ぐそこにまで迫っていた。心の臓が飛び出しそうに波打っている。息が上がる。苦しい。もう走れない。そう思ったときどこかで呼ぶ声が聞こえ、身体が揺り動かされ目覚めた。

「猛之進様……」

目の前に女の顔があった。お香が心配そうに覗き込んでいた。

「目が覚めましたか、猛之進様。酷くうなされていましたよ」

「うむ……嫌な夢であった」

近頃よく夢を見る。夢の中で追いかけて来るのは何れも斬り殺した者たちだった。猛之進は起き上がると雨戸を開けた。眩しいほどではないが淡い光と朝の冷気が入ってきた。夜が明けたようである。未だ日は昇ってはいなかったが、庭先にある山椒《さんしょう》の木の葉についた朝露が目に入る。猛之進がこの仕舞屋《しもたや》を借り住んでから十日ほどが経つ。お香は偶にこうして泊まっていくときがあるが、同じ屋根の下に住んでいるわけではなかった。武家の女として育った妻の瑞江とは違い、お香は閨《ねや》での営みも大胆である。猛之進が仕舞屋に移ってからは隣に気遣う必要がない所為か、その分だけ遠慮というものがなくなったようだった。互いに肌が合うというのか同じ布団の中に居ると離れ難いとさえ思うのだ。一緒に暮らしても良いと思うときもあるのだが、先行きがわからぬ浪々の身ゆえ身軽でいた方が気は楽だった。わたしが働いて旦那を食べさせてあげるとお香は言うが、その図を思い描いただけでも気が滅入ってくる。

「猛之進様……もう一度布団に戻りませんか」

お香は後ろから猛之進の背中に顔を押し付けて婀娜っぽい声を出した。

「いや、腹が減った。何か食べようではないか、お香……。それから……わしのことを名前で呼ぶでない。前と同じ旦那と言え。なにかこの辺がこそばゆくてかなわぬ」

猛之進は首筋のあたりを掌で撫でながら言った。

「はい、はい……わかりましたよ、旦那。でも、あたし夫婦気取りでいたかったんですよ。心配なさらなくてもずっと旦那と一緒にいられるなんて思ってもいませんから……」

お香は猛之進から離れると台所に足を向けようとして、気づいたように布団を畳むと押入れに仕舞いこんだ。その日はお香の言葉に従って、二人連れ添い浅草寺に行くことにしていたのだった。この年はまだ雪が降っていなかった。年の瀬だというのにそれだけ暖かい日が続いているのである。

浅草寺の年の市は色々な出店が立ち並び、かなりの人出で込み合っていた。浅草寺の年の市が羽子板市となるのはこれよりずっと先のことである。

お香は気分が華やいでいるとみえ、あちこちの店に立ち寄り正月の飾り物や食べ物を買い漁っていた。買い漁るといっても手に持っては運ぶことができないので、業者に後で仕舞屋の方に届けてくれるように頼むのである。

「お香……そのように買い込んでどうするつもりなのだ。食べるといってもおまえとわしの二人分もあれば充分であろう」

「旦那……お正月は門倉様や数馬様もお呼びしてみんなで鍋でもつつきましょうよ。あたし、鴨肉が手に入る所を知っているんですから」

猛之進は何も言わずに黙っている。ね、そうしましょうよとお香は一人で勝手に決め込んでしまっているようだった。

境内を一回りして浅草寺の人ごみを抜け出ると、茶店で団子でも食べようかということになり見渡したがどこの店も込んでいるようである。少しは人の動きの少ないところをと探していたのだが、先ほどから猛之進たち二人をずっと付け狙っている男がいた。猛之進はこの人出のざわつきとお香の相手で、まったく気付かないでいたのだった。男は着流しの上に無印半纏を羽織り職人風とも思えたが、人相は悪く束髪から博徒と見られても不思議はなかった。懐に匕首を忍ばせているような胸の膨らみや悪相は、よくよく見ればいかにも凶徒を思わせるものだったが、正月を前にした人々の華やぎはその男を人ごみの中に溶け込ませていたのだ。猛之進はざわめきの中で微かな殺気を感じ取ったようだったが、この賑わいで他人を押しのけようとする勢いを、殺気と取り違えたのだろうと余り気にも留めなかったのである。

「旦那……どこの店を見ても座るところもないみたいね。どうしよう」

「そうだな。一膳飯屋で昼飯でも食べて住まいに戻ることにするか」

「昼といってもこの人出ですよ。どこの飯屋も同じじゃないかしら……」

「うむ、ここからさほど離れていないところに、親娘で店を営んでいるそれがしの知っている飯屋があるのだ。そこなら多少込み合っていようと頼めば何とか入れてもらえるであろう」

猛之進は賑わいを避ける為に蛇骨長屋の横道を抜けようと路地に入った。そこから東本願寺の裏門の前を通り過ぎれば門前町まで目と鼻の先である。その日、猛之進はのんびりとしたお香との暮らしを経て、どこか気の抜けたようなところがあった。そこに隙ができたのだ。長屋の路地を抜け裏門を過ぎようとしたとき、お香がいきなり、危ない旦那と言って猛之進を突き飛ばしたのだ。横を向くとお香が脇腹を手で押さえ地面にしゃがみ込んだところであった。その後ろに匕首を手にした男が立っていた。

「お……おまえはあのときの……」

それは旗本屋敷の中間だった茂助を懲らしめようと、猛之進が待ち伏せたとき茂助と一緒に居た博徒であった。

「おまえは確か、銀次とか申したな。親指を刎ねるだけで命は助けてやったのに未だ懲りぬとみえるな」

「うるせいっ！　こいつが無くなった所為で壷も振れなくなっちまったんだぜ」

「馬鹿者っ。それはそうなるように己が招いたことであろう。命あっての物種だとは思わぬのか。それに片方の手には五本の指がまだ残っているではないか。その気になって努めれば壷を振ることなど出来ぬことではあるまい。この女子が死ぬようなことがあれば生かしてはおかぬぞ、銀次。逃げればどこまでも追って行ってそのそっ首刎《は》ねてやるからな。今から医者のところへ連れて行くからおまえが背負って行くのだ。さあ、どうする」

匕首を渡せと言う凄まじい剣幕と気迫に押されたのか、銀次は猛之進に匕首を渡しその場で背を向けてしゃがみ込んだ。たしか、元御殿医をしていたという医者が両国橋を越えた辺りに看板を掲げていたように思ったのだ。刺された恐怖のためか気を失っているお香を銀次に背負わせると、横腹辺りを覗いて見たがそれほど大量の出血はしていないようだった。このままでは本当に斬られると思ったのか、銀次はがむしゃらに走り続けて医者の屋敷にたどり着いたのは僅か四半刻足らずであった。

猛之進は、良庵という医者の家で静かに寝息を立てているお香の顔を見て立ち上がると、銀次を屋敷の裏庭に誘い目の前で腰の大刀をすらりと抜いた。

「さて、おまえをこのままにはしておけぬ。だが、お香は死なずにすんだ。おまえの命まで取ろうとは思わぬ。腕を一本貰おう。どちらの腕がよいか言うのだ」

「旦那……それぱっかりはご勘弁をと言いたいのですが、こうなるとあっしも覚悟を決めやした。腕の一本と言わずこの首、この場でばっさりとやっておくんなさい」

銀次はそう言うと潔くその場に座り込んで目を閉じた。

「博徒風情にしてはよい覚悟だ。よし、望みどおりその首わしが貰おう」

そう言い終った途端、猛之進の振り下ろした刀は銀次の髷をはねるとかちりと音を立て元の鞘に納まったのである。

「良いか、銀次。侍なら髷を斬られれば生きては行けぬのだぞ。死んだと思って今後は真面目に暮らしてゆかぬか。おまえがその気ならばそれがしが辰巳屋久右衛門に話してやろう。博徒としてではないぞ。材木の商人としてだ。茂助も今では心を入れ替え辰巳屋のもとで商人としての手習いをしておる」

「旦那……わかりやしたと言いたいのですが今直ぐにとはいきませんや。ですが、今度は命を拾ったと思ってやすから、暫くしてその気になったなら……」

銀次はそれだけを言うと、猛之進に一瞥をくれただけで屋敷の裏門から出て行ったのだ。あの男も内実はそれほどの悪党ではあるまい。まともに渡り合えば到底刺せるとは思えない猛之進を襲ったのは、逆に斬られようと思っていたのかも知れなかった。

関わりのない女に怪我を負わせたので慌てて医者に走ったのだと猛之進は思いたかった。博徒の間で壺振りが壺を振れなくなるというのは、そこから爪弾きにされることなのであろう。他に方便の道を知らなければあとは盗っ人、押し込みに落ちるだけである。猛之進は銀次の出て行った裏木戸を暫く見ていたが、お香の様子が心配になりくるりと踵を返したのだった。

それから十日後のことである。

お香の怪我は家の中でなら立ち上がって歩けるほどまでに回復していた。

「旦那、すみませんね。食事の支度までさせてしまって」

「なに……それがしも一人暮らしが長いのだ。飯炊きぐらいはお手の物だ」

「正直言うとね、旦那。あたしはあの銀次とかいう人に感謝しているんですよ」

「おい、お香。ひょっとすると死んでいたかもしれないのだぞ」

「でも、あたしはここにこうして旦那と夫婦のようにして暮らさせていただいているんですよ。それはあの人に匕首で刺されたからですからね」

お香は布団の上に半身を起こすと猛之進を自分の傍に寄るように誘った。

「おい、まだ傷は完全に治っているわけではないぞ。医者の良庵もそう申していたではないか。そこに行けばわしは我慢が出来ぬかもしれぬぞ」

猛之進は苦笑を浮かべ冗談気味に言った。

「それでも良いんですよ。あたしももう辛抱ができないんですから」

この年も晦日まであと五日を残すだけとなった。

時節柄、江戸市中は家の大掃除や竈の煤払いでざわざわと何やら騒々しい。

その朝、引き戸を開けると庭や垣根、向こう一面の景色は真っ白く雪化粧をしていた。

猛之進は障子戸を開け放った仕舞屋の座敷でお香と二人、火鉢を囲み癇のついた酒を酌み交わしていた。風がない分開け放っていても部屋の中はわりと暖かい。五徳の上には鍋が置いてある。その鍋の中には大根や葱に豆腐、それに鴨肉が入りぐつぐつと煮立ち湯気を上げている。味付けは醤油だが隠し味に味噌と米麹が少々入り、鴨肉から生じる油で極上の美味さが鍋の中に染み出ていた。

「お香、よくこのような鴨の肉が手に入ったのう」

「香川で仲居をしていたときに知り合ったお爺さんがいたのよ。その人が冬になるとお上に知られないように香川に持ち込んできていたの。常連のお客……特にお武家様に出していたのよね。お武家様なら奉行所に知らせたりはしないでしょう」

江戸時代、獣肉を食するのは御法度《ごはっと》とされていたが、あくまでもそれは建て前で武士や大店《おおだな》の主人たちは好んで食していたのである。

「しかし……たまらぬな、この味は……お香、おまえが言うように権左たちにも食べさせてやろうではないか。わしらだけがこのように良い思いをしているのはあやつらに申しわけない。それに鍋を囲むのは人数の多い方が楽しいではないか」

「ね……そうでしょ。年が明けたらみんなで飲みましょうよ」

お香が楽しげな様子で鍋の中の鴨肉を箸で拾い上げようとしていると、表の戸を叩く音がした。

「誰か訪ねて来たみたいですよ。……あ、旦那は座ってなさいな。あたしがいきますから」

お香は立ち上がろうとする猛之進の膝に軽く手を置きながら玄関口に向かったが、直ぐに部屋に戻ってきた。

「旦那、太一郎さんですよ」

「おお、なんだ……上がるように言えばよいではないか」

「それが……旦那に何か話があるようなんですよ」

猛之進が出て行くと太一郎が屈託ありげな顔をして土間に立っていた。

「どうした、太一郎。上がれば良いではないか。煮立った鍋もあるぞ」

「じつは……猛之進様……奥方様が江戸に参っているのです」

「瑞江がこの江戸に……」

猛之進はそれほど驚いたわけではない。瑞江の顔が目の前に浮かび、とうとう来るべきときがきたかと思っただけである。

「それで……今はどこにおるのだ、瑞江は……」

「わたくしめがお世話させていただいております」

太一郎は猛之進の視線を外し下を向いたが直ぐに顔を上げた。

「じつは猛之進様……奥方様が言うには谷口の家の再興の目処がついたそうです」

「ほう、それは結構ではないか。しからば……谷口の家の再興にはそれ相当の代償とやらがあるのであろう」

「はい……」

太一郎は次の言葉を躊躇うように視線を泳がせた。

「仇討ちを成し遂げればということのようです」

「わしを討てばということか。それでいつにすると申しておる」

「明後日……回向院の裏手に広い空き地がございます。そこで明けの七つ半にお待ちしているそうです」

「わかった。その申し出受けようではないか。それがしの妻だとはいえ手加減はいたさぬ。心してくるように申せ」

猛之進の言葉に太一郎の顔が一瞬青褪めたように見えた。

「太一郎……おまえはどうするのだ」

「わたしは奥方様から見届け役を仰せ付かりましたので、その場に立ちあわせていただきます」

「よかろう。鳳鳴流小太刀の剣技、存分にみせてもらうと瑞江に申し伝えよ」

太一郎は猛之進の前で深々とお辞儀をすると、そのまま視線を合わさずにその場から立ち去って行った。

暫く呆然とした様子で猛之進はそこに立ち続けていたが、お香の声に我に返ったように振り返った。

「旦那……全部聞きましたよ。本当に奥方様と立ち合うのですか」

「うむ、仕方があるまい。瑞江の気性から遅かれ早かれこうなることはわかっていたのだ」

「でも、奥方様と斬り合うなんて……」

「そうだな。自分の妻と斬り合うなど考えただけでも忌まわしいことだ。だが、お香……瑞江と立ち合うというのは、女と見て軽んずればこのわしも斬られるやもしれぬということなのだ。その辺にいる生半《なまなか》な腕達者など瑞江に比べれば他愛もないものだ」

猛之進は若かりし頃を思い出していた。一度だけ道場で立ち合い鋭い打ち込みで一本を取られたことを……。瑞江は須田の家に嫁してからおそらく剣を握ってはおらぬであろう。その瑞江が猛之進と立ち合うというのだ。二年と言う歳月は瑞江を元の女剣士に戻したであろうことは疑いのないところだった。

「おやめになるというわけにはいかないのですか。旦那に何かあったらあたしはどうすれば良いんです」

「武士というものはしきたりに縛られておるのだ。幼き頃からその慣わしというものが骨身に染み込んでいてどうにもならぬ。だが、心配いたすな。わしが負けるようなことはない。真剣の立ち合いというものを瑞江は知らぬ。それに手傷を負わせてから仇討ちを諦めるように説きつけてみよう。それで駄目ならおまえと一緒に上方へでも逃げるか」

猛之進の言葉は瑞江を斬る気がないと言っているようなものであった。

「それって本当ですか。あたしは旦那となら天竺へでもついていきますからね」

お香は笑みを浮かべて涙目になると、猛之進の懐に飛び込むようにして抱きついてきた。

そのとき猛之進は奇妙な感覚を覚えていた。何故か現実味があまりしないのだ。それは今は夢の中にいるのだと思えてならないことだ。瑞江に対する思いが膨れ上がってきていた。恋慕というにはあまりに滑稽であった。瑞江を前にしたとき果たして返り討ちになどできるであろうか。国元を出奔するとき瑞江を抱いたことが思い出されてくる。あの時瑞江は猛之進との暮らしの中で初めて女子の喜びを口にした。今このときになって、それが猛之進の胸を焦がすのは一体どういうことだと思ったのだ。江戸に出てきたのは何れ討っ手に居所を探り当てられることは承知であった。その幕府のお膝元に暮らして、本音で語り合うことができるお香という女を知ったのだ。それは武士を捨てても良いという気持ちと、仕官はせずともこのまま二本差しとして生涯を貫こうと相半ばするものが猛之進にはあったのだが、お香という女を知り武家というものに執着が薄れてきているのも事実であった。瑞江を説得できるとは露とも思わないが、武家などというものとは決別して安穏な暮らしをしてもらいたいと願うのみである。女といえど、瑞江は尋常一様な相手でないことはわかっていた。それだけにこの立ち合い、僅かでも躊躇いがあれば斬られることになるかもしれなかった。

その日の夕暮れ、権左と数馬がまるで何かに引き寄せられたように訪ねてきた。

「二人とも丁度良いところに来た。おぬしらには年が明けてからそれがしの住まいに呼ぼうと思っていたのだが……ま、食い物も酒もしこたまある。今宵は飲み明かすことにせぬか、権左」

権左はいつものように、猛之進の申し出に陽気な声で同意をしてから数馬をちらりと見た。

「数馬とは貴公のところに行こうとしていて偶然に出会《でくわ》したのだが、今まで三人で飲むようなことは一度もなかったから良い機会ではないかと思い連れてきたのだ」

その言葉に笑顔でやり取りを見ていたお香も傍から口を入れた。

「さあさあ、数馬様も火の傍にお寄りなさいな。鴨肉もたんと仕入れてありますから」

「ほう、それは珍しい。わたしは未だ一度も口にしたことはないのですよ」

数馬が目を輝かせて鍋の中を覗き込んだ。

「おい、数馬……涎を落とすなよ。全部おまえに食われることになってはかなわぬからな」

「権左殿には大根と葱を残しておきますから、わたしは鴨肉をいただきますよ」

「まてまて、まだ煮立ってはおらぬぞ。この鍋はわしが仕切るからおまえは手を出すな」

二人のやり取りを見ていたお香が笑い声を上げた。近頃の権左には数馬のことをまるで弟のように思っている素振りがみえるのだ。数馬に使う言葉も以前と違い優しげに聞こえる。

「お二人とも仲がおよろしいですこと。ご心配なさらずとも食べきれないほど台所に用意してございますよ」

今までこのような団欒を思い描いたことが、一度たりともあったであろうかと猛之進は思った。武家の暮らしでは思いもよらぬことである。日々をこのように暮らしていければ刀などはいらぬ。刃物など持たねば他人の命を奪うこともないのだ。瑞江をなんとか刀を抜き合わせることなく説き伏せることができないであろうか。そう考えた途端、それができるくらいならこのような成り行きにはなるまいと思い直した。権左たちは猛之進の心情も察することなく、いつもの二人らしくないはしゃぎ振りでその夜は飲み明かしたのだった。

その宴の中で猛之進は、そう言えば拵え屋に預けて置いた二振りの太刀を忘れていたことを思い出していた。

回向院の東側にあたる広い空き地は徒目付の小山内忠継の屋敷跡であった。屋敷の建て組みは綺麗に取り払われて今は雑草が生い茂っていた。屋敷の裏手と見られる辺りには常緑高木の樅《もみ》の木が幾本か立ち並んでいる。その樅の木の葉が時折吹きつける冷たい風に煽られてざわざわと騒がしく揺れ動いていた。

猛之進はその朝、辺りが未だ白み始めぬころに起き出すと、仏壇に向かい手を合わせた。

弥十郎と呟いたあと――おぬしの妹にまで手にかけることになるやも知れぬが許せ。到底許せるようなことではあるまいが一応許しを請うておこう。身勝手かも知れぬが返り討ちお構いなしとした武家の慣わしにそれがし従うつもりでおるのだ。それを聞けばおぬしとしても草葉の陰から恨み言のひとつも言わなければ気も済むまい。いや、蘇ってそれがしを斬りたいと思うであろうな。当然であろう。だが、郷田藩を出奔してこのような暮らしを知ってしまうと、悪いが死のうという気持ちにはなれんのだ。待て、待て……怒るな、弥十郎。わかっておる。このような振る舞いをして、いつまでものうのうと生きて行けると思うてはおらぬ。それ程遠くない日にそっちへ逝くであろうがその時に、おぬしの前で腹は切れぬから土下座するつもりでおる。勘弁してくれ。このように申したが、逆にそれがしが斬られることもあろう。ま、そうなればそうなったでかまわぬ。そのときもまた三途の川を渡りおぬしに詫びを言わねばなるまいの――そのように胸の内にある言葉を吐露したのだが、それは妻の瑞江に対して、いずれとも決めかねている揺蕩《たゆた》う気持ちと決別するためでもあった。

猛之進は屋敷跡に残る柱の土台であったと思われる石の上に腰を下ろしていた。肩に掛けた羽織りの下は襷《たすき》をかけ、袖《そで》を絞った立ち合いに臨む出で立ちだ。女子とはいえ侮るような身形は女剣士としての瑞江に対して礼を失すると考えたからである。

百舌鳥が驚いたように羽ばたくと、回向院の屋根瓦の上を鳴き声と共に飛び去って行った。そのとき、遠く藪の中から草を分けるようにして白装束の人影が現れた。上の身形は小袖を更に襷で絞り、下は男のように純白の袴を身に付け高股立《たかももだ》ちをとっていた。その人影の歩みには躊躇いがなかった。辺りには未だ薄闇が残っている場所もあったが、共に暮らした猛之進にはその形姿《なりすがた》から瑞江であることは直ぐにわかった。近づいてくると白く吐く息と共に落ち着き払った言葉を声に出した。

「待ちましたか、猛之進殿」

「いや……それほどでもない。久しいのう、瑞江。変わらぬではないか」

「いいえ、わたくしは変わりました。それもおまえ様の所為です」

瑞江はきっとしたきつい表情になると噛み付くような口を利いた。

「うむ、そうだな。こうなったのもすべてわしの所為だ」

「余計な言葉など交わしたくはありませぬ。今直ぐ尋常に立ち合いなされ」

瑞江は殺気を漂わせる視線を絡ませると、手に持っていた小太刀を引き抜いた。

「まあ、待て……言い分けなどせぬが少しだけでよい。わしの話も聞いてくれぬか」

「今更何を話すことがあるというのです。この期に及んで命乞いではありませんよね」

「そうではない。聞くところによると藩では谷口の家の再興が許されたようではないか」

「おまえ様には関わりないことです」

「そんなことはあるまい。わしの命と引き換えになるのだ。ま、それはいたしかたあるまい。それよりも……おまえは何故それほど家にしがみつこうとする。一度潰れた谷口の家などどうでもよいではないか。たとえ再興できたとしても藩では冷めた目でみておるぞ。おそらくは元の家禄で召抱えようとはせぬ。半減は間違いなかろう。悪くすれば四分が一、いや、五分が一やも知れぬ。国家老の小早川志摩の約束であろう。あの男はおまえに懸想《けそう》しておる。懸想は欲目でみて申した言葉だが……こう言っては何だがあれは好色な老人だ」

瑞江の表情は能面のように変化はなかった。それは家の再興を条件にすべて承知しているともとれるものだった。

「もう、よろしいのではないですか。聞きたくはありません。立ち合いなされ、猛之進殿」

その言葉で猛之進は道場での瑞江との立ち合いを思い起こされる。

「話しても無駄のようではあるが……のう、瑞江。この江戸というところは不思議な場所だ。わしも二年あまり住んでみてわかったのだが、人の生き様は武家だけでないということだ。おまえも武家を捨てて暫く住んでみると良い。女子の幸せを感じるときが必ずある。もう一度言う。わしはおまえを斬りとうない。刀を引かぬか、瑞江」

その言葉が終わらぬうちに瑞江はずいと前に出てきた。

「そうか。変わらぬのう。やはり説き伏せようなどとは詮無《せんな》いことであったか」

猛之進は肩に掛かっている羽織を捨てた。瑞江の構えには隙がなかった。やはりこの二年というもの臥薪嘗胆《がしんしょうたん》、猛之進を斬るため技にひと工夫を凝らしたようだった。猛之進は正眼の構えから下段に剣尖を移した。まずは手並み拝見と相手を呼び込むためであった。瑞江はその誘いには乗らず大きく右に身体を移動させた。猛之進が動きにつられて正眼に戻した途端、女子とは思えぬ鋭い一撃が襲ってきた。その小太刀を払いかわそうと鎬で横に払ったが手応えがなかった。瑞江は擦れ違いざまにそのまま剣を振るい通り過ぎるとくるりと振り向き同じ構えに戻った。猛之進の右腕に軽い衝撃が残った。今の踏み込みで籠手を浅く斬られたようだった。瑞江に対する侮りがあったわけではないが、猛之進に斬り捨ててやろうとする気持ちが希薄であったのだ。斬られて初めて闘争心に火がついたのである。哀れだが斬るしか他にみちはないと思い直した。再び瑞江が踏み込んできたがその小太刀を強く弾ね返し、返した刀で瑞江の肩を薙いだ。白装束に鮮血が紅く滲んだ。それを見て猛之進の胸に再び戸惑う気持ちが湧き起こった。

「瑞江……止めぬか。今ならまだ間に合う」

その声が聞こえたか聞こえぬか瑞江は悲壮な顔で打ち込んできた。猛之進はその白刃を受け流すと凄まじい気合と共に瑞江の剣を叩いた。その衝撃に耐えられず瑞江は小太刀をその場に落としたのである。猛之進に、今まで死闘の中に身を置いてきた剣士としての闘争本能に火がついたのだ。止めようとする感情は最早残されていなかった。振り上げた刀は瑞江の胸元めがけて袈裟懸けに振り下ろされようとしたときであった。猛之進は鋭い痛みと共に背後から自分の腹に抜けた刃を、信じられないものでも見たように見詰めてから驚愕の眼で振り返った。

「太一郎……お、おまえ……」

「猛之進さま……もうしわけございません。わたしにはこうするしか他にみちはなかったのです」

太一郎は蒼白な顔に決死の形相を浮かべ、猛之進の身体を刺し貫いた脇差を引き抜くと呆然と立ち竦んでいる瑞江の方を見て叫ぶように言った。

「奥方様、早くひと太刀を……」

その声に瑞江は我に返ったように落とした小太刀を拾い上げると、猛之進の胸の辺りに全身をぶつけるようにして深々と突き刺したのだった。

猛之進は瑞江の肩を掴まえ何か言おうとしたが言葉が思い浮かばなかった。このような結末も覚悟していたことである。瑞江や太一郎を恨む気持ちはまったく湧いてこなかった。唯、最期に何か言い忘れたような気がしたのだ。その言葉が思い出されたように胸に浮かんだとき、目の前の視界は閉ざされ猛之進に永遠の闇が訪れたのだった。

「奥方様……仇討ち……お見事でございました。止めを……」

太一郎の言葉に従って瑞江は猛之進の胸元を開くと頸部に刀を突き刺したのだった。

二人は暫くその場に惚けたように立ち続けていたが、遠くに突然現れた人影を視線の先に捉え身構えた。走るようにして急ぎ足で近づいてきた人影は門倉権左であった。

「お香から聞いて駆けつけたが遅かったか……」

権左は雑草の上に横たわった物言わぬ猛之進を見ると、怒りを込めた目で二人を交互に見てから大刀をすらりと抜いた。

「それがし、猛之進が拒もうが拒むまいが、押して助太刀をするつもりであった。おぬしら二人をこの場で斬るともうしたら、何とする」

「あなた様はたしか……門倉様……と申されましたね。わたしは須田家の若党をしていた太一郎です。もうご存じかとは思いますが、こちらは猛之進様の奥方様で瑞江様です。これが仇討ちで、既に討ち取ったことをご承知でわたしたち二人を斬るというのなら仕方がありません。お手向かい致しますぞ」

「手向かうのは当然だ。だが、言うておくがおぬしら二人の腕ではそれがしには勝てぬぞ」

権左はそう口にするや否や鋭い気合を発すると、二人の目の前できらきらと二度抜き身を振るった。瑞江と太一郎は二人同時にあっと驚きの声を上げた。権左の切り払ったのは瑞江の襷と太一郎の袖口であったのだ。

「瑞江殿にひとつ申しておこう。猛之進は気持ちのどこかでお手前に斬られるつもりでいたのかもしれぬ。それが猛之進に油断を生じさせたのであろう」

蒼白な顔で唖然としている二人を尻目に、権左はそう言い置くと刀を鞘に納めくるりと背を向けたのである。

瑞江は高ぶっていた気持ちが静まり落ち着きを取り戻すと、権左が去り際に言った言葉から、猛之進の最期のときの様子を思い浮かべていた。何かを言おうとしていたようだった。今となってはそれが何であったのか聞くことはできないのだ。そして、それは瑞江の胸の奥底にこびり付いて剥がれようとはせず、時折思い返してみては鬱然とした時を過ごすことになるのである。

瑞江は見事仇討ちを遂げて国元に帰参が叶い家の再興は果たしたが、猛之進の言葉どおり四分が一に家禄を減らされたうえに家は無役となった。郷田藩としては体《てい》の良い飼い殺しであった。二人の息子を失った年老いた父親の勘十郎は、家の存続のため養子を貰い受けようと親戚中を奔走したが無役ではそれもかなわず、それから数日の後、失意のうちにこの世を去ったのである。

非業

二ヶ月後――

権左はあの後、猛之進が住まいとしていた仕舞屋《しもたや》を借りて暮らしていた。

その仕舞屋の縁側に面した座敷で、猛之進が奥州屋に預けて置いた二振りの刀を前にして何事か考え込んでいた。突然背後から門倉様と名前を呼ばれて権左は驚いて振り返った。

「おお……お香さんか……いつ参られたのだ。驚くではないか」

「何度も玄関口でお名前をお呼びしたのですよ。居ることはわかっていましたから勝手に上がらせていただきました」

「それは一向にかまわぬ。元々猛之進とお香さんが住まわれていた家だ。それがしとしてはいつでも大歓迎でござる」

権左は軽くおどけたような素振りを見せてから、一転してお香を気遣う顔になると労わるように言葉をかけた。

「身体の方は大丈夫ですかな、お香さん。今が一番大事なときだから何をするにも気をつけぬといかんからのう。三度の食事はちゃんと摂っておるであろうな」

「あら、いつも門倉様はお優しいんですね。ご心配は無用ですよ。隣のおときさんが煩いくらい面倒をみてくれますからね」

「そうか。それは心強い限りだ。まだお腹の膨らみが目立つことはありませんかな」

「やっと三月になるんですよ。そんなに早く大きくはなりませんよ、門倉様」

「しかし、猛之進も罪な男よのう。種を撒いただけでこの世から旅立っていくとはな」

権左がそう言ったあと部屋の中を重苦しい沈黙が支配した。何気なく口にした言葉だったが、突然二人の胸に寒々としたものが入り込んできたのだった。

「ま、悪いことばかりではあるまい。猛之進は最期に及んで己の血筋をこの世に遺したのだからな。そのお腹のややこが男子《おのこ》であろうと女子《おなご》であろうと、りっぱに育て上げねばならぬ。辰巳屋久右衛門殿にもいろいろと面倒をみてもらっておるからのう」

「ええ、本当に有り難いことだと思っています。日々の方便の心配もしなくて良いのですから辰巳屋さんには本当に感謝してますよ」

「それはそうと、お香さん……今日は何か用事でもおありなのかな」

「ええ、じつはその辰巳屋さんなんですけどね。あの太一郎さんがあたしの住まいにやってきましてね」

「太一郎が……？」

太一郎と聞いて権左は険しい顔をした。

「あの男が何か言ってきたのか。わしはまだ許してなどおらぬ」

「ええ、わかります。あたしだって顔を見るだけで肝が焼けるんですもの」

「それで……何だと言うのかな」

「猛之進様の奥方様のことだそうです」

「瑞江殿とか申したの。それでその奥方が何と言っておるというのだ」

「門倉様の前に置いてある刀のことではないかしら……」

「この刀がどうしたと言うのだ」

「郷のなんとかという太刀がまだこちらの手元にあるのなら、返してもらいたいと言っているそうですよ」

「な、なんだと……刀を返せと言っておると申すのか。江戸っ子が言うおきゃあがれとはこのようなときに使う言葉であろうな。寡婦だとは申せ、言うに事欠いてこれ以上無体なことをもうせば叩っ斬ると言ってやる」

一時《いっとき》湧き上がった怒りが静まると権左は天井を仰ぎ見てから口を開いた。

「それで太一郎はなんと申しておるのかな」

「太一郎さんが言うには、あの太刀は須田の家に代々伝わる家宝だから奥方様に返していただきたいと……」

お香がそこまで言うや否や、権左は刀をむんずと掴むと憤怒の形相で立ち上がった。

「あやつらはそれがしの刀の錆にしてくれる。今から太一郎を斬りに行く」

権左のこめかみに怒りで青筋が立っていた。

「あ……門倉様。ちょっと待ってください。まだお話がございますから座って下さいな」

お香は諫《いさ》めるように権左の着物の袖口を掴んだ。

「奥方様のお家は再興を果たしたのですが、藩では谷口の家を減俸のうえ無役とし、門倉様もご存じのようにお二人いたご子息もお亡くなりになり、家ではご養子をお探しになったようです」

「無役だろうと望んだ家の再興が叶ったのだから、それはそれで良いではないか」

「それがですね。無役に落とされた上に四分が一の減俸でしょ。ご養子の話は一つとしてなくお父様は谷口の家の先行きを悲観され、お腹をお召しになりお母様も後を追ったそうですよ」

「……」

権左はその話を聞いてその場に座り込んだ。

「それで……刀を返して欲しいと申すのは……？」

「ええ、勝手が過ぎるかもしれませんが、その刀が値打ちのあるしろものならそれを元手に江戸に出て新たな暮らしをしたいと、そのように仰っているようなのです」

権左は懐手をして暫くじっと考え込んでいた。

「ふむ……よし、わかった。元はと言えばこの太刀は猛之進が所有していたものだ。渡そうではないか。わしもお人好しかも知れぬが、そのほうが死んだ猛之進も草葉の陰で喜んでいるような気がするのだ」

「本当ですか、門倉様。あたしは話を聞いて奥方様が哀れに思えて仕方がなかったのです」

「わしもお香さんも、お人好しの上に馬鹿が付くかも知れぬな。猛之進を斬った女子に施米をするとはのう。まあ、良い。わしが持っていても宝の持ち腐れかもしれぬて」

権左はついそのような言葉を口にしたが、拵え屋の奥州屋卯左衛門の目利きによると太刀は二振りとも真物ではないとの見立てであった。棟の反り方が違うと云う。だが、卯左衛門も番頭の喜平も刀工の腕は則重と同等かそれ以上だと太鼓判を押していた。二振りとも同じ刀鍛冶が拵えたものだというのだ。つまるところ太刀としては優れものだということになる。唯、奇妙なことに二振りとも見分けがつかないほど似ているというのに、猛之進の所有していた一振りの方は主人の卯左衛門でも直ぐには判断が付きかねたのだ。

　卯左衛門がいうにはこれを贋作と見破れる者は大江戸広しといえど、この刀を鍛えた者以外にはだれ一人としていないとのことであった。それだけに二振りの太刀は名刀のお墨付きを得たと言えよう。

　瑞江に渡すのは猛之進が所有していた刀である。仮に贋物だと見破られたとしても、どこに持ち込もうと二、三十両の値はつくと云っていた。もう一振りの方は、権左としては刀が銭金に化けるようなことはしたくなかった。それに名刀などというものには何の興味も関心もなく、刀は人を斬るための利器であって他のなにものでもないと思っていた。それよりも旗本の三男坊である門倉権左としては壮大な夢を持っている。奥羽の大名である。伯父の臼井《うすい》摂津守《せっつのかみ》孫佐衛門《まごさえもん》だ。孫佐衛門が老中首座に上り詰めればそれも夢ではないのだ。近いうちに屋敷に持ち込んで、伯父の孫佐衛門に郷則重を差し出そうと思っていた。

　お香に一振りの刀を持たせ帰らせたあと、暫くすると申し合わせたように数馬が権左の住まいにやって来た。数馬は訪いを入れ勝手に上がり込んで来ると何も言わずその場に端座した。

「どうした、数馬……何かあったのか？」

「……」

「なんだ。黙っていてはわからぬではないか」

そう言いながら権左が茶でも淹れようと膝を立てた。すると、いきなり数馬がその場で土下座でもするようにして、ひれ伏したのだ。

「権左殿……わたしの頼みを聞いて貰うわけにはまいりませぬか」

「待て待て、いきなりわしのところに上がり込んできて頼みを聞けとは何事だ」

「二振りある太刀の一振り……わたしにお貸し願いたいのです」

今直ぐに腹でも切りそうな蒼白な顔で、数馬は畳に両手を付いたまま権左を仰ぎ見た。

「わけを言え、わけを……」

「約束をしてしまったのです」

佐竹数馬は父親の代から続いた長い浪々の身で、浪人暮らしは筋金入りだった。仕官口を探す父親の哀れさを見て育った所為か、数馬にどこぞの大名に宮仕えしようとする気持ちは希薄であった。母親も三年前に他界し天涯孤独の身の上である。

権左は初め数馬のことを小賢《こざか》しい態度が鼻につく嫌な若造だと思っていたのだが、身の上を知って付き合う内にいつの間にか、弟に接するような気持ちを抱くようになっていったのだった。

昨夜のことである。数馬は深川の悪所《あくしょ》を歩いていたら、久しく会っていない佐上市之助に声を掛けられたのだ。権左からの口利きで請け負った用心棒の仕事で数馬の懐は暖かい。いつもは権左と共に近くの縄暖簾で飲んでいたが、潤っている懐で深川にまで足を延ばしたのだった。久しく顔を見てはいなかったが市之助とは直ぐに打ち解けた。同じ道場の朋輩で数ヶ月の付き合いであった。市之助は旗本の次男坊で他の道場に通っていたが腕が伸びずやめたあと、再び一念発起して数馬の通う道場に移ってきたのだった。しかし、甘やかされて育ったとみえてそこも長く続くことはなかったのである。二人は居酒屋で暫く旧交を温めたが、もっと良いところがあると誘われ腰を上げた。その時点で数馬は多少酔いが回ってきていたが意識はしっかりしていた。連れて行かれたのは料理茶屋で旗本の次男、三男がよく飲みに集まる場所のようであった。奥座敷に行くと市之助の朋輩だという仲間が五、六人……二人の酌女を相手に酔いに任せて下卑《げび》た笑い声を上げていた。部屋に入ってきた市之助の顔を見ると盛り上がっていた座がそれ以上に沸いた。どうやら市之助は剣の腕は拙《つたな》いが仲間うちでも目立った存在のようである。

数馬は紹介され座に加わったが半刻ほど過ぎた頃、旗本の次男坊で朝比奈与五郎という男が刀の話を持ち出したのだ。家に名刀と言われる太刀があるという。小竜景光《こりゅうかげみつ》だと言った。この太刀の特徴は佩表に小竜の彫り物があり、南北朝のころ楠正成が所持していた刀である。やはり朝比奈の家だと、仲間たちからその場に羨望《せんぼう》のため息が漏れた。数馬には理解できないことだったが、その太刀は愛好者には茶器同様、垂涎《すいぜん》ものだというのだ。刀の話が出て、そう言えばと数馬は権左が持っている郷則重を思い出したのである。このような場所で言わなくても良いことを酔いに乗じてつい口にしてしまったのだった。朝比奈の目の色が変わった。悪いがおぬしのように浪々の身でそのような名刀を所持しているわけがない戯言を申すなと、そこまで言われ屋敷に持参する約束をしてしまったと言うのだ。

「それでいつのことにしたのだ。その約束というのは……」

「明後日のことです」

「ふむ、良いだろう。持って行って見せてやればよかろう」

権左の言葉に数馬の顔が輝いた。

「えっ、本当に良いのですか」

「見せるだけなのだ。減ることもなかろう」

権左は胸中でこれは良い機会が訪れたと思った。朝比奈の家は旗本の中でも石高六千五百石を賜《たまわ》る安藤尚武正親と並ぶ家柄である。目の肥えた人物は居るはずだ。ここに持ち込んで真贋を見破られなければ天下の目が注いでも、これは真物と言っても差し支えないのではないか。将軍家に献上しても名刀郷則重として罷《まか》り通るであろう。そう考えたのだ。

二日後、数馬は刀剣郷則重を納めた皮袋を背にして、意気揚々と朝比奈の屋敷に訪いを入れたのである。門は閉まっていたが用人の案内で切り戸から屋敷に足を踏み入れた。その敷地のあまりの広さに驚き、建物の大きさには人を萎縮させる趣さえ感じさせられたのだった。玄関口から入り広間の横にある次の間で暫く待つように言われ、数馬は端座すると緊張からか暫く身体の震えが止まらなかった。あまり正座に慣れていない数馬は暫くすると足の指先に感覚がなくなってきた。誰も見ていないからと足を伸ばそうとしたとき、いきなり襖がすっと開いて見知った顔が覗いた。朝比奈与五郎である。待たされた時は一刻ほどにも思えたが僅か四半刻ほどだったようだ。

「よっ……待たせたな、佐竹氏」

与五郎は入ってくると頤《おとがい》を緩めふざけたような口を利いた。それから数馬の横に置いてある太刀の入った皮袋を見て、それが郷則重かと嘗《な》めるような目で見てから、数馬が頷くと与五郎は顎をしゃくり付いて来るように言った。長い廊下を与五郎の後からついて歩いて行くと、戸を開け放った庭に面した座敷に通された。庭も座敷も数馬には信じられない広さであった。今度は待つほどもなく与五郎が一人の男を伴って現れたのだ。朝比奈家の当主である兄の藤十郎だと無言の兄に代わって傍から与五郎が取り次いだ。数馬が自ら名乗ろうとすると、藤十郎はよいと手で軽く制したあと横柄な口を利いた。

「その方か……郷則重を所有しておると申すのは……」

「はい、これがその郷則重です」

「見せてもらっても良いか」

数馬は刀を皮袋から取り出すと藤十郎に渡した。

「暫く借りるがここで待っておれ」

朝比奈家の当主は高慢な男だった。権柄尽《けんぺいず》くの物言いに数馬はむっとしたが横から与五郎が執り成すように藤十郎に言った。

「兄上……悪い癖ですな。他人から物を借りるのですから、もう少し言いようがあるのではないですか」

少し躊躇ったようだったが、それでも藤十郎は弟の与五郎の言葉に素直に従ったのだ。

「おお、そうだな。悪かった。その方……名は何と申すのだ」

「それがしは佐竹数馬でござる」

「佐竹……数馬……か。中々良い名だ。実はな……奥の部屋にこれを鑑定してくれる男が待っておるのだ。暫く貸してもらいたい」

藤十郎は言い終えると与五郎に向き直ってこれで良いかと訊いた。当主の藤十郎が刀を持って部屋を出て行くと与五郎が振り返って苦笑いしてみせた。

「まったく……出来の悪い兄者を持つと苦労する。少しの間でよい。待っていてくれぬか」

数馬は仕方なく返事をしたが、今になってこの屋敷に来たことを後悔していた。どちらにしても、元はと言えば自分の所為なので誰に文句を言えた筋合いではないのだが……。

一人になった部屋で座していると再び足が痺れてきた。どうせ直ぐには来ないだろうと立ち上がり落ち縁に立つ。縁側から下を見ると置石の上に雪駄が並べてある。それを履いて庭に出てみた。空には薄い雲が一面に広がり寒々しい光景だったが、屋敷の周りを高い築地塀《ついじべい》に囲まれている所為もあってか数馬には暖かく感じられた。庭に立って周りを見渡して見るとこの屋敷がいかに広大な敷地を領しているのかがわかる。庭園はどこぞの景色でも模しているのであろう。真ん中辺りに高く盛り上がった山のような場所があり、その周りを池が囲んでいる。池を覗いて見ると僅かに流れがあり、小さな太鼓橋やら石橋、吊橋が架けられていた。屋敷を囲む築地塀の内側には高木が林のように並んでいた。おそらくこの屋敷で起きたことは外に漏れることなどあるまい。座敷に戻ってみたが奥で物音ひとつしない。しんと静まり返ったままである。一体いつまで待たせる気なのだと段々腹が立ってきた。既に一刻ほど経っているのに茶のひとつも出てこないのだ。他人の屋敷を訪ねることでもあり、昼飯は済ませてきていたので腹が減るということはなかったが、このままでは帰り道が暗くなるのではないかと思えてきた。この広さで使用人の数があまりにも少ないような気がしていた。数馬は知らなかったのだが旗本は五千石といえど家臣は少なく、下男、端女を入れても五、六人から多くても十人程度の人数を抱えているだけである。しかし、この屋敷の雰囲気が醸しだす異様な静けさは一言では言い表せられないものがあった。それから半刻ほどして外を薄闇が広がり始めた頃、やっと与五郎が顔を出した。

「やあ、待たせてわるかったな。今、兄者が刀を持ってくるからもう少し待っていてくれ」

「それで……どうであったのだ。あの刀は……」

「先に訊いておくが……おぬし、あの太刀の茎先を見てはいないのか」

与五郎は疑い深そうに数馬の顔をじっと見詰めた。

「いや、長い間家の押入れにしまっておいたもので見てはおらぬ」

その言葉に与五郎はいきなり破顔した。

「そうか。いや、驚いたぞ。目利きが言うにはあれは確かに郷則重だとそう言っておる。おぬし、一体あれをどのようにして手に入れたのだ」

「どのように手に入れようと真物であるならばそれで良かろう。とにかく、郷則重に間違いないのだな」

「うむ、兄者が仰天しておったぞ。どうだ。あれを譲る気はないのか、おぬし……」

与五郎が数馬の顔色を窺うようにして前のめりに身体を傾けかけたとき、廊下を慌ただしく歩く音がして兄の藤十郎が刀を抱きかかえるようにして顔を出した。

「佐竹殿と申したの。凄いではないか。このような太刀……いつから所持しておるのだ」

藤十郎の目は吊り上がり、今にも訳の分からぬ言葉を叫び出しそうな気がした。この兄弟が他人に与えるこの奇異な感じは一体何なのだと数馬は思った。郷則重という太刀はそれほどのものなのか。

「手に入れたものではない。わたしの親から受け継いだのです」

「是非とも譲ってくれ。金はいくらでも出そう。いくらなら手放すのだ」

「いきなりそのように申されても返答に窮します。少し考えさせてくれませんか」

数馬は刀を皮袋に納め帰ろうとすると与五郎が傍に寄ってきた。

「佐竹氏……そう急ぐこともなかろう。折角こうして訪ねてきたのだ。夕餉でも食していかれるとよい」

与五郎は言葉を口にしてから口辺に笑みを浮かべ……のう、兄上……と同意を得るように藤十郎の顔を見た。

「おお、そうだな。直ぐに支度させるゆえ、そのようにするがよかろう」

数馬としては些《いささ》かなりともこの場に居たくなかった。夕餉などとはとんでもないと思った。

「いえ、わたしはこれで辞去いたします」

「そうか。押してそのように言うのなら致しかたなかろう。外はもう暗くなっておるぞ。このような値打ちのある物を持って夜道を帰るのは物騒だ。家臣に送らせよう」

「いえ、結構です。ご心配していただけるのは有り難いのですが、こう見えてわたしも少々一刀流を使います。己が身ぐらいは自分で守れます」

「そうは言うが、佐竹氏……道連れが居た方が何かと心強いではないか」

藤十郎はそう言うと数馬の返答も聞かず……間崎！……と名前を呼んだ。呼ばれた家臣は襖の向こうに控えていたとみえ直ぐに姿を見せた。数馬は断りきれず仕方なく手渡された弓張提灯《ゆみはりちょうちん》を片手に、間崎という男と共に屋敷を後にしたのだった。朝比奈の屋敷の周囲は武家屋敷が建ち並び、築地塀が夜の闇を更に色濃くしている。

数馬の後ろをついてくる間崎の足音がひたひたと耳に聞こえてくる。背中に背負っている刀の重みが何とはなしに心強く感じられるのは名刀であるが故だ。数馬は歩きながら油断なく背後に全神経を集中させていた。いつでも抜けるように刀の下げ緒は解いてある。男が何事か企んでいても、いきなり背後から斬り付けてくるようなことはあるまい。背中の古刀には朝比奈藤十郎、与五郎の兄弟揃ってあの執着振りである。郷則重を傷つけてはならんと、主人からきつく言われているはずだからだ。

この寒空の中、どこかで梟が鳴いていた。数馬にはまるで己の身に迫る危険を知らせているように聞こえた。この間崎だがどのような剣を使うのだろうか。足の運びを見ても鍛えられた膂力からかなりの使い手とみえる。今のところはまだ襲い掛かるような素振りは見受けられないが、いずれにしろこのまま無事に済むわけはないと考え背筋を戦慄が走る。

馬道通りから大川端に出た。川面を吹き上げてくる夜風は更に冷たく身に凍みるようだ。前方に明かりが見えた。提灯の明かりである。人がこちらに向かってくるのが見え、送り狼の間崎といつ刃を交えるのかと緊張を強いられていた数馬は、それだけにほっと一息ついたのだった。近づいて分かったのは提灯の明かりの後ろに隠された人影は侍のようである。ところがその人影が通り過ぎようとしたそのときであった。擦れ違い様に抜刀した白刃がいきなり頭上から振り下ろされたのだ。数馬は抜き放った刀の棟で受けかわしながら次の一撃に備え、正眼に構えを持っていく。人違い致すなと名乗りを上げたが無言の殺気がひしひしと押し寄せてくるのは、男の目当てが見当違いでないことは自ずと知れたようだった。間崎という男だけでも数馬を斬れる腕前を持っているとみたが、朝比奈兄弟は念には念を入れたのだろう。間崎の方はまだ動きを見せなかった。こやつ傍観するつもりなのか。それとも頃合いをみて斬り掛かるつもりなのだろうか。凡手ではない二人が一度に向かってくればまず勝ち目はない。間崎が傍観の態を見せているうちに目の前の男を斬らなければならなかったが、そのとき数馬の脳裏を過ぎったものがあった。この先にある万年橋を渡れば、それほど遠くない所に自身番があったことを……。斬り合うと見せかけ横を走りぬけて、なんとかそこまでたどり着ければと思ったが、考えを読み取ったように男の次の一撃が唸りを上げて襲い掛かってきた。数馬の目には太刀筋が見えていた。だが、その刀身を受けようとしたときである。背後から肩口に重い衝撃が走ったのだ。同時に、目の前で袈裟懸けに振り下ろされた刀は数馬の胸を斬り裂いたのだった。反射的に背後を振り返ったがその目はもう何も映さなかった。墨《すみ》を零《こぼ》したような夜の闇よりも更に深い静寂が、数馬を包み込んで解き放そうとはしなかったからである。背負っていた郷則重の重みが取り去られる感触だけが、暗黒の淵に飲み込まれる前に数馬が感じ取ったこの世で最期の感覚であった。

修羅

権左のところに奉行所から死人《しびと》の人相を確かめるように連絡がきたのは、朝比奈屋敷に数馬が出向いてから三日後のことであった。町奉行所の与力の手足となって動く目明しの調べで伝を頼りに権左にまで辿り着いたようである。奉行所では辻斬りか浪人同士口論の末の斬り合いと見ているようであった。

数馬は斬り殺されたあと大川に投げ込まれたようだった。真冬の冷たい川水に浮いていた所為で、死んでから三日も経っているとは思えないほど遺体は綺麗で、死に顔も無念そうな面持ちはなくまるで寝ているようであった。惨殺者は詳しく調べなくとも明白だった。朝比奈家当主藤十郎と舎弟の与五郎であることは分かり切っていた。二人は旗本の間でも好事家《こうずか》として名を馳せており、名刀への執着は聞きしに勝るほどだと知ったのだ。ただ、相手は石高五千石の家柄で御書院番組頭というお目見え以上の役持ちであった。迂闊《うかつ》には正面切って手は出せないのだ。しかし、郷則重をむざと渡すわけにはいかなかった。それに仇もとってやらなければ数馬も浮かばれまい。

数馬の葬儀は権左の住む仕舞屋で本念寺の白雲和尚が執り行った。立ち合ったのはお香と、どこから耳に入れたのか、材木問屋辰巳屋久右衛門が数人の手下と共に姿をみせたのである。却って当惑するのではないかと知らせることもしなかったのだが、久右衛門からは水臭いではござりませんかと軽い咎めの言葉を聞いたりもしたのだった。数馬の遺体は本念寺に葬られている猛之進の横に並んで埋めてやることにした。

帰り際に久右衛門から、手助けならいつでも遠慮なく言ってくれるように念を押されたのだ。それは取りも直さず、他ならぬ数馬の為の意趣返し《いしゅがえ》のことであった。

葬儀も終わり二日ほど経ったある日、権左は伯父の臼井摂津守孫佐衛門の屋敷を訪れていた。門番に名前を告げると、奥から六十は疾うに過ぎたと見える老爺が出てきて、三之助坊っちゃまと顔をくしゃくしゃにして権左の前に立った。三之助は元服《げんぷく》する前の権左の名前で、烏帽子親《えぼしおや》は伯父の臼井孫佐衛門であった。奏者番の伯父が城を下がるのは何事もなければ夕七つ半ごろである。

「伯父上はまだ戻らぬのか、重助」

「お殿様はまだお戻りではございませんが、三之助坊っちゃまが来ることはご承知しておいでになられますので直にお帰りになるとおもいます」

「重助……その三之助坊っちゃまは止めてくれ。気恥ずかしくてかなわぬ。わしには権左と言うれっきとした名があるのだ」

重助は権左の言った言葉が聞こえなかったような素振りで、困り果てたような顔をして押し黙っていた。

「ところで、重助……おまえは今年でいくつになるのだ」

権左の言葉に重助は暫くじっと考え込んでいた。その様子を見て余計なことを訊いてしまったと後悔した。

「はい、六十と……確か二つ……いや三つ……そうそう、三つでございます。わたくしめのことよりも坊っちゃま、あなた様はおいくつになられましたのです。まだお一人の身だと伺いましたですよ。お殿様が二度、いえ、確か三度ほど婿養子の縁組をお探しになられたことがありましたが、お気に召さないからと全部お断りになったのではないですか。いい加減になさらないとこの先ずっと独り身でお過ごしになることになりますぞ」

「わかった、わかった。心配いたすな、重助。今日はその話もあって罷《まか》り越したのだ」

「えっ、そ……そうでございましたか。それならそうと先に仰ればよろしいではございませんか。お一人暮らしが長くなると妙な噂がたちますからな。いえいえ、それならばようございました。この重助、いつあの世に旅立とうともこれで安心でござる」

重助は権左の縁組が既に決まったような言い方をしたが、年寄りの繰言をこのあと、伯父の孫佐衛門からも聞かされることになるのだと思うと、正直なところ気分が重くなるのだった。門倉の家は父親が亡くなり今は跡を襲って長兄の修一郎が役職を継いでいる。次男の正継は一年半ほど前、御家人の尾上家に養子縁組が調い疾うに片付いていた。残るは三男の権左だけだったが権左は妾腹《しょうふく》の子であった。その妾腹の子を伯父の孫佐衛門が幼い頃から何故可愛がるのかが分からなかった。重助に訊いても堅く口止めされているとみえ、何も聞いていないと首を横に振るだけで、権左は生みの親の顔さえ見たことはないのだ。この日、伯父の屋敷に訪れたのは、御書院番組頭の朝比奈藤十郎のことを孫佐衛門に訊きにきたのだが、それと一緒に己の生い立ち、父母のことも話して貰おうと思っていたのである。孫佐衛門が屋敷に戻ってきたのは、権左が訪いを入れてから半刻後のことであった。

「ふむ……待たせたようだな。夕餉はどうした」

「先ほど台所で済ませました」

「相変わらずだのう、権左。おまえは天下の旗本、門倉家の三男坊なのだぞ。そのような所で食べるでない。女中のおみねに言えばちゃんとしたものを……」

「伯父上、どこで食べようとわたくしは慣れておりますぞ。小さな頃からそのようなことは当たり前のように育ちましたからな」

孫佐衛門はじろりと権左を見た。

「なんだ。わしへの面当《つらあ》てか」

「いえ、いえ、そうではありませぬ。旗本だと申してもわたしは家の厄介者。冷や飯食いですからな」

「それは僻目というものだ。わしは随分おまえを可愛がったつもりなのだがな」

「それは感謝いたしております。時々、伯父上がわたしの父親のように思えることがありましたからな」

伯父の顔に一瞬戸惑いの色が浮かぶのを権左は見逃さなかった。幼い頃からその思いを抱きながら育ってきたのだが、言葉にしたのはそのときが初めてであった。

「それはそうであろう。わしはおまえを自分の息子のように思うて接してきたからのう」

「伯父上、本当のことを教えてくださらぬか。伯父上はわたしの父親ではないのですか？」

その応えに孫佐衛門は平静を装い何食わぬ顔で言ったものだ。

「ふむ……何故そのようなことを訊く、権左。今更そのようなことはどうでもよいであろう。おまえは当年とっていくつになるのだ」

「二十八になります」

「そうか。二十八歳……になるか。年月が過ぎるのは早いものだな。そろそろ我が臼井の家に入ることを考えぬか、権左」

「伯父上……わたしは未だあのこと、諦めてはおりませぬぞ」

「羽州のことか……あまりに突飛な話だからのう。相手は津軽藩だ。現実のものとするには相当の厄介ごとを熟《こな》さぬといかぬて」

「このままではそうですが……伯父上が老中首座に上り詰めれば不可能ということでもございますまい。将軍の座などと申せば無理無体ともなりましょうが、奥羽の大名ならば可能ではありませぬか」

伯父の顔にいつもの偏屈《へんくつ》そうな笑いが浮かんだ。

「わしの血筋とはいえ、大それたことを口にいたす。どうなるにせよ。それにはお上を取り込まねばならぬ。何としてもわしが今の老中どもを差配するようにならねば、何事にも勝手とはいかぬのだて、権左よ」

「それは重々承知しております。ですからどうしてもあの太刀を手に入れなければと思うておるわけです」

「そのことだが……」

孫佐衛門は声を潜めいきなり生臭い顔になると、もう少し近くへ寄れと手招きした。

「権左……おまえが手に入れたことは耳にしておるが、その話あれから沙汰無しで一体どうなっておるのだ」

「正直申しますと……今は手元にありませぬ。御書院番組頭の朝比奈藤十郎という男を存じておりましょうや。郷則重は朝比奈藤十郎、与五郎の兄弟が所持しております。彼奴らはわたしの知り合いを斬って持ち去ったのです」

「なんと……奪われたと申すのか。それで……どのようにいたす所存じゃ」

「今宵……伯父上を訪ねたのは朝比奈藤十郎、与五郎兄弟を遺恨もあり、斬るつもりでいるのですが……その前に伯父上のご意向を確かめようと伺ったしだいです」

「御書院番組頭というのはお目見え以上の役柄だけに、堂々と討ち果たすというのはお上の目もあり上手くない。賊が押し入ったように見せ掛けるか、出来れば内輪揉めという有様に見えればなお良いのだが……」

孫佐衛門の許しを得ておくのは後々、大目付の探索があった場合を考えてのことであった。

「わかりました。ではそのようにいたしますが……万が一にも討ち損じたときは相生町に辰巳屋という材木問屋があります。そこの主人久右衛門という男に全てを明かしてくだされ。武家にはない方法で善処してくれるものと思うておりますゆえ」

「よし、わかった。だが申しておく。くれぐれも万が一などということがないようにな。その方……助けはいるか……？」

「伯父上……わたしはあれから随分と人を斬りました。修羅場には慣れたと言っても良いくらいです。一人で乗り込む方が気は楽でござる」

孫佐衛門は満足そうに頷いてから、目尻を下げると権左の元服前の名を口にした。

「三之助は幼い頃から剣術が得意であった。他の者より一歩も二歩も秀でていたからのう。ま……おまえのことだ。心配はあるまい。上手く処理してくれ。それから、今思い出したのだが、朝比奈の屋敷には間崎《まざき》とかいう使い手がおると聞いた。どこかの道場の師範代をしていたこともあったようだ」

「伯父上……言って置きますが棒振りと真剣では天と地ほどの差がありますぞ。人を斬るにはそれこそ刀の柄と柄が触れ合うほどに近づかなければなりませぬ。いくら道場で腕が立とうがそれができなければ人を斬ることなど不可能でござる。抜き身を手に間合いに入るのは凡庸でない使い手といえども並みの気力では腰が引けるもの。その僅かな気の迷いが勝敗を分けるのが真剣での立ち合いなのですぞ」

「うむ……分かるような気がするな。わしも若かりし頃に少しは道場に通ったことがあるのだ。権左よ、おまえも戦の世に生を受ければよかったのう。さすれば剣を活かせる道もあったであろうにな」

孫佐衛門はそう言うと、少しばかり待っておれと言い残し急ぎ足に部屋を出て行ったが、戻ってきたときには桐箱を胸に抱え込んでいた。

「これはわしの曾爺《ひい》様が戦場で使った刀だ。良いものかどうかは知らぬが研ぎには出してあるゆえ存分に使えるとは思う。持っていくがよい」

蓋を開けてみると、柄も鞘も装着していない抜き身が一振り、油紙に包まれて桐箱に納まっていた。研ぎに出されて刃毀れも無く、二尺二寸ほどの小振りな刃渡りは実戦用で、刀身の反りが浅くいかにも戦場での斬り合いに適応しているように見えた。

「伯父上……これは良いものを頂戴いたしました。早速拵え屋に行き柄と鞘を用意させ試し斬りをしてみたいと思います」

権左は、屋敷の上がり框まで見送りに出た孫佐衛門を振り返ると訊いた。

「伯父上……訊いておきたいことがあります。それがしの母御は生きておられるのでしょうか。顔を見たいとは思うておらぬゆえ、これだけは答えてくだされ」

孫佐衛門は僅かにたじろぎを見せたようだったが、威厳を保つように繕うと一度だけこくりと頷き直ぐに奥に引っ込んだのである。

伯父の孫佐衛門から渡された刀は肥後の同田貫正国《どうだぬきまさくに》であった。謂わずと知れた名刀である。

重ねが厚く戦闘用に生み出された殺戮《さつりくよう》用の打刀だ。拵え屋奥州屋に持っていくと主人の卯左衛門は目の色を輝かせ、門倉様これは垂涎物《すいぜんもの》でございますよと、郷則重より卯左衛門の評価は高く物欲し気な顔で暫く手放そうとはしなかったのだ。

この辺り一帯には武家屋敷が建ち並び、昼間でも人の動きは少なく時折出入りの商人が顔をみせるくらいである。御書院番組頭《ごしょいんばんくみがしら》朝比奈《あさひな》藤十郎《とうじゅうろう》の屋敷は広大な敷地で占められていた。その屋敷の築地塀の陰に商人の身形をした一人の男が、朝比奈屋敷の表門にじっと視線を注いでいた。町人髷にした商人らしい身形の男は権左であった。権左がその場所に陣取ってから一刻ほどになる。落日は今まさに没しようとしていたが、まだ辺りは明るく下城の触れ太鼓の音が聞こえたのは四半刻ほど前のことだ。屋敷の主人、朝比奈藤十郎が御書院番組頭という役職から解かれる時刻である。

拵え屋の奥州屋卯左衛門が、権左からの頼みで屋敷に訪いをいれたのは二日前のことである。見ていただきたい刀があるから二日後に持参する。滅多に手には入らない代物だというと好事家らしい意地汚さ丸出しで、金に糸目はつけぬと藤十郎は早速貪欲なところをみせたのだ。この日、権左がこの場所で一刻も動かずに見張っているのは、弟の与五郎も屋敷に一緒にいなければ意味が無いからだ。その与五郎が屋敷内に居るのは確かめてあった。

そろそろ藤十郎が戻ってくるころであろう。静まり返った屋敷の塀の向こうに、何となく動きがあるように感じられたのだ。その勘は当たっていた。供を二人従えた男が築地の角から姿を見せたのだ。従えた二人のうちの一人は下男で、もう一人は間崎とかいう男のようだが首に厚手の布を巻いておりよく見えなかった。足の運びから噂どおり剣はかなり使うようだと見た。数馬を斬ったのは彼奴かも知れぬと権左は鋭い視線を送りながら、間崎というこの男を早めに片付けぬと後が厄介だと思った。持参した肥後の同田貫を持ち直すと、麻袋から出して用心深くもう一度目釘を改めた。

それから四半刻ほどの時を置くと権左は徐に腰を上げた。

潜り戸を開け玄関口に立つと商人らしい所作で訪いを入れた。

殺戮者を邸内に呼び込みこれから起こるであろう修羅場は、屋敷内に住む誰しもが夢想だにもしないことだろう。奥座敷には藤十郎と与五郎が期待に胸を膨らませて待っていた。

「待ちかねたぞ、奥州屋。今日は主人の卯左衛門はどうしたのだ」

「はい、主人は他に所用がございまして番頭のわたくしが持参いたしました。長兵衛と申します。以後どうぞお見知りおきをお願い致します」

「奥州屋……奥州屋、そのような堅苦しい挨拶は良いから早速みせてもらおうではないか」

二人は待ち切れないとみえて、まるで餌を前にした犬のように涎を流さんばかりであった。

権左は麻袋に納められた刀を丁重に取り出すと二人の前に置いた。藤十郎は手に取ると鞘から抜き放ち暫く惚けたように眺めていた。

「ふうむ……これが肥後の同田貫正国か。見よ、与五郎。いかにも実戦に適した刀ではないか。片手でわしにも振れるぞ」

「兄上……わたしにも持たせてくだされ」

与五郎が少しは腕に覚えがあるとみえ、抜き身を一度鞘に納めてから抜刀してみせた。

「ところで朝比奈様……主人から朝比奈様がご所蔵する刀剣すべてをお見せいただき、目利きをするように言い付かってきたのでございますが……どうなされますか」

「うむ、それはわしが卯左衛門に頼んだことなのだが……卯左衛門が言うには、奥州屋は番頭でも確かな目を持っているとは申しておった。そこもとでも鑑定はできるのか？」

藤十郎は疑いの眼で権左の顔をじろりと見た。

「主人とまではいかないにしても自信はございます」

権左の言葉をどのように捉えたのか分からないが、藤十郎は弟の与五郎に同意を求めるような仕種を示した。

「どうする、与五郎。番頭にも見てもらおうか」

「それよりも兄上……この同田貫はどれほどの値打ちものなのか、そのことを知る方が先ではないのですか」

「おお、そうだな。どうなのだ、奥州屋。この同田貫はいかほどで売ろうとしておるのだ」

「はい、これはでございますな。そうですな……百両はいただきとうございます」

「百両だと……これはまた値を吊り上げおったな、奥州屋」

「じつはでございます。あるお旗本がこの同田貫ならば百二十両までなら出しても良いと申されておりましてな」

「旗本だと……誰だ。名を明かせ。名を聞かねば百二十両の話は放言だと受け取るぞ」

「いいえ、お家の名は申せませせぬが御老中のお一人でございます。これはご他言無用にございますよ」

「老中だと……ほう……わかった。名は訊かぬ。だが、わしには百両で売るとはどうしてだ。二十両は棒に振るのか」

「はい、向こう様にご関心があるのはこの同田貫にだけでございます。朝比奈様はこれからもお付き合いをいただける大事なお客様だと……私ども、みておりますので、はい」

「流石に商人らしい言い種だのう。承知した。百両だな、奥州屋……だが、支払うのは五日ほど先になる。待ってくれぬか。金がないのではない。ただ……わけは言えぬが今のところ金を動かせぬのだ」

「ええ、ええ、宜しゅうございますとも……天下のお旗本朝比奈様でございますからご信用いたします。ではこれはそのときに又持参いたしますので」

権左はそう口にするとさっさと刀剣を麻袋に仕舞い始めた。

「おい、奥州屋……まさかそれを持って帰ろうと言うのではあるまいな」

「はい、五日後にまた持参いたしますので」

藤十郎の目が落ち着きをなくしたように目まぐるしく動いた。

「いや、そういうことではない。今日は態々《わざわざ》持ってきてもらったのだ。置いていっても良いではないか。それとも、それがしたちを疑うのか」

「いえいえ、お疑いなどとは滅相もございません。ですが、わたしども刀剣を扱う商人は掛け売りなどということはいたしませんのです」

権左は完全に商人に成り切っている自分のことが可笑しくて、腹の中で笑いが込み上げてくるのを辛うじて抑えていたのである。

「だから金子は五日後に渡すとそう申しておるであろう」

簡単に承諾をしない芝居も商人らしさを見せる為だったが、このあたりで止めておいても良かった。

「良いでしょう、朝比奈様。それでは証文を書いていただきとうございます。それでは先に他にどのような刀をお集めになっているのか、この目で見させていただきましょうか」

「わかった。見せるのは構わぬ。証文も書こうではないか」

藤十郎は弟の与五郎に目配せして立ち上がると権左を促した。

「案内《あない》するからついてまいれ」

長く薄暗い廊下を権左は藤十郎について歩いて行く。その後には与五郎がいた。二人に前後を挟まれている権左は背後の用心を怠るようなことはしなかったが、いきなり斬りつけられてもこの二人の腕なら軽くあしらうことはできるであろう。それに相手が商人とみて高《たか》を括《くく》っているに違いなかった。間崎とかいう家臣がどこかに潜んでいるのではないかとの考えも捨て切れず、手にした麻袋に納まっている同田貫の柄の部分をいつでも開けられるようにはしておいたのだった。

「ここだ。行灯に明かりを入れるゆえ、暫くそこで待っておれ」

どうやら商人から同田貫を奪おうと何事かを企んでいる気配はないようである。与五郎も藤十郎を手伝うのか共に部屋の中に入って行った。待つほどもなく置かれた四つの燭台に火が入り部屋の中は一遍に明るくなった。蜜蝋《みつろう》なのか仄かに甘い香りが部屋中に漂い始める。権左は部屋の中に足を踏み入れると大仰に驚いて見せた。

「おお……これは大変な数でございますな。よくこれだけの刀剣お集めになられましたな」

二十畳ほどの広さの板の間に、所狭しと置かれた刀掛けに刀剣がずらりと並んでいた。

「どうだ、驚いたであろう。これだけの名刀を所蔵する者は江戸広しと言えど、それがしたちのほかにはおらぬであろうな」

ここにある刀すべてを上様に献上すれば、大名に取り立てられるのは伯父の手を借りなくとも実現可能ではないのかとの思いが一瞬頭に浮かんだが直ぐに打ち消した。目の前にある刀に視線が釘付けとなったからだ。ここに並べられた刀の中で、朝比奈兄弟がもっとも新しく手に入れたものであろう郷則重である。権左は膝を落とし一振りに視線を這わせた。

「奥州屋……その方の目はやはり拵え屋の目であるな。抜き身を見なくとも価値がわかるのか」

藤十郎は権左の昂ぶる様子を感銘していると受け取ったのか好事家らしい口を利いた。

「はい、それはもう。これが郷則重であることは直ぐにわかりました」

「なんと……これが郷則重だとわかると申すのか」

「はい、それは分かりますとも……つい最近まではわたしが所持していたものですからな」

その言葉が終わるや否や、今まで藤十郎の顔に浮かんでいた柔和なものは影を潜めいきなり険悪な表情になった。

「な、何だと……おい、おまえは何者だ。事と次第によってはこの屋敷から生きては出られぬぞ」

「ほう、面白い。やってみるか。朝比奈藤十郎とその弟である与五郎。佐竹数馬を知っておるであろう。それがし数馬の身内の者である。数馬の仇……おぬしら二人とも死んでもらうぞ」

権左は同田貫を抜くと刀掛けにあった則重を手に掴んだ。それを見て藤十郎兄弟は廊下に逃れ大きな声で助けを呼んだ。

「誰かある……曲者だっ！　間崎はおるか。間崎っ！　……」

則重を腰に手挟むと、二人を追いかけて廊下に出たが刀身を抜き放った四人の家臣に行く手を阻《はば》まれた。権左には間崎と言う男がこの場に居ないことは直ぐに分かった。四人とも正眼に構えていたが構えも固く剣尖に落ち着きがなかった。おそらくこのような場に出くわした経験など皆無なのであろう。

「おい……おまえたち、それがしと斬り合う気などなかろう。それともこの同田貫の餌食となってみるか」

権左の一言で戦意が失せたのは隠しようもなく、すでに斬り合う前から浮き足立っている。

「おまえたちに用は無い。命が惜しくばこの場から立ち去れ。あのような主人に命を賭けて仕えることもなかろう」

その一言が効いたようだった。一人が刀を鞘に納めるとあとの三人もその動作に飲まれたようにその場から足早に姿を消したのである。権左は直ぐに藤十郎と与五郎を追ったが廊下を曲がったところで襖越しに手槍が襲ってきた。危うく腹に突き刺さるところであったが権左は槍の太刀打ちの辺りを掴むと思い切り引っ張った。槍と一緒に襖を破って男が飛び出してくると廊下の板の上で滑り派手な音を立てて転がった。権左は転んだ男の背に同田貫を叩き込んだ。断末魔の悲鳴と共に薄暗い廊下にどす黒い血がじわじわと広がっていく。身体を仰向けにして顔を見ると弟の与五郎である。まだ息はあった。逃げずに良く戦ったと褒めてやりながら止めを刺す。そのとき背後に人の気配がした。振り向くと抜き身を手にした男が立っていた。男は無言で庭に誘った。おそらくこの男が間崎なのだろうと思い後をついて行く。広い庭であった。既に屋外は月の光が降り注いで建屋の中よりも明るく、冷え冷えとした外気が権左の身体を包み込むように忍び寄ってくる。

「おぬしが間崎か。数馬を斬ったのはおぬしであろう」

男はその問いに答えることはなく、代わりにその体勢のまま放胆《ほうたん》な動きで間合いに入ってくると、問答無用とばかり殴りつけるような一撃がきた。襲い来る白刃を手にしていた同田貫で受けると権左は素早い動きでそのまま刀身を投げていた。考えていた行動ではなく一瞬にして身体が反応したのだった。当然のように男はその刀を受けたのだがそこに僅かな隙が生じた。その瞬間、権左は腰に佩く二尺三寸三分の郷則重に反りを打つと勢い引き抜き、男の首筋から胸の辺りまで深々と斬り下ろしていたのである。身体から噴水のように噴き上げる鮮血と共に、声にならぬあえぎが辺りを支配する。男はそのあと仰向けに木偶《でく》の棒のように倒れていき庭地を揺らした。権左は放り投げた同田貫のことも忘れて手にした血刀を月の光に翳していた。

郷則重……凄まじい斬れ味であった。たとえこれが贋作だとしても出来栄えは真物を凌《しの》ぐのではあるまいか。暫く惚けたように刃紋を見ていたが気配を感じて落ち縁に視線を移す。そこに立っていたのは夕刻、下城のおりに主人の藤十郎に同道していた男のようだった。こやつがそうかと権左は声に出さず腹の中で呟いた。

「間崎とか言うのはおぬしのことか……」

「そうだ。朝比奈家家臣、間崎陣内《まざきじんない》……貴公は……?」

「名乗るほどの者ではないが、それがし、直参旗本門倉権左……冷や飯食いの厄介者よ。ここに斬り捨てた男にも言ったばかりだが……おぬし、佐竹数馬という若者を知っておるであろう。彼の男を斬ったのはおぬしか」

「そうだ。それがし、朝比奈の家に仕える身となれば指図に拒むことあいならぬ」

「うむ……では、立ち合ってもらおうか」

権左の言葉と同時に間崎は立っていた落ち縁から足袋跣《たびはだし》のまま庭に降りると、正眼の構えから直ぐに脇がまえにもっていった。僅かに落とした腰は微動だにせず、軽く開いた足は地に吸い付いたように安定しており、一瞬の迷いや躊躇いも命取りとなるやもしれなかった。どうやら今まで渡り合ってきた者たちとは違い、猛之進に匹敵するような鮮やかな剣の使い手であるようだ。尋常な手並みではひと太刀もとどく相手ではない。数馬のような並みの使い手では稚児同然《ちごどうぜん》、手も無く斬られたに違いあるまい。

権左は地中に根の生えたように動かなくなった間崎の誘いに乗ってやろうではないかと思った。手の中にぴたりと納まっている郷則重が、何故か不思議に思えるほど権左に自信を与えていた。どれほどの使い手かは知らないが、目の前に立ちはだかる男に斬られるとは思えなくなっていたのだ。名刀だとはいえ本来はこうして闘争に使う武器である。刀掛けに飾られている代物なのではない。古刀は人の血を吸って生気を取り戻しているように権左には感じられるのだった。二人の間にはまだ二間ほどの空間があった。権左は躊躇い無く間合いの中に足を踏み入れた。その途端、脇構えから烈風のごとく横殴りの剣が襲い掛かってきた。飛び下がる余裕もなく刀の棟で受けると、鋼が削られ鉄粉が舞い闇の中で火花が散った。焦臭いにおいが鼻をつく。再びその勢いのまま間崎の強烈な打ち込みが、畳み掛けるように襲い掛かってくる。面、胴、籠手と打ち込みは続いたが権左はなんとか攻撃を凌ぎ切った。今度はこちらの番である。反撃に転じようと上段に振りかぶった刀を間崎の顔面に叩きつける。奇妙なことに間崎は権左の刀を受け切れず、刃の半分ほどが青々とした月代《さかやき》に食い込んだのである。間崎は目を瞑っていた。どうやら打ち合った際に刀身同士が噛み合い、己の欠けた刀の鉄粉が目に入ったようだった。鋼同士の打ち合いでは時としてこのようなことが起こるのだ。実戦になると一々気にしてはいられないが、物打ち所で打ち合うのは刃毀れをおこすので気をつけなければならない。権左は一歩後ろに下がると、がら空きになった間崎の胴めがけ横薙《よこな》ぎに郷則重を叩き込んだ。勝負は時の運という。どれほどの使い手であろうと運が味方せねば、このようなことで命を落とすことになるのだ。改めて則重を見ると僅かな刃毀れもなかった。権左は血の油が浮いた刀身を懐紙で拭うと庭地に落ちている同田貫を拾い藤十郎の姿を求めて屋敷の中を探した。

手には同田貫を握り腰に佩く郷則重を今は刀の下げ緒で背に背負っている。屋敷は広いが夜はまだ長い。門外に逃げることは絶対に有り得ない。藤十郎の居場所はわかっていた。並外れた収集癖をみせる藤十郎があれほどの宝物を置いて逃げるわけはないのだ。先ほどの刀が収納された部屋に行ってみると予想したとおり藤十郎はそこに居たのである。何らかの覚悟は決めたようで血の気の失せた蒼白な顔をしていた。

「先ほど耳にしたが……貴公、門倉と申したな。確か……小普請組に門倉修一郎という者がいたな」

「そうだ。その末弟で門倉権左……」

「そうか。それがしの弟は貴公に斬られた。もうそれくらいでよかろう。それとも身共も斬る気か」

「ふむ……いや……そうだな。止めておくか。このうえおぬしを斬ったところで仕方があるまい」

「それならばひとつ話しておくことがある。その郷則重のことだ」

「ほう、聞こうではないか」

「おぬしの持っている太刀が則重の贋作であることは貴公も承知しておろう」

「何をもうすか。と言いたいところだが……ふむ、正直な所を言えばそれがしにしても疑いはあるのだ。そうだとすればおぬし、数馬を斬ってまで手に入れようとしたのはなぜだ」

「貴公、茎先の佩表を見てはいないのか。そこにある銘には正宗の名が記されておるのだ」

「なんと……正宗だと……ではこの太刀を鍛えたのは正宗だともうすのか」

刀工が正宗だったと言われ権左は驚いたのだが、見立てを頼んだ奥州屋卯左衛門は当然のように佩表を見たはずである。それを知っていて権左には何も言わず黙っていたのだ。

卯左衛門の奴め……何を企んでおるのだ。

「そのとおりだ。正宗は則重とは同門だ。なぜ正宗が則重を真似てこの太刀を打ったのかは今となっては分からぬが、これが世に出てはわれら蒐集する者としては拙《まず》いのだ。それにこのような贋作は身共のような者が持っていればこそ価値は一段と上がるというものであろう」

「そうかもしれぬがこれは貴公には渡せぬ。それがしに収集癖などないがある御仁がこれを欲しがっておるのだ」

内輪の軋轢《あつれき》に見せかけて処理するのが最善であると伯父の孫佐衛門に言われていたが、権左はここにきて急に斬る気が失せたのだった。この藤十郎という男も弟を斬り殺され家臣二人を失ったのである。

「藤十郎殿……この後始末はどう取り計らうのだ。目付が出てきたらなんとする」

「心配無用だ。弟の与五郎は病死として届け出る。貴公に斬られた家臣は何とでもなろう。目付が出てくることはまずないと思うが……目付には鼻薬を利かせてあるのだ」

「そうか。ま、このことが幕閣の耳にでも入ればどのような沙汰が下るかわからぬからな」

権左は同田貫を鞘に納めるとその場を立ち去ろうと背中を見せた。

その時であった。背後から藤十郎の剣が襲いかかってきたのだ。斬る気は失せていたが剣客としての用心は怠らなかった。気配を感じた権左は振り向きざま、藤十郎の身体に同田貫を打ち込んでいた。


「伯父上、これがその郷則重でござる」

孫佐衛門は太刀を受け取ると興味深そうに鞘から引き抜き白刃に目を這わせる。

「ふむ、わしの節穴のような目にもこの太刀の凄さはわかるぞ。よう斬れそうだな」

伯父の言葉を受け権左は一応否定はしておいた。

「この太刀で人は斬り申さぬ。お上に献上する大事な刀ですからな、伯父上」

「痴《し》れ言《ごと》を申すでない、権左。常日ごろ刀など抜いたこともないこのわしでさえ刀身を見れば斬れ味を試してみたくなるぞ」

孫佐衛門は立ち上がると落ち縁にまで歩いて行き、午後の日差しに剣を翳しながら一振りしてみる。

「いえ、空言などはもうしませぬ。この間伯父上から頂戴した肥後の同田貫ですが拵え屋の主人はこちらの方に強い関心を示しましたぞ」

「それはそうであろう。その刀は我が臼井の家に伝わる名刀で宝刀でもあるのだ。戦《いくさ》場《ば》で幾多の戦功をあげたが折れも刃毀れもせなんだ。東照大権現様《とうしょうだいごんげんさま》と共に何度も戦場を行き来した誉《ほま》れ高い刀なのだぞ」

「そうでしょうな、伯父上。刀としての値打ちならば同田貫のほうが上ではござらぬか」

「そうかもしれぬが……上様はこの則重を所望しておられるからのう」

「それはそうと、あの四人の者たちのことですが……」

「おお……あの者たちは我が屋敷で召抱えるから心配いたすな。話に聞くとあの男たちも朝比奈の家には辟易していたようだぞ。おまえが乗り込んできてくれて大きに助かったと言っておる。家臣は主人を選べぬからのう。それから藤十郎の乱心だが弟を道連れにして最期に己の腹を掻《か》っ捌《さば》いたというではないか」

「大目付はそのように見立てておるのでございますな」

「どうやらわしとおまえの目論見どおり首尾よくことは運んだようだな。ところで権左、藤十郎が収集した刀剣だが則重の他に持ち出したものはないのか」

「はい、後の処理に追われてそこまで考えることができませんでした。いや、まことに惜しいことをしました」

権左は悔しがってみせたが、盗っ人の真似はしたくないというのが本当のところであった。

「そうか。それは残念であったな。朝比奈の家禄の召し上げは御上を喜ばせるだけでわしたちが得るものはあまりなかったの」

そう言葉にする孫佐衛門の様子がどこか妙だと気付いたのは、いつもの覇気が感じられなかったからだ。

「伯父上……お城で何かあったのではないですか」

「その方には話し難いが……そのお上だが……どうやら身を引く気でおるようなのだ」

「え、なんと……、今なんともうされました」

「家重様は将軍職をお譲りになられるようだ」

「伯父上、それはどう言うことでござる。家重様はまだそのような御歳《おんとし》ではござるまい。何があったのです」

驚いた権左は動揺を隠せず孫佐衛門に詰め寄った。

「まてまて、権左。わしもいろいろと手は打っておるのだ。お上が退かれる前にあの話はしようと思っておる」

権左はがっくりと肩を落とした。孫佐衛門がこの話を耳にしたということは、おそらくはもう覆《くつがえ》るものではないということだ。それは弘前藩津軽家が仮り知行している羽州の藩に権左が入り込む余地などなく、奥羽の大名となる話は夢物語に終わったということだった。

「家重様も幼い頃からお身体があまり丈夫ではない。近頃では側用人の大岡殿に頼りきりであったからのう」

家重は父親の八代将軍吉宗から将軍職を継いだが、生来虚弱なうえ人前に出るのを嫌い、話すことができたのは側用人の大岡忠光にだけだと言われている。宝暦十年、その年に家重は嫡子の家治に家督を譲ったのである。

真贋

その日の夕刻のことであった。身形も立派な一人の武家が拵え屋奥州屋の腰高障《こしだかしょう》子《じ》を開けた。

「これはこれは高藤様……お待ち申しておりました」

「我が家に家宝として代々伝わってきた太刀のことであるからな。来ぬというわけにもいくまい。早速見せてもらおうかの」

この男——幕府御側衆、高藤《たかとう》備《び》前守《ぜんのかみ》是清《これきよ》である。

「これでございます」

奥座敷に通された備前守は、奥州屋卯左衛門の前に置かれた刀を手に徐に引き抜くと、行灯の明かりに鈍く光る刀身をじっと凝視した。

「ふむ、これは……」

「そうでございましょうとも。高藤様とはいえ、簡単には見分けがつかないのではないでしょうか」

「卯左衛門……このようなもの、どこから手に入れてまいったのだ」

言葉には咎め立てするような含みがあった。

「お気に召さないことは重々承知しておりますが、実はこれがもう一振りございますので」

「なんだと、これの他にまだ一振りあると申すのか」

「はい、この刀が真物ではないとお見抜きになられたのは流石でございますが、もう一度じっくりとごらんになって下さいまし……妙な言い方ではございますが、刀の出来栄えは郷則重よりも則重らしいと、そうはお思いになりませんか」

備前守は言われて棟の辺りに視線を注いだ。

「そなたが言うほどとは思えぬが、確かに出来栄えは良い。一見しただけでは見分けはつかぬが……反りが違うな、反りが……」

「そこのところにお気づきでございましたか。やはり、則重を手元にお持ちであるだけのことはございますな」

「これを鍛えた刀工は則重の弟子か」

「わたくしも調べてみたのですが……則重は相州鍛冶の流れを汲む正宗と同門でございます。この刀身をよく見ますと、地肌は正宗に近いものであることがおわかりでしょうか。これはあくまでもわたくしの想像でございますが、正宗自身が則重を真似て打ったものではないかと……」

「正宗が……？」

「則重と正宗、二人の間には確執があったともいわれております。興味深いのはでございます。この二振りの太刀の佩表には片方に則重、もう一振りには正宗の銘が刻まれていることです」

それを聞いた備前守の目遣いに、収集家の食い意地を突き動かされたようなものが露れた。

「どこにあるのだ。そのもう一振りの太刀というのは……」

「お旗本同士でございますから存じておられるかもしれませんが……小普請組の門倉様、今は御長男の修一郎様がお家の跡を継いでおられます。その門倉様の御三男の権左様というお方がお持ちになっております」

「厄介者の三男にそのような刀が、よう手に入ったものよのう。して……その太刀はおぬしの手には入るであろうの」

備前守はそう言葉にしてからふと思い出したように、待てよと眉間に皺を寄せた。

「小普請組の門倉と言えば奏者番の臼井殿とは浅からぬ縁であろう」

「はい、臼井様は権左様の伯父御にあたるお人でございます」

「部屋住みの三男とはいえ、そのような男から手に入れることができるのか」

「少し手は掛かると思いますが、備前守様のご要望とあれば何とかいたしとうございます」

卯左衛門は勿体をつけた言い方をした。

「ふむ、金か……いかほどになると申すのだ」

「さて、先方様にはまだお話もしておりませんので……」

卯左衛門は商人らしい素振りで少し間を置くと、備前守の元来の欲心に訴えるような物言いをした。

「高藤様が持つ郷則重と正宗が鍛えた二振りが揃えば、その価値は途方もないものになりましょう。いえいえ、お金に換算しているだけではございません。これは、ここだけの話としてお聞きください。この二振りの太刀が手に入りましたなら、わたくしを入れ江戸市中の主立った目利きたちの折り紙つきになるのは間違いございません」

備前守の顔に訝しげな表情が浮かび上がり卯左衛門を見る目を細めた。

「ふむ……ひとつ聞くが……その方が所持しているこの一振りはどこから手に入れたものなのだ」

「詳しくはお話いたしかねますが……ここにある一振りはある外様のお武家様がお亡くなりになり寡婦《かふ》となった奥方様から手に入れたものでございます」

この一振りというのは猛之進の妻である瑞江が手にしていたものである。

「ほほう、それは興味深い話ではないか。奥州屋、その話聞かずばなるまいな」

卯左衛門はうまく話に乗ってきたと腹の中で舌を出していた。備前守の好色は城中でも知る人ぞ知るである。

「でございますから、今お断りいたしましたようにわたくしの口から話すのは……」

「そこまで聞いたからにはこのまま帰るというわけにはいかぬぞ、卯左衛門」

「はいはい、わかっております。ですが、高藤様が思《おぼ》し召《め》しになられるほどおもしろい話ではございませんのですよ」

卯左衛門は思わせ振りな態度をみせると意味ありげな笑みを浮かべた。

「奥州屋、良いから勿体ぶらずに早よう申せ」

「わかりました。つい口が滑りましたが致しかたございません。お話しいたしましょう」

瑞江の素性など知らない卯左衛門は、頭の中で作り上げてきた物語を語ってみせた。ところが後から気付いたのだが意外なことに、その作り話は仇討ち話は除いてそれほどかけ離れたものとはならなかったのである。

「すると、その寡婦……いや、女子というのは江戸に出てきておるのだな」

「はい、今は相生町の仕舞屋にお一人でお暮らしになっておられます」

卯左衛門はついでに、お綺麗な方でございますと余計なことを付け加えた。

「のう、奥州屋……その寡婦となった女子にわしが会うというわけにはまいらぬかの」

卯左衛門の顔に浮かぶ商人の薄笑いが蔑みの目で見ているとは、備前守は気付こうともしなかった。

「それはどうでございましょう。あちら様が不審に思われるのではございませんか」

「そこを……それ、おぬしなら何とでもなるであろう。それにだ。この江戸で女子の一人暮らしというのも何かと大変であろう。わしの屋敷で面倒をみても良いぞ」

この好色漢はもうその気でいるようだった。

「名は何と申すのだ」

「たしか……谷口瑞江様と仰られたかと……」

「そうか。では頼んだぞ、卯左衛門。その代わり刀はわしが買い取ろう。いくらだ」

「百五十両ではどうでございましょう」

先方には未だ話してはいないというわりには、取引の話だけが勝手に進むというのも妙な具合ではある。

「ほう、すると一振り七十五両というわけだな」

「備前守様、ご冗談を仰られてはこまります。正宗の銘が入った則重でございますよ」

「分かった、分かった。ふうむ、すると二振りで三百両か。吹っ掛けるのう、奥州屋」

備前守は渋い顔で暫く考えていたが好色を地でいくように、寡婦である瑞江の話が頭を離れないようだった。

「よし、まあ良いであろう。そのかわりに今の話はくれぐれも良しなに頼んだぞ」

「わかりました。お殿様の意に添いますよう、この奥州屋卯左衛門尽力いたしますので」

卯左衛門は畳に頭がつかんばかりに平身低頭していたが、その顔には安堵の笑みが浮かんでいた。だが、瑞江が女ながらにして、鳳鳴流小太刀目録皆伝の腕前であることを卯左衛門は知る由もなかった。

権左は中途半端に閉めた雨戸の隙間から入り込んで来る、冷気と喉の渇きに眠気を妨げられしぶしぶ布団から半身を起こした。この時節、春とはいえ風は未だ冷たく朝夕になると身震いするような冷え込みをみせるときがある。

喉の渇きには我慢できず無理やり立ち上がると、台所に行き水瓶から柄杓で水をがぶがぶと喉の奥に送り込んだ。昨夜は少々飲みすぎたようだ。猛之進がいなくなってからは一人で飲むときが多く、深酒になるのは時折ひょっこり顔を覗かせる物寂しさを紛らわせているからだった。近頃ではその頻度が多くなってきているようにもみえる。それに見続けてきた夢も絶たれ酷く気落ちしている所為でもあるのだ。

伯父の孫佐衛門の凋落《ちょうらく》も目に余るものがあった。家重が将軍職を退いてから奏者番の座を追われ隠遁《いんとん》した暮らしをしていたが、このところ権左が訪ねても過ぎた昔の話ばかりするようになり、用人の話では偶に前後不覚に陥ることもあるようだった。

水を腹に入れたら急に空腹を覚えた。米櫃を覗いてみたが底の方にひとつまみの米が残っているだけであった。外にでも食べに行こうかと思ったときである。玄関口に訪いを入れる声がした。

「旦那、起きていらっしゃいますか」

お香の声である。あれからお香とは兄妹のような遠慮のない付き合いになっている。

「おい、訪ねてくる度にわしがいつでも寝ていると思ったら大間違いだぞ。……とは言うものの腹が減って動けぬ。お香……おまえは朝飯は食ったのか。まだであるならどうだ一緒にその辺で……」

「門倉の旦那……いま何刻だと思っているんですか。桃林寺の四つの鐘は先ほどとっくに鳴りましたよ」

お香はそう言ってから何か心積もりでもあるのか急に白い歯を見せた。

「じつは旦那のことだからとそう思って……これ持ってきたんですよ」

お香は後ろ手に隠していたものを権左の目の前に出した。

「おお、重箱ではないか。やはり持つべきは女子の知り合いよのう」

権左は、まあ勝手に上がれと言うと、台所から湯飲みを二つ持ってきて火鉢の傍に座り、五徳の上で湯気を上げている鉄瓶から湯飲みに湯を注ごうとする。

「良いから、旦那……あたしがやりますから重箱を開けてみなさいな」

言われたとおり蓋を開けて見ると片方には握り飯、もう片方には驚いたことに焼いた鰻が入っていた。

「おい、これは大した物ではないか。鰻か……どこで手に入れたのだ」

「近頃お江戸では屋台で蒲焼なるものを売り出しているでしょう。近所のおじさんが捕ってきてあたしに開いたものをくれたもんですから、みりんと醤油を付けて焼いてみたんですよ。あたしが焼いたものですから味は請け合いませんけどね」

「ではご相伴にあずかるといたそうではないか」

権左は箸を入れると鰻を口に持っていった。

「……！」

「どうです、旦那。いけますか」

「美味い……おい、お香。これは商いになるぞ」

「本当ですか。じゃ……旦那が鰻を捕ってきて浅草寺の門前で二人で辻売りでもしましょうかね」

「おお、それは良い考えかもしれぬぞ」

戯言を口にしながら権左は鰻を食べ終え、湯飲みの白湯で口を濯ぐと人心地ついたように大きな息を吐いた。

「ところでお香……今日はわしに何か話があって来たのであろう」

「いやですよ、旦那。お気づきだったんですか。ええ、旦那の方からそう仰っていただけるとあたしもお話がしやすいというものですよ」

お香は悪びれずにそう口にしたあと、真顔になって居住まいを正した。

「気分を壊さないで聞いてくださいな、門倉様。じつは……猛之進様の奥方様のことなんですよ」

「ん……瑞江殿がどうかしたのか」

権左が不機嫌そうな声を出したのは、瑞江は猛之進の妻であった女だとはいえ、朋友の猛之進を斬り殺した女でもあるのだ。権左としてはあまり話題には上らせたくないのは当然であった。

「今は江戸に出てきて、お一人で相生にお住まいになっておられるのは知っていますよね」

「うむ、それがどうかしたのか」

「旦那に一度お目にかかりたいと言ってきたんですよ」

「それがしに……か……」

「ええ……どうしますか。お会いになりますか。実を言うとそこまで来ているんですよ」

「な、なんだ。連れて来ているともうすのか」

権左は驚いて持っていた湯飲みを落としそうになった。

「木戸の近くに旦那がよく行く玉屋というお蕎麦屋さんがあるでしょ。そのお蕎麦屋さんの二階で待っているんですよ」

「……」

「ねえ、旦那。会ってやってくれませんか。話だけでも聞いてやってくださいましな」

「ふむ、おまえも真っ正直に輪を掛けたようなお人好しだな。瑞江殿は猛之進を斬った女子ではないか。おまえのお腹にいるやや子の父御をあの世に送った女子ぞ」

「ええ、わかっています。ですが、あのお方を見ていると、このまま黙って見過ごせない気持ちになるんですよ」

お香の口振りから、引き下がる様子はないと見た権左は溜息のような大きな息を吐いた。

「わかった。おまえがそこまで言うのであれば会おう。どちらにしても瑞江殿の話というのは頼み事としか思えぬ。それがし、それを聞くかどうかはわからぬぞ」

「ええ……承知してますよ。でも門倉の旦那もあたしに負けず劣らずお人好しですこと」

お香は衣桁《いこう》に掛けてあった羽織りに袖を通す権左を見て、安心したように優しげな顔に悪戯っぽい笑みを浮かべるのだった。

瑞江

戸を開け店の中に入る権左に気付いた蕎麦屋のおやじが、海坊主のような巨体を板場から出して意味ありげに目を瞬かせ二階を指さした。狭い階段を上がり二階の障子戸を開ける。そこにはいかにも武家の女子らしい凛《りん》として端座する瑞江がいた。待たせましたかなと言いながらその前に座ると瑞江は両手をつき深々と頭を下げた。

「門倉様にはこれ以上のご迷惑はおかけできないと思っておりましたが、このように三度《みたび》お目に掛かるのは私事ではありますが思い悩んだ末とお察しくださりませ」

「ふむ、そう思うのであれば此度で最後としてもらいたいものだが、今日はそなたの話を聞くために罷り越したゆえ先ずはその話とやらを聞こうではないか」

権左はそう言った後、はたと思い出したように瑞江の顔を見詰めた。

「そう言えば、瑞江殿に渡した郷則重。このようなことを訊くのは躊躇いがござるが……奥州屋はいかほどで引き取ったのです」

「はい、三十両で買い取っていただきました。それがなにか……」

「ふむ、卯左衛門め……足元を見おったな」

「いえ、わたくしとすれば充分な金子でございます。ただ今お借りしている仕舞屋も奥州屋卯左衛門殿がお世話をしてくれたのです。それも二年の間は店賃は取らないと申しております」

仕舞屋の店賃を只にするだと……刀に正宗と銘があったことを権左に明かさなかったこともそうだが……奥州屋め、何やら魂胆があるな。権左は胸中に湧いた疑念を隅に押しやる。

「ま、良いでしょう。それで……それがしに話というのはどのようなことですかな」

「はい、門倉様はお旗本でございます。同じお旗本同士、高藤備前守是清様というお人を知っておられますか」

「顔見知りというわけではないが、勿論名前は聞いたことがある。その男が何か……?」

「わたくしの実家ですが……再興が叶わなかったことは既に聞き及んでおられると思います。その高藤備前守というお人が容喙《ようかい》なされたとお聞きしました」

「備前守がそなたの家の再興を阻《はば》んだと申されるのか」

「はい、その理由《わけ》をお調べになることはできませんでしょうか。外様の吹けば飛ぶような小藩の家臣の再興に、なぜ幕府要人の横槍が入ったのかそこのところを知りたいのです」

「知ってどうなさろうというのです」

「隠さずはっきりと申し上げます。そのわけいかんでは親の仇を討ちたいと思っております」

「親の仇……？　……それがし、そなたのお父上のことは病死と耳にしましたが……」

瑞江の実情は既にお香から訊いて知っていたが権左は素知らぬ顔をしていた。

「父は失意の中で自裁いたしました」

「御母堂《ごぼどう》はどうなされた」

「母は父の後を追いましてございます」

「それはまた殊勝な……すると、瑞江殿は天涯孤独の身の上になられたわけでござるか」

「はい……お手を煩わすことになりましょうが……お頼みできますでしょうか」

「ふむ、本来ならば朋輩の猛之進を斬った女子の頼みなど聞く耳持たぬ……といったところではあろうが、瑞江殿に会う気になったというのは、それがし端からそのつもりでここに参ったのだ」

「えっ、それは真でございますか」

「うむ、……ひとつにはお香がそなたに肩入れしているということもしかり……それに、何故かわからぬが、猛之進も三途の川向こうでそう思っているような気がしてならんのです」

「……？」

「のう、瑞江殿。こうは思われぬか。猛之進としては端からそなたに斬られるつもりでいたとわしは考えておる。あの当時、猛之進は闘争に明け暮れ負け知らずであった。背後からとはいえ太一郎の刃など稚児に等しいものだ。国元に居るときよりも猛之進の剣技はそれほど冴えわたっていたということを知っておいて、いや、覚えておいてもらいたいのだ」

　瑞江は権左の言葉を受け入れがたいと思っているようだったが、それは仕方がないことであった。そう思わなければ瑞江にとってあの立ち合いは仇討ちとして成り立たないものになってしまうのだ。そこのところは権左にもよくわかっていた。唯、権左としてはこれから先、瑞江がそのことを知らずに生きていってもらいたくはなかったのである。

「いや、よけいなことを申したかもしれぬが、そなたの頼み事を受け入れようというのだからそれがしの話も聞いておいてもらいたいのだ」

「ええ、それは重々承知しております。ただ、わたくしの夫であった猛之進殿も国元ではあまり好まれたお人ではなかったのでそのように仰られても素直に聞くことができないのです。ですが、お香さんや門倉様のお話を聞いていると、一概に打ち消すことばかりではないように思えてきました。少し刻をいただきとうございます。そうすればもう一度考えてみることができるのではと……」

「うむ、そうであろうな。そなたの言うことも尤もなことだ。分かり申した。この話はこのくらいにしておこう」

「それから……父の勘十郎ですが若かりし頃、藩から二年ほどの江戸詰めを仰せ付かっております」

「そのころに何かあったのではないかというのだな。そうですな、伯父御ならば当時のことには詳しいであろう。訊いてはみるが……ま、そうは言っても随分と古い話だからのう。あまり期待せぬほうがよいかもしれぬ」

「ご無理をお願いもうしあげます」

もう一度深々と頭を下げる瑞江を残して権左は座を外すと、階段を降り客が音を立てて蕎麦をすすり込むのを尻目に外に出た。

空を見上げると日はまだ高く、このまま伯父の屋敷を訪ねようとも帰りが暗くなることはあるまいと思い歩き始めた。

高藤備前守といえば、たしか今は御側衆に就いているようだ。伯父の孫佐衛門に訊けばどのような人物かが分かるであろう。しかし、伯父の屋敷が近づくにつれ権左の足が次第に重くなった。伯父が役職を退いて気落ちしていると思うと顔を出すのも憂鬱な気分になるのだ。

そう思っているうちに臼井家の築地塀が見えてきた。勝手知ったる屋敷の表の切戸から入り玄関口で訪いを入れると、家臣であろう人物が出てきた。あろうというのは覚えがない男だったからだが、向こうは権左を見知っていたようで両の目を大きく見開いて出迎えたのである。

「おぬし、拙者を見知っておるようだが、どこぞで会ったことがあろうかの」

「はっ……少し前までは朝比奈家の家臣でありました杉浦市兵衛です。貴公の取り計らいで今は臼井孫佐衛門様の家臣となり努力を惜しまず仕えております。あの節はご無礼つかまつりました」

言われて権左は思い出し、つい物腰や言葉が砕けたものとなった。

「おお、おぬしか……他の三人も孜々《しし》として勤めておるのか」

「いや、家臣となれたのはそれがし一人にござる。殿様の面体確かめのようなものがありまして、あとの三人は仕官できなかったようです」

「何と……伯父御め……役職を追われ算用高くなりおったな」

権左がそう言った途端、背後で大きな声がした。

「おい、権左……聞こえたぞ。算用高くなっただと……奏者番を辞して禄を削られたのだぞ。吝《しわ》くもなろうというものじゃ。それよりもおまえはいつになったらわしの跡を継ぐ気でおるのだ」

「もう少し刻をくれませぬか。この家に入らぬと言っているわけではありませぬぞ」

「権左……おまえ、わしが幕閣を追われたので嫌になったのではあるまいの。痩せても枯れても権現様《ごんげんさま》の代から我が家は天下の旗本ぞ」

「わかっております、伯父上。刻がきたら返事をいたしますゆえ」

「何が刻じゃ。うむ……まあ、良かろう。それで、今日は何用で参ったのだ」

孫佐衛門は暇を持て余していたのであろう。老人の繰言を言いながらでも権左の訪問を心底喜んでいるようだった。

「伯父上に少々訪ねたきことがありまして罷り越したのでござる」

孫佐衛門は奥座敷に来いというように顎をしゃくると、たった今気がついたとでもいうように傍に居た市兵衛を見て、おときに酒を持ってくるようにいえと言った。

新しく雇い入れたと思われるおときという女子が、徳利と肴を置いて部屋から出て行くのを目で追ってから権左は孫佐衛門に視線を戻した。

「伯父上、言っておきますが今日は酒を飲みに来たのではありませんぞ」

「ま、そう言うな。折角おまえという相手ができたのだから今日はわしに付き合え。それよりも今の女子はどうだ」

「伯父上もまだそちらの方は意気盛んでござるか」

「馬鹿者……男という生き物は終生それがなければ終わりよ。ま、手酌で勝手にやれ」

飲みに来たのではないと言ったが、目の前に酒があるとつい手が出てしまうのだ。

「伯父上……高藤備前守という男を知っておりますな」

「うむ、知っておる。その男がどうしたというのだ。備前守というと……役職はたしか御側衆であったかの」

「そのようにござる。数十年も前になりますが……その高藤が江戸詰めの外様の家臣とひと悶着《もんちゃく》起こしたようなことがありましたでしょうや？」

「おお、覚えておるぞ。たしかそのようなことがあったな」

「え、それは本当でござるか」

意外に早く手応えがあり権左は驚いていた。

「何やら揉め事があったのはあの男の兄の形部の方だな。詳しくは知らんが相手は武州の藩士であったことだけは覚えておる。当時、わしは父親の跡を継いで城に上がったばかりで城内のことはまったく分からず右往左往しておった」

「その形部と藩士との間でいったい何があったのです」

「たしか……酒の上でのいざこざがあったのではなかったかな。それで片方が腹を切った。もっと詳しく知りたいのなら目付にでも訊いてやろうかの」

「目付の誰です」

「おまえも知っておろう。ほれ、羽織り勤めから目付に昇った……おまえの……門倉の屋敷の隣に住んでいる稲垣だ」

孫佐衛門は膳に目を移すと盃に注いだ酒をぐいと一息に飲み干した。

「稲垣重五郎殿ですな。そうですか。重五郎殿は今は目付を……」

「あれは謹厳実直《きんげんじっちょく》な男だ。お調べの取調べ控書《ひかえしょ》は昔のことであろうとも頭の中に全部入っているであろう」

「重五郎殿ならばよく知っております。伯父上の手を煩わせなくともそれがし自分で訊こうと思いますが……」

「そうか。ではそうしてくれ」

孫佐衛門の言葉が終わるか終わらぬうちに権左はいきなりその場で立ち上がった。

「では伯父上、後はお一人でやってくだされ」

「おい、今から屋敷に行ってもまだ下城してはおらぬぞ」

「その前に少し寄るところがありますゆえ、これにて御免こうむります」

「何だ、つれないではないか。わし一人で飲めと申すのか」

孫佐衛門は咎めるように渋面をつくった。

「おときがおるではないですか。また、近いうちに顔をだします。今日は女子《おなご》の酌で飲んでくだされ」

襖越しに聞こえよがしに文句を並び立てる年寄りの声を背に、権左は孫佐衛門の屋敷を後にした。

外に出ると日は西に傾いており、思っていたよりも伯父と過ごした時間が長かったようである。稲垣重五郎の屋敷を訪ねるとなると、自分の生まれ育った家を無視するというわけにもいくまいと権左は思った。門倉の家に顔を出そうという気持ちになったのは久し振りであった。今なら兄の修一郎はまだ江戸城内の勤めから戻ってはいないだろう。父は既に五年前に他界している。年老いた母の顔もあまり見たいとはおもわなかった。と言うより向こうも妾腹の子として育った権左とはあまり会いたくはないであろう。ただ、乳母でもある下女のきえや老僕の作蔵の顔は、八年という歳月を経てどのように変わったか見てみたいと思った。この二人には前髪を下ろすまでは血を分けた我が子のように可愛がって貰ったのだ。兄が嫁をもらい権左はそれほど日を置かずに家を出たので、嫂の美緒とは二言三言くらいしか言葉を交わしたことはなかった。兄の子供は二人で上の子が八歳、下の子が六歳。二人とも男子《おのこ》だ。

門内に入るのに門前を三度ばかり行ったり来たりした。きえや作蔵が先に出てくれば別だが、母や兄嫁と顔が合ったらどう対処してよいのか分からなかったからだ。

玄関口で訪いを入れたがその顔を見てほっと胸を撫で下ろした。出てきたのは下僕の作蔵であった。作蔵は暫くじっと権左の顔を見詰めていた。やがて、三之助坊っちゃまと唇が動くと、しょぼついた目尻から大粒の涙がぽろぽろと零れ落ちた。

「久しいのう、作蔵……元気そうではないか」

母上はご壮健か……権左がそう言おうとすると作蔵はいきなり奥に引っ込んだ。暫くすると後ろに乳母のきえを従えて出てきた。きえは権左を見るとそのまま裸足で土間に降りてきて権左に抱きついた。それでも流石に武家の奉公人らしく口から漏れたのは呻き声だけで泣き顔は見せなかった。そのとき奥の方から声がした。

「おまえたち、何をしているのです」

その声と共に姿を見せたのは母の志乃であった。

「母上……恙無《つつがな》くご壮健でお暮らしのことと……」

「何が恙無くじゃ……長い間顔も見せずして……」

志乃はそう口にしてから奉公人を見て怒ったように言った。

「おまえたち何をしておるのじゃ。早く濯《すす》ぎ桶《おけ》を持ってこぬか。三之助が家に上がれぬではないか」

母はそれだけ言うとさっさと奥に行ってしまった。きえと作蔵の二人は泣き笑いのような顔を見合わせると急いで勝手口に走って行ったが、庭先の方から嫂の美緒が顔を出した。

両手で水の入った濯ぎ桶を抱えていた。

「権左殿……お久しゅうございます。母上様の声が聞こえてきたので……ささ、足を濯いでお上がりなさいませ」

これは何やら勝手が違うではないか。それとも、思っていたより母や嫂は自分のことを心配してくれていたのだろうか。なんとも奇異な感じがした。

奥座敷に上がると母の志乃と嫂の美緒が待っていた。揺らぎもしない二人の姿には武家の鑑《かがみ》とも言うべき凛《りん》としたものが周りに漂い、まるでその場にだけ清爽《せいそう》の気が漂っているかのようであった。

「三之助……いや、権左殿でしたな。三男ともなると家が遠くなるのはやむを得ぬようですが、わたしどもはそなたを蔑《ないがし》ろにしているわけではないのですよ。今はどのように暮らしているのです。方便《たつき》はたっているのですか」

志乃の言葉は権左には言い訳がましく聞こえたが、長い無沙汰の中での遣り取りでもあり言葉は素直に受け取ることにした。

「はい、暮らしの方は道場で師範代をしておりますのでなんとか」

「師範代と言うと剣を教えているのですか。そうそう、そう言えばそなたは幼少のころから剣は得意でありましたからな。それでも、いつまでもそのような暮らしをしているというわけにもまいりますまい。どこかにそなたを養子に迎えてくれるところがないか修一郎殿にも探してもらっていますからね。……そなた、幾つになりました」

「わたしですか……今年で二十と五つ……です」

本当はもう少し歳をとっているのだが、これでは正直に言えば母が腰を抜かすかも知れなかった。

「それではうかとはしておれませぬな、権左殿……。修一郎殿に急ぐように言いましょう」

「は……母上、実を申しますとそれがし……」

伯父の家の跡目を継ぐことになっていると言おうとして、権左は慌てて言葉を飲み込んだ。この門倉の家……特に母親の志乃と伯父の孫佐衛門とは犬猿の仲であることを思い出していたからだ。

「なんじゃ……わらわが探さずともどこかに養子の口でもありましたか」

「いえ、それがし……切に心当てにしておりますぞ」

ここは何とか逃げるに越したことは無かった。二人の会話を聞いている嫂も時折笑みを浮かべ手の甲を口許に運んでいる。折角それなりに程良い雰囲気になっているのを態々壊すこともないだろうと思った。驚いたことに、志乃の口は今までに権左が見たこともないほど滑らかで、齢を重ね心穏やかになったのかも知れなかった。

修一郎が帰宅するまで待てというのを、こじつけた用事で母親を無理矢理納得させると、権左は帰り際に再び涙を見せる乳母と老僕を振り切って、早々に門倉の家を退散したのである。門外に出て見送るきさえと作蔵に本当は隣の稲垣邸に用があって来たのだとは言えず、一旦築地塀をぐるりと一回りすると塀の角から様子を窺った。

重五郎はまだ帰宅していない気配はない。主人が帰宅していればもう少し屋敷内に動きがあるだろう。権左はそのまま塀に寄りかかって待つことにした。

待つこと四半刻ほど……辺りは少しずつ薄暗くなってきていた。この辺りは敷地の広い侍屋敷で埋められている。屋敷を囲う築地塀がずっと先まで伸びて、まるで水の無い堀の中に居るようである。そのとき、その先の築地塀の角から供を連れた人影が現れた。あれが重五郎であろうと見当をつけ、権左はこちらから歩み寄ることにした。

近づくと薄闇でもわかる厳つい顔と忙しない歩き方は、見知った稲垣重五郎のものに違いなく、いきなり懐かしさと親しみの感情が胸に溢れた。

「もし、稲垣殿でござるな」

声を掛けると目付らしく重五郎は用心深そうに歩みを止め腰を落とし身構えた。鯉口は切らなかったが刀に手を掛けたようである。

「それは止めておいていただきましょうか。それがし、隣の門倉でござる」

「門倉殿か？……お声が違うようだが……？」

「お忘れになりましたか。三男坊の権左でござる、重五郎殿」

「おお、三之助か。あ、いや、権左であったな」

重五郎は権左より年上で一回り近く歳は違うが、何故かこの男とはうまが合い以前は実の兄弟よりも親しく付き合いがあったのである。おそらく、気が合うのは重五郎が婿養子で権左が妾腹の子だということでもあるからだろう。

「久方振りでござるな、重五郎殿」

「そこもとが屋敷を出てから沙汰知れずで気にはなっていたのだ。ま、このようなところではなんだ。中に入られるがよかろう、権左……あ、いや、もうそのように呼び捨てにする歳ではないか……しかし……ちょうど良いところへ来たのう、旨い酒が手に入ったのだ。それがし、明日は非番だ。久し振りに飲み明かそうではないか、権左殿」

重五郎は機嫌が良い。それに無類の酒好きでもある。

玄関口に迎えに出てきた重五郎の奥方は婿養子の妻に違《たが》わぬ気の強い女子であるが、だからといってそれが決して悪い方に偏《かたよ》っているというわけではないのだ。夫である重五郎には献身的に尽くしているのが権左にもわかる。こうした突然の訪問者にも嫌な顔ひとつしないのは心延《こころば》えが良い証であろう。それに目の前に出された膳に並んだ馳走をみても気配りが行き届いているようだった。

「権左殿……お手前はいま何をして暮らしているのだ。それともどこかに養子の口でも見つけたのかな」

膳に乗った魚の身を解《ほぐ》しながら重五郎は心遣いをするが、本音は目の前にある酒の匂いに手繰られ始めていることを権左は承知していた。重五郎にとっての百薬の長に十重二十重と搦《から》め捕《と》られないうちに話を訊きださなくてはならなかった。

「重五郎殿……それがしがこうして訪ねて参ったのには、数十年前に起こったある出来事の詳細を知りたいと思ってのことなのだ」

「ほほう、そのような昔の話を穿《ほじく》り返して何を知りたいともうすのかな。おぬしに関わりでもあることなのか」

「高藤備前守是清という御仁のことなのだが……」

「備前守……ふうむ、一癖も二癖もある御仁だな。よく知っておる。それがどうかしたのかな」

「知りたいのは備前守ではなく、亡くなっている兄の高藤形部の方なのでござる」

「うむ、記憶しておるぞ。その男なら事を仕出かした後それほど時を置かずして腹を切ったのでよく覚えている。わしがまだ目付という職を拝命したばかりの頃であった。お調べをしたのはそれがしではないが、確か酒の上での喧嘩が因だと聞いておる。相手は郷田藩の江戸詰めだった男で……名を……そうそう、谷口勘十郎とか申したな」

「詳細は判明しておるのですか」

重五郎は話をしている間に、当時の事が鮮やかに蘇ってきたようだった。

「喧嘩の因は双方とも頑なに言おうとしなかったので分からぬのだが、場所は久松という名の料亭で抜刀しての斬り合いとなったのだ。拙《まず》いことに斬られたのはかつ乃という芸妓であった。双方が斬り合いに慣れていない所為でとばっちりを受けたようだな」

「それで……なぜ高藤形部殿だけが腹を召されたのでござる。喧嘩両成敗とか申すではござらぬか」

重五郎は少し考え込むように目を閉じたが直ぐに思い出したように頷いた。

「形部殿は咎人《とがにん》となり罪に服したわけではない。目付が詳細を調べている最中に屠腹《とふく》して果てたのだ。谷口の方は藩主が匿《かくま》ってしまい、こちらの手の出しようがなかったからだ」

「それで旗本勢は納得したのですか?」

「いや、するわけがない。これは外部に漏れるとわしが困るのだが……」

「それがしの胸の内に仕舞っておきますゆえ、是非ともお聞かせねがいたい」

「二人はその芸妓を争ったのではないかと上の方は判断したようだ。形部の方はその日のうちに止める間もなく自裁して果ててしまったので聞き取りもしようがなかった。

歳若い旗本たちはいきり立ち、直ぐにでも郷田藩上屋敷に押し寄せる勢いだったようだ。当然のように谷口を渡すよう申し入れたらしい。そこで郷田藩という特異な藩が出番となるのだ」

「特異……な藩でござるか」

「うむ、郷田藩は戦国の世……武田に従属していたことは知っておろう。東照大権現様が武田の軍勢と長篠の戦いで勝利を収めたときに、郷田藩藩主佐久間将監は城を枕に討ち死にの覚悟を決めたのだが、徳川家四天王の一人で本多忠勝様がそれを説き伏せそれ以降、郷田藩は我ら徳川勢の臣下となったことは誰もが知るところであろう。その郷田藩の猛将谷口助三郎が関ヶ原の戦いで大御所様のお命を救ったことはあまり知られておらぬ。その猛将の子孫というのが……」

「そうか、谷口勘十郎でござるか。すると、幕府が何も言えぬことを承知で藩主佐久間将監は家臣谷口勘十郎を匿ったのでござるな。なるほど、腑に落ち申した。しかし、幕閣は血気盛んな若侍たちをどう納得させたのでござるか」

「ふむ、そこは老中……伊達に年老いてはおらぬ。高藤の家があそこにまで昇ったのにはそういったわけがあったということだ」

　話し終えた重五郎の顔がまるで熟した柿のように赤くなっていた。話しながら知らないうちに酒盃を何杯か空けたようである。そろそろ、辞去する頃合いだなと思ったとき重五郎が口を開いた。今日は泊まっていけと言うのだ。帰りたいとはおもってい たが、自分の用だけ済まして帰るというわけにもいかず気持ちの中では疾うに覚悟を 決めていた。重五郎が立ち上がり酒が無いぞと大声で言っている。これでは簡単に寝 かせても貰えないだろうと、半分諦めに似た気持ちが権左の胸に広がっていったの だった。

権左は蕎麦屋の二階に瑞江を前にして座っていた。

「瑞江殿……詳細は……ま、そういったところだ。どうなのだ。それでも敵は討ちた いと申すのか」

瑞江は下唇を噛んでじっと考え込んでいた。権左が訊き直したのはこれで三度目で ある。

話の方向を変えてもう一度訊こうとすると瑞江はやっと顔を上げた。

「正直申しあげます。ええ、父の勘十郎の最期を思うと……やはり無念は晴らしてや りたいと思います」

「のう、瑞江殿……それがし、ずっと考えていたことがあるのだ。それを今からそな たに訊いてみたいとおもうがよいか」

「何でございましょう。貴方様には随分とお世話をおかけしておりますゆえ、お話しできることは何でもお答えしたいとぞんじます。どうぞお訊ねになってください」

「そうか。思うにそなた……わしから郷則重を欲しいと言ってきたときには備前守を討つ気持ちを固めていたのであろう。江戸に住むから刀を売ってそれを糧にしたいとそう申したな。それは仇を討つための口実ではなかったのか」

「……」

「わしはおもうのだが……そなたはまだ若い。これからいくらでもやり直しがきくではないか。確かにそなたには仇討ちというものがついてまわるようだが、それをなんとかこの辺りで断つというわけにはまいらぬのか。まだまだそなたの生きて行く先は長いのだ。武家の世だけが全てではあるまい。市井の民を見よ。武家よりも生き生きとして暮らしているではないか。瑞江殿は女子の幸せを味わおうとは考えぬのか」

権左は話していても穴の空いた鍋釜に水を入れているような空しさを感じていた。糠に釘とはこういうことを指して言うのだろう。だが、説き伏せることはできないにしても、女子の生き方としてはあまりに哀れで口を出さずにはいられなかったのだ。

「酒でも飲みますかな」

言葉が途切れると重苦しい沈黙の時が流れたが、権左が何気なしに言った言葉に意外にも瑞江は応じたのである。

頼んだ酒がくると権左は瑞江の猪口に注いでやる。それから、そのまま手酌で自分の猪口に注ぎ喉の奥に送り込んだ。苦い酒だった。瑞江が帰ると言い出さないのには、まだ権左の手助けが必要だからだ。今度の仇討ちは瑞江一人では到底不可能な事だと云えた。相手の顔も見たことがなく、どこに居住しているのかさえもわからないのである。

権左が黙って酒を呷っていると、これ以上の沈黙には堪えられないと瑞江は思ったのであろうか、いきなりその場に両手をついた。

「門倉様……お願いがございます。貴方様にしか他に頼るお方はありませぬ。恥を忍んで申し上げますが……これが最後のお頼みでございます。わたくしを貴方様の好きなようにして構いませぬ。わたくしを……わたくしをお助けいただけませぬか」

確かに権左は瑞江を女としてみていた。だが、瑞江の口からその言葉を聞いたとき思いもよらぬ怒りが胸中に湧き上がったのだった。

「瑞江殿、これはしたり！　それがしをそのような男として見ていたのか。わしが朋輩の妻をそのような目で見ていたと思うのか。もはやこの場にはおられぬ。帰らせてもらおう」

立ち上がり帰ろうとする権左の袴に瑞江は縋り付いた。

「お待ちください。もうしわけございませぬ。お許しを……女の浅知恵でございました。ここで門倉様に見捨てられたらわたくし自裁して果てるしか他に道はございませぬ」

　そう言葉にしたあと瑞江は肩を震わせて忍び泣いた。権左は自分の胸の内に込み上がる怒りが静まるのを待った。

「わかりもうした。瑞江殿が自分で命を断つようなことあってはそれがしも寝覚めが悪い。ま、涙を拭いてもう一度そこに座りなされ」

　権左は懐紙を取り出し涙を拭きなされと瑞江に渡すと座り直した。こうなると力添えをする約束をしたも同然で話す内容は自ずと決まっていた。いずれにしても今直ぐに良い考えが浮かぶとも思えず、どのようにするかは少し時を貰えまいかとその場は収めたのだった。


　瑞江は権左との話が終わり住まいに帰ろうと道を急いでいた。馬道通りから四辻を折れ二つ目橋を渡ろうとしたときだった。住まいにしている仕舞屋は橋を渡ればそこから目と鼻の先である。橋向こうから歩いてくる商人風の男に見覚えがあった。向こうもこちらに気付いたのであろう。軽く手を上げると遠目にもわかるほどの足早になり、程無くして近づいてきた男が奥州屋卯左衛門だとわかったのだ。卯左衛門は息遣いも荒く言葉を発した。

「谷口様……ただ今、貴方様のお住まいをお訪ねしてきたばかりでございます。どこかにご用がございましたので……」

「はい、一寸した所用がありまして……」

これ以上関わりを持ちたくない気持ちが瑞江の言葉を少なくしているようだった。

「そうでございましたか……少々お話ししたいことがありますので、ただ今からお暇がございますでしょうか」

いつもながらどこか含みのあるような商人の笑みに、瑞江には馴染めないものがあった。

「どのようなお話でございましょう」

「こんなところでは何でございますから、その辺りの料理屋でお話を聞いていただきたいのですが……」

この男の遠慮のない強引さには閉口するが、瑞江の今の状況では承知するしかなかった。借りている仕舞屋を二年の間家賃は納めなくても良いという約束をしているが、恩に着る気などは毛頭無かった。奥州屋卯左衛門は郷則重を三十両で引き取ったが、瑞江は猛之進からは五十両の値打ちがあると聞いていた。少なくとも二十両は上前を撥ねたのだ。今住んでいる仕舞屋など二十両に少し上乗せすれば手に入る代物だと思っている。

「わかりました。そのお話というのをお聞きしましょう」

瑞江が思ったよりも簡単に承諾の返事をしたことに、卯左衛門はぱっと顔を綻ばせると打って変わったように馴れ馴れしくなった。

「では、谷口様。直ぐそこの角を曲がれば料理屋がございます。そこでお話を聞いていただきましょうか」

奥州屋には須田の名前は出していなかったので、瑞江がまさか猛之進の妻であったとは卯左衛門は知る由もなかった。郷則重の太刀も知り合いから手に入れたものだと話してある。何故かそれを疑いもせず、太刀さえ手に入ればどうでも良いと思っているらしく訊こうともしなかったのである。細にわたり調べれば門倉権左から手に入れたことは難なく分かったはずである。武家の妻女だとはいえ女だからと見縊《みくび》っている所為もあったのだろう。

染井という料理屋には足繁く通っているらしく、店では女将自らが部屋に案内したのだった。運ばれてきた膳には銚子が乗っていた。

「瑞江様、どうでしょう。御酒を一杯召し上がりませぬか」

酒などわたしに飲ませて一体どうしようと言うのか。この男の魂胆が透けて見え、瑞江は内心で薄笑いを浮かべた。

「わたくし御酒は嗜《たしな》みません。どうぞお一人でお召し上がりになってください」

瑞江の口から躊躇いの無い断りを聞いたが卯左衛門はそれでも機嫌が良かった。

「じつはこうしてお話を訊いていただこうと思いましたのには……これから瑞江様も女子一人でこのお江戸で生きていかれるのは大変でございましょう。憚《はばか》りながらこの卯左衛門、あなた様をお助けしたいと考えているのでございます」

あなたに助けてもらわなくても結構ですと、ぴしゃりと言ってやれば気分もすっきりするだろう。そう思ったが次にどのようなことを言い出すのか興味もあり黙っていた。ところが奥州屋の口から出た言葉に、瑞江はいきなり心の臓を鷲掴みにされたような気がしたのだった。

「高藤備前守様をご存じかどうか知りませんが、そのお人があなた様にお会いしたいと申しておられるのです。高藤様といえば御側衆でございますよ。上様の御側近役でございますから何かと瑞江様のお力になっていただけるのではないでしょうか」

「高藤……備前守……様でございますか……」

「知っておいでになられるのですか？」

瑞江が言い淀んだことに卯左衛門が訝る素振りを見せる。瑞江は慌てて否定した。

「あ……いえ、御側衆などというお偉い方をわたくしが知っているわけがございません」

「そうでございましょうとも……で、どうでしょうか。お会いになられますか」

「はい、そのようなお方にお助けいただけるなどわたくしのような者には勿体無いくらいでございます。是非ともお目にかかりたいとおもいます」

「そ、そうでございますか。それではお会いになるお膳立てはわたくしの方でいたします。早速ではございますが……いかがでございましょう。瑞江様に都合がよろしければ今日より二日後ということに……」

「はい、確かに承りました。すべては奥州屋さんにお任せいたします」

瑞江の承諾を手も無く得たことに卯左衛門は束の間懐疑的な思いにも囚われたのだが、気持ちが変わらないうちにとでも思ったのか慌てて約束を取り付けたのだった。

備前守に会うことで相当上手い儲け話が転がり込んでくるのであろう。瑞江の顔に浮かんだ笑みを万事承諾と受け取ったのか卯左衛門は機嫌が良かった。瑞江としてはたった今口にした言葉をこの場で翻したのならこの男、一体どんな顔をするのかと思い失笑を禁じ得なかったのである。

「それでは瑞江様……前祝などともうしてはなんでございますが、一献差し上げたいとおもいます。受けていただけますでしょうか」

卯左衛門の腹の中は瑞江には手に取るようにわかったが、杯を受け取ると注がれた酒を一息に喉の奥に流し込んだ。

「おやおや、お酒を嗜まないと仰ったわりには結構いけるんじゃないですか。ささ、もう一杯お飲みになってください」

卯左衛門に勧められた一杯目は苦いだけだったが、何杯かの杯を呷るうち次第に快い気持ちになってきた。酒に酔うとはこのようになるのだと心地よさに身体を預けようとした。気がつくと男の手が瑞江の肩に回っていた。知らないうちに卯左衛門が横に座っていた。

その手が袖口から入り胸元に滑り込もうとしたとき、瑞江はとつぜん正気に戻った。

「奥州屋さん、お止めになってください。わたしはこれで帰らせていただきます」

瑞江は卯左衛門を強く撥ね付けその手を振り払うと、座っていた座布団の上から横にずれて居住まいを正した。

「では、高藤様とのお目通りを楽しみにしております」

瑞江は端座してそう言い残すと、呆気にとられている卯左衛門を尻目に料理屋を後にしたのである。

瑞江はその足で権左の住まいを訪れた。

「仇が向こうからやってくるとは渡りに船でしたな、瑞江殿。それでどうするつもりでおるのですかな」

「はい、会ってみようとおもってます」

「それはどうですかな。それがしも調べてみたが、高藤という男には酒と色事に長けているという噂がついて回るようだ。どうみてもそなたの身体を目当てにしているとしかおもえぬのだが……」

　権左が心配そうな目を向けると瑞江は開き直ったようにきつい眼差しで見詰めた。

「わたしも十三、十四のおぼこではございません。殿方の胸の奥にある魂胆などわかり過ぎるほどわかっております。ですが、これは天啓のようにおもえるのです。この機会を逃がしたら二度と討つことができないような気がするのです」

「では、その場で備前守を斬るというのですかな。それは止めておいたほうが良い」

「なぜでございます。それでは仇討ちを止めよといっているも同然ではありませぬか」

「いや、そうではない。それがしが調べたことがまだあるのだ。高藤備前守は好色ではあるが剣の方も相当の使い手と聞いておる。瑞江殿が懐剣を忍ばせて男と会おうとも直ぐに見つけられるのがおちだ。兄の形部が死んでからは必要以上に用心深くなっているとも聞いた」

「では、どうせよと仰るのでございます。機会はまだあるとでも……」

「じつはつい先日のことだが、奥州屋卯左衛門がそれがしの持っている郷則重を買いたいと言ってきたのだ。その方も則重を一振り持っているではないか何故それほど欲しがると問い質した。すると卯左衛門は膝を正すといきなりその場で額を床に押し付け、申し訳ございませんでした実は門倉様には話さなかったことがございますというのだ。何だと聞いてみると、この刀は二振りとも同門であった正宗が打ったものだと言うではないか。則重と正宗、二人の間には確執があったとも聞く。今となってはそのわけを知る由もないのだが、一振りに則重、もう一振りには正宗の銘が刻まれているというのだ。わしの所有しているその太刀のことなのだが調べてみると確かに正宗の銘が刻まれておった。奥州屋には値段さえ釣り合えば手放すとはそれとなく匂わせてあるが、まだはっきりとした返事はしておらぬ」

権左は刀架けに置かれている太刀を指差した。

「どうやらこいつを備前守が欲しがっているようなのだ。嘘か真かは知らぬが、備前守が郷則重の真物を所持しており、正宗が打った二振りを揃えれば考えられないような値がつくといっている。価値は金子だけではないようだ。備前守が老中の役職も手に入るとそう思っているのは間違いない。それがしとしては名刀と名のつく刀など別に欲しくもないいし、譲ったとしてもどうと言うことはないのだ。いや、隠さず申せば以前はこの太刀を利用すれば己の夢を実現できると思うていたときもあったのだが……」

権左がこれからどのような話をするのか瑞江は息を凝らして聞き入っている。

「そこでだ。この刀を餌にしようと思う。どうであろう。どちらにしてもそなたは備前守に会うつもりだったのだ」

権左は瑞江に近寄ると声を落として何事か話し始めた。暫くして瑞江は頷くと、上手く行きますでしょうかと不安そうな顔を覗かせた。

「大丈夫でござるよ。向こうはこの太刀を喉から手が出るほど手に入れたがっているのですからな。それに瑞江殿が言うことを聞くかも知れぬと思えばあの狒々親父めは必ず承諾するはずでござるよ。それには奥州屋にも一役買ってもらわねばなるまいがな」

「ですが、門倉様……貴方様はわたしの誘いなど意にも介さないようでしたが……」

「いやいや、ここでそれがしのことを持ち出されても困る」

権左は視線を逸らすと慌ててそう言った。

「心配なさらずとも、もしも話に乗ってこなければ打つ手はまだある。いや、向こうはそなたが小太刀の使い手だとは夢にもおもってはいないのだ。瑞江殿の背後に何者かがいると思わせなければこの話には乗ってくるはずだ」

瑞江が心配するほどこの話が上手くいかないとは権左には思えない。瑞江の清廉さを併せ持つ美しさにあの好色漢が抗うことができるとは思えなかった。それに高藤は一刀流の免許皆伝の持ち主である。この企てはそこに付け込むことになるのだ。おそらく備前守は女の剣客などどれほどの使い手であろうと歯牙にもかけないであろう。

瑞江にどれだけ立ち向かうことができるのかはわからないが、権左が助太刀をすれば八分は成就したも同然だと思っていた。あとの二分は出たとこ勝負である。斬り合いというものは何が起こるかわからないのだ。

報復

権左は奥州屋卯左衛門の帰りを待っていた。卯左衛門が拵え屋の寄り合いに出かけるのを知ったのは僅か二刻ほど前であった。暮れ六つ半からの会合であるから遅くとも五つ半には終わるだろう。この男を手懐けるのはわけもないことだ。二振りの太刀は銘刀であり、しかも名刀であった。名工郷則重が打ったとされる真物の太刀と正宗に鍛えられた二振りが手に入るとすれば、いとも簡単にこちら側につくはずであった。今は郷則重を高藤備前守が所持しているから二振りの太刀も諦めているが、三振りとも自分の物になると知れば間違いなく折れることになろう。卯左衛門が拵え屋とはいっても根は収集癖のある好事家であることを権左は誰よりもよく知っていた。

料理屋の玄関口が騒がしくなった。どうやら卯左衛門たちの会合が終わったようである。

十人ほどの人影が料理屋の女将や仲居に送られ、駕籠に乗ったり、歩いて帰る者は店の名前が入った提灯を手にしている。卯左衛門が駕籠に乗らないことは承知していた。ここから然程離れていないところに妾を囲っているのだ。今夜はそこに泊り込むのが男の習い性となっていることは調べ上げてあった。卯左衛門は纏《まと》め役らしく皆を送り出してしまうと、女将と何やら言葉を交わしてから提灯を手に歩き出した。卯左衛門は上得意の客なのだろう。提灯が遠ざかるまで見送っていた店の者たちは、その明かりが小さくなると店の名前が入った軒行灯の火を消し各々《おのおの》建屋の中に消えて行った。権左はそれを見て、遠くに見える卯左衛門の提灯の明かりの後を足早に追ったが、暫く行くと天水桶の置いてある角を右に曲がった。拵え屋の行き着く先は承知しているので先回りをするためである。

稲荷神社の鳥居の前にまで来ると、用意しておいた黒い布を懐から取り出して素早く頬被りをした。時を置かずして草履の足音が聞こえてきた。程よく酒の酔いが回っているのか歌舞伎の音曲を口ずさんでいる。その目の前にいきなり黒いものが立ちはだかったのだ。卯左衛門は驚きの余り声も出せず身動きもできないようだった。権左は刀を抜くと卯左衛門が持っているぶら提灯を柄の辺りからすっぱりと切り落としたのだ。

「い……命ばかりはお助けを……手持ちのお金は差し上げます。どうかお見逃しを……」

腰が抜けたのか座り込み震える声でそう言ったが、権左は直ぐに正体を明かした。

「奥州屋……わしだ、門倉だ。ちょっとおぬしに戯《たわむ》れてみたくてのう。冗談だ……冗談」

燃え上がっている提灯の明かりの中で権左は頬被りをとって見せた。

「か……門倉様……悪戯《いたずら》にしては……ど……度が過ぎるのではございませんか」

卯左衛門は権左の伸ばした手を借りてやっと立ち上がると、腰の辺りや着物の裾に付いた埃を手で払いながら恨み言を口にした。

「ま、許せ。おぬしに話したいことがあってここで待っていたのだが、つい戯れの気持ちが顔を覗かせてのう」

「お話があるならこのようなところでお待ちにならなくても良いのではございませんか」

流石に腹に据えかねたのか、商人とはいえ相手が侍でも卯左衛門は怒りを隠さなかった。

「そこの掘割沿いに蕎麦屋の屋台があろう。そこまで付き合ってくれぬか」

権左は卯左衛門の言葉を無視するようにそれだけ言うと先に歩き始めた。仕方なさそうに卯左衛門は後ろをついてきたが、屋台に掛かった提灯の仄かな明かりが目に映るとやっと生気が戻ってきたようだった。

蕎麦屋の親爺は二人も客が来たので張り切って接客の声を上げた。

「親爺……今夜はここを拙者たちが屋台ごと借り受ける。おまえはその辺を歩いてくるのだ。その前に酒の仕度をしておいてくれ」

親爺は驚いたように目を丸くしたが、目の前に置かれた小判を見て直ぐに徳利と猪口を用意すると喜び勇んで闇の中に消えて行った。

「さて、奥州屋……邪魔者はいなくなったから話を訊いてくれ」

戯事だったとはいえ肝を冷やした為に酔いは醒めてしまったのだろう。卯左衛門は置かれた猪口に手酌で酒を注ぐと、喉の渇きを潤すように立て続けに二杯音を立てて飲み干した。

「悪い話ではない。おぬしが真物の郷則重を手に入れる話だ」

「郷則重でございますか……」

卯左衛門は小馬鹿にしたように唇を窄《すぼ》めた。

「その刀が絶対に手に入らないことは貴方様も知っているではございませんか」

「知っておる。高藤備前守が所持しているのはおぬしにも聞いたからのう」

「でございましたなら……、お分かりの事とは思いますがあのお方が手放すとは到底思えません。それをどうやって手に入れると仰られるのですか」

「それがしに手を貸してくれれば、おぬしが欲しがっている真物の則重と正宗が鍛えた二振りが手に入ることになるぞ。おう、それに肥後の同田貫もそれがし手放しても良いぞ」

「そのようなお話は信じられませんですな」

「信じることだな、奥州屋。……というよりこの話、訊いてもらわねば生きては帰れぬぞ。自分の命には代えられまい。それにだ。おぬし……正宗の銘が刻まれているのを黙っていたことを、それがしとしては何も咎めず不問に付したであろう。あのときわしに斬り捨てられていても文句は言えなかったのだぞ。そうではないか、卯左衛門」

　権左は貸しがあることを仄めかしながら、先ほどのことを思い出させるように刀の鯉口をぷつりと切った。

「今までのことは戯事であったがこの話聞いてしまったのだ。唯では済まぬぞ」

猪口を手にした卯左衛門の手が小刻みに震え、再び顔が蒼白になった。

「な、何をすれば良いのでございますか」

「おぬしの置かれた立場がわかったようだの。ま、もう一杯酒で喉を潤せ」

　酒の酔いが身体中にまわり卯左衛門の気分が落ち着くのを見ると、頃合いをみて権左は話を続けた。

「じつはな、おぬし……高藤備前守是清は瑞江殿の親の仇なのだ」

「えっ、仇……ですか……」

「おぬしも承知しておるとおり高藤備前守は幕府の御側衆で瑞江殿の手には届かぬ。願い出たとしても仇討ちは認められぬのだ。それがしが一肌脱ぐ気になったのは、瑞江殿はそれがしの朋輩であった……ほれ、おぬしも知っておるであろう。須田猛之進の奥方なのだ」

「えっ、それは真でございますか」

権左はおやっと思った。猛之進の名前を出すと卯左衛門の顔に明らかな変化が現れたのだ。

「それは知りませんでした。そ、そうでございますか。瑞江様が須田様のご内儀だとは……知らないことだとはいえ、わたしはもう少しでとんでもないことをしでかすところでした」

その顔には後悔の念がありありと浮かび上がって見えるのである。

「この話をするのは門倉様が初めてなのですが……ある晩のことですが今日のようにわたしども拵え屋の寄り合いがありまして、その日は会合が早く仕舞いましたので四、五人の仲間とお恥ずかしい話ですが遊女を買おうと花街にくり出したのです。そこでわたしだけが仲間とはぐれて一人になり、二人の無頼漢に薄暗い路地に引っ張り込まれたんですよ。懐には小判が入っていたので命を取られるよりと躊躇わずにくれてやったのですが、顔を見られたと匕首をつきつけられましてそのままでは殺されるところでした」

「そこを猛之進に助けられたと申すのか」

「はい、そうでございます。あのまま須田様に会わなければ、わたしは大川に浮いていたかも知れません」

「驚いたな。そんなことがあったとは……」

猛之進が女を買いに深川くんだりまで足を運んでいたとは、権左の腹の中で思わず笑いが動いた。聞かずとも分かっていることだったが訊いてみた。

「奥州屋……命を脅かされるような大事があったわりにはそれがしに話はなかったのう」

「須田様から門倉様にだけは口が裂けても言うなと言われておりましたから……」

「ふむ……それでは拙者らに与して瑞江殿に仇を討たせるよう力を貸してくれるのだな」

「もちろんでございますとも……それで先ほどの郷則重の三振りのことは間違いないことでございますね」

承諾を示したとはいえ奥州屋は商人のうえに好事家であった。耳に入れた取り決めを忘れることはなかった。思わず権左は傍に座る男の背を掌でパシッと叩くところであった。

「うむ、心配いたすな。武士の約束だ。疑いをもっているのなら金打でも打つか？」

「ご冗談を……それではもう一度訊きますが、わたくしは何をすればよいのでしょう」

「備前守が瑞江殿と立ち合わなければならなくなるようにしてくれればよい」

「えっ、瑞江様と立ち合わせるのですか。高藤様はこちらのほうもかなりお出来になるお方でございますよ」

卯左衛門は身振り手振りで斬る真似をした。

「おい、わしもあやつと同じ旗本同士だ。そのようなことは疾うに調べはついておる」

「良いんですか。瑞江様が斬られますよ」

「それはわかっている。だが、その果し合いだが本気で立ち合うわけではない。それはそうと……おぬしが持っている則重だが既に備前守に渡してしまってあるのか」

「いえ、まだわたしの手元に置いてあります」

「ふむ……そうか。奥州屋……訊いておくが……おぬし、瑞江殿を備前守に差し出すつもりだったのであろう」

いきなり権左から言われて卯左衛門はうろたえた。

「えっ……そ、そのようなことは……」

「隠さずとも良い。そのあたりのことは見当がついておる。ところで、どこか庭先の見える座敷を持つ料理屋をしらぬか、卯左衛門。それに口の堅い主人だと尚良い」

「はい、貴方様もよく知っていらっしゃるとおり拵え屋の寄り合いなどで利用する染井という店がございます。じつは染井はわたくしの持ち物でございまして」

「ふむ、あの店はやはりおぬしの持ち物か」

「何をなさるんでございますか門倉様」

「その料理屋の者たちは何を見ても外に漏らすことはないか」

「それは心配ございませんですよ。常日頃、店で起こったことは外に洩らさぬように店の者にはきつく言い聞かせてございますから」

これで道具、場所、必要なものは全て揃ったのだ。あとは実行に移すだけである。


瑞江は料理屋染井の庭に面した部屋で端然と座っていた。開け放った障子戸からは広い庭が見えている。以前そこには大木が伸びていたらしく、大きな切り株が二つ残っていた。その部屋の壁に取り付けた隠し穴から、瑞江のうなじや腰の辺りを嘗めるように見ている二つの目があった。

「奥州屋、あの女子がそうか。中々見目良き女子ではないか。わしは気に入ったぞ」

「そうでございましょう。お武家様の女子はあのように凛としておりまして、手折《たお》るという言葉はあのようなお方を指して言うのでございましょうな。わたしどものような商人にしても生涯に一度はと卑しい思いを抱かせるようでございますから……」

「奥州屋、言葉が過ぎるぞ」

備前守は窘《たしな》めるように言ったが、脂下《やにさ》がった顔の表情は隠しようもなかった。

二人は隠し穴の蓋を閉め、大の男二人では身動きもできないような狭い場所から外に出た。

「で……高藤様……先ほどお話したことですがご承知いただけましたでしょうか」

「うむ、あの瑞江とか申す女子と立ち合うというのだな。それは承知しておる。しかし、また妙なことを申す女子よのう。本当に立ち会うわけではないとは申せ男と立ち合いたいとは……そのような趣向があるのかな。ほれ……世のなかには縛られたり叩かれたりすると喜ぶ女子もいるというではないか」

備前守は野卑な言葉を平然と口にした。

「それから立ち会いは郷則重でということで……あちら様のご指定でございますからな」

「わかっておる。則重は持参した。どうしても拝見したいとそう言っておるのであろう。だがな、卯左衛門。我が家の家宝である則重で立ち会うというわけにはまいらぬぞ。あれは高藤家の重宝《ちょうほう》であるからな。万に一つということもある」

「わかっております。そのために今日は正宗が打ったという二振りを用意してございます。終われればその二振りもお持ち帰りになってもようございますよ」

「そうか。では座敷の方に顔を出そうかの」

目の前にぶら下がった獲物に気を奪われ、備前守は何の疑いも抱いていないようだった。


その頃、権左は小間物屋の格好をして料理屋染井の勝手口から中に入ろうとしていた。

出掛けに伯父の孫佐衛門が病に倒れたとの知らせがあり慌てて屋敷を訪れたのだが、確かに寝込んではいたが唯の風邪だと分かり安堵したのである。その所為で染井に来るのが少しばかり遅れ瑞江のことが気懸かりで気が揉めていたのだが、染井に来てみると仲居たちの様子もこれといって何事か変事が起こった雰囲気はなく、権左はほっと胸を撫で下ろしていたのだった。

「小間物屋さん、あんたこの辺ではあまり見かけない顔だね」

「はい、いつもくるのは藤蔵さんでしょう。あの人は法要があるとかで国に帰ってるんですよ。それで今日はあたしが代わりにやってきたとそういうわけでしてね」

「へえ、あの人は国があったんだ。ま、こっちに入って背中の荷をおろしなさいな」

夕の七つ……この時間は大方仕度が整い店を開ける前の仲居の手が空いた時間でもあった。

権左は藤蔵という男に金を払い小間物を借り受けこうして店に入り込んだのだが、この後は適当に誤魔化して中庭に潜り込むつもりであった。それよりも、このところ拵え屋に化けたり小間物屋に化けたりと、まるで奉行所の探索方にでもなったような気がしていた。

瑞江は目の前に置かれた郷則重を手にすると目の前で翳してみせた。いかにも見立てができるような顔を装い目利きを思わせる素振りで見ていたが、名だたる刀工が鍛えた太刀だとはいえ何の関心も興味も抱いていなかった。

「初めて真物を見させていただきましたが流石に郷則重でございます。則重独特の地肌は見事というしかございません。それに、沸《にえ》づいて金筋が仕切りに交わっているのは則重の特徴をよく表していると思われます。わたくしの所持していた則重も真物に劣らず名刀のお仲間入りするほどの出来栄えではございますが……」

奥州屋卯左衛門から前以て訊いておいた言葉を瑞江は口にした。

「ほほう、女子とはいえ中々の炯眼《けいがん》の持ち主のようですな。女子でもそこもとのように刀に詳しい者がおるとはそれがし感服いたした」

「おそれいります。それでは早速でございますが、お約束の立ち合い、お願いできますでしょうか」

「よかろう。では庭に参られい。手並みを拝見しよう」

「その前に言っておきます。わたくしは鳳鳴流小太刀の目録を受けています。ですが今日は真似事のようなものなのでこの則重で立ち合いたいとおもいます」

備前守はそれを聞いても眉一つ動かさず、則重と刻まれた正宗の鍛えた刀を手に庭に降り立った。瑞江は襷《たすき》で袖を絞り前褄《まえつま》をたくし上げ帯に挟むと、権左の所有している正宗の銘が入った大刀を持って庭に降り備前守と対峙した。先ほどから俄かに騒いでいた胸もいまは静かに波打っている。備前守はただの型合わせをするだけだと思っていよう。いまなら踏み込めば斬れるかもしれない。そう思った瞬間、一太刀が振ってきて瑞江の頭上でぴたりと止まった。瑞江の口からあっと言葉が漏れたとき、備前守はすっと間合いから遠ざかっていた。権左からは、備前守は兄の形部とは違い剣の使い手だと聞いていたが、凡庸《ぼんよう》な使い手でないことは今の一太刀で充分であった。斬る気であったのなら瑞江の身体は鮮血にまみれ地に這っていただろう。目の前にいるのは尋常な男ではないのだ。自分ひとりで立ち向かえば傷を負わせることさえできず、一合さえ刃を合わせるのは無理ではないかと思わされるものがあった。

権左は伸びた潅木か置かれた庭石の陰のどこからか機を窺っているのだろうか。そう願い、そのことを頼りに踏み込んで剣を合わせてみるしかなかった。瑞江はじりじりと間合いを詰めた。備前守は正眼から脇構えに剣尖を移した。いつでも踏み込んで来いと言っているのだ。鳳鳴流に空蝉《うつせみ》という型がある。師が云うには現身と書き表すのが本来なのだそうだが、己の身体がそこにはないと思い、打ち込んで相手を倒すのでそう名づけたと聞かされていた。それは相打ちも覚悟の剣であった。二段の打ち込みで返し技が含まれていた。最初の打ち込みは見せ掛けで懐深く入り込み、次の一撃で返して逆袈裟で斬り上げるのだ。

じつは猛之進から問われた不敗の剣とはこの空蝉である。

瑞江としては端から生きてこの場を離れる気はなかった。父親勘十郎の悲壮な面持ちと……無念である……その一言が今でも瑞江の脳裏を離れようとはせず胸の中で強い殺意だけが膨らむのだ。この男だけは相打とうとも一太刀なりとも斬りつけたいと思った。

「どうした。入って来ぬのならこちらからいくぞ」

備前守の顔つきが変わっていた。瑞江の視線や動きから醸し出すものが尋常ではないと悟ったのだ。目の前にいる女が本気で立ち向かおうとしているのを察知したようだった。

備前守が動いた。躊躇いのない動きであった。脇構えのまますするすると間合いに踏み込んで来ると鋭い一撃が瑞江の肩口を襲ってきた。反射的に身体が前に出た。懐に飛び込むと振り下ろされた剣尖を刀の棟で受け止めそのままの勢いで刀身を横に薙ぐ。手応えがあったが瑞江も胸の辺りに鋼の冷たい感触を覚えていた。高藤備前守は信じられないような顔で暫しその場に立っていたが、やがて支えていたものが取り外されたかのように音を立てて地に転がった。

見ると、備前守が手にしている刀の刀身が、鍔元一寸ほど辺りから先が消えてなくなっていた。瑞江は討ち果たした喜びに身体が浮き立つようであった。だが、それに浸っていることはできなかった。目の前が霞み気が遠くなり始めていたからだ。

「瑞江殿、天晴れである。見ごと備前守を討ち果たしましたぞ」

いつからそこに居たのか権左が横に立っていた。

「もう良いからここに腰を落としなされ」

瑞江は権左から抱きかかえられるようにしてその場に座らされた。

「備前守の持つ……刀が……折れたのですね」

瑞江はやっとそれだけを言えた。身体中の力が抜け落ちたように立ち上がることさえ出来ず権左の膝に頭を支えられていた。わたしはどうしたのです。そう言おうとしたが、そのあと直ぐに漆をこぼしたような深い闇の中に瑞江は落ちていったのである。

「門倉様、刀が折れてしまいましたな」

　卯左衛門が気落ちしたような言葉を吐いた。権左は瑞江の身体に深く刺さっている折れた刀身に布を巻き付けて引き抜いた。

「そのようなことどうでもよい。瑞江殿が斬られて亡くなったのだ。わしがもう少し早くこの場に来ておれば、このようなことにはならずに済んだかもしれぬ」

　風邪で寝込んでいた伯父の孫佐衛門を恨んでみても仕方がなかったが、もって行き場の無い怒りが権左の胸の中で膨れ上がっていた。

「いえいえ、門倉様。わたくしは商人でこのような場などよく知りませんが、どうにもならなかったように見受けられます。あっという間の出来事だったのですから」

「奥州屋……瑞江殿が本気で立ち合っているのではないかと、備前守が気付いたのはどのあたりだったのかおぬしにわかるか」

「いえ、わたくしどものようなものにわかろうはずもございません。ただ、最初に刀を振ったのは備前守様だったのですが、直ぐにお二人とも表情がお変わりなったようにも見えました」

「そうか。いや、わかった」

「備前守様の刀が折れたから……瑞江様に斬られたのですよね」

「そうだ。それに折れたから瑞江殿に刺さったともいえる。いや、わしは何を言っておるのだ。刺さったから折れたのであろう。そうとしか考えられぬ。折れてから刺さるとは思えぬからな」

「ですが……わたくしの目には刀同士が打ち合ったようには見えなかったのですが……」

「猛之進が三途の川向こうで呼んだのかもしれぬな。そうだ。きっとそうなのだ」

「恐いことを言わないで下さいな。ところで門倉様、この場の後始末はわたくしの方でしますので、この場にある刀はすべてわたくしがいただいてもよろしゅうございますな」

「勝手にするが良い。それはおぬしとの約束だからのう。折れた刀はどうするのだ。溶かして付けるというわけにもいくまい」

「まあ、いろいろと使い道はございますので……」

「折れたのは則重の銘が刻まれた方か。正宗が則重に勝ったということだな。そうであろう、卯左衛門」

「はい、そのようでございますな、門倉様」

「さて、備前守はどうするのだ。どこかに埋めてしまうか、それとも辻斬りにでも斬られたように見せかけるか。ま、あとはおぬしが考えることだが……。ひとつ残念だったのはわしはこの男と一度立ち会ってみたかったのだ」

「そうでございますか。わたしは三百両というお金がふいになりましたのですが……」

「そうかな。拵え屋のおぬしとしては折れた一振りも入れ、何か別の筋書きを考えているのではないのか」

権左の言葉に奥州屋卯左衛門は意味深げな笑みを湛えると、否定するかのように二度ばかり首を振った。

「それで、門倉様はこれからどうなさいますのでございますか。伯父御の臼井摂津守様のご養子とおなりになるつもりですか」

「わからぬ。ま、もう少し気ままに過ごそうかとも思っている。近頃この江戸も不逞《ふてい》の輩《やから》が蔓延《はびこ》り少しばかり物騒になってきたからのう。おぬしも気をつけることだ。伯父御に頼んで火付け盗賊改めにでも入れてもらうか。それともこのまま小間物屋でもやろうかの」

戯言とも本気ともとれる口振りで権左はそう言うと、猛之進がよくやっていたように両の手を上げて大欠伸をした。

「門倉様、最後にもうひとつお訊きしたいのですが……どうして高藤様が女子の瑞江様と立ち合うとおもったのでございます？」

「あの男の妙な性癖を考えれば……」

あとは言わずもがなとでもいうように権左は口辺に笑みを浮かべてから、真顔になると瑞江の遺体の傍にまで行き片膝をついた。

「瑞江殿……嫌だと言うかも知れぬがお手前の亡骸は猛之進の墓にでも入れてやろうかの」

紙のように白くなった瑞江の顔に掛かった解れ毛を指で整えると、戯言とも本気ともとれる口調でそう言ったのだった。


それから数年後――本念寺に葬られている猛之進の墓の前に四、五歳の子供をつれた女が線香を上げていた。お香とその幼子であった。

「岳坊……ちゃんはね。凄いお侍だったのよ。あんたもちゃんのようにお侍になりたいの？　小父さんが、そのつもりなら武家の仕来たり躾けも覚えなくちゃならないから、今から臼井様のお屋敷に入らなくちゃならないと言っているのよ」

お香は子供にそう言ってから墓に向かって手を合わせると小さな声で話し掛けた。

「猛之進様……門倉様があたしと岳坊に臼井の者にならないかと言ってくれているの。まだ思案中なんだけど辰巳屋さんもこの子の面倒をみたいと言ってくれてるし、こんな幸せな子はいないわよね。旦那が生きていたらどちらを選ぶかしらね。でもあたしは思うのよね。もうお侍の時代もそんなに長く続かないいんじゃないかって……あ、猛之進様……今は奥方様とご一緒でしたよね。お互いうまくやっているのかしら。仲良くしてくださいね、瑞江様」

顔を上げると子供の姿が見えないことに気が付いて、お香は立ち上がって周囲を見回した。

小さな影が寺の庫裏が建つ方向に歩いて行くのが見えた。お香は急いで追いかけると大きな声で子供の名前を呼んだ。

「岳坊っ……岳之進……！」

「了」

〈著者紹介〉
大髙康夫（おおたか やすお）
高校卒業後「ソウルフルセンセイション」という５人編成のR&Bバンドを結成、ヤマハライトミュージックコンテストで地区予選通過するも直後に解散。３年後に先輩に誘われ３人の仲間で起業。会社は地元の業界では中堅クラスにまで成ったのだが、互いの考え方の相違から14年後に独立現在に至る。現在、バンド「桃源社」はハードロックからアコギまで幅広く演奏活動継続中。

刀《かたな》の反《そ》り

2023年9月14日　第1刷発行

著　者　　大高康夫
発行人　　久保田貴幸

発行元　　株式会社 幻冬舎メディアコンサルティング
〒151-0051　東京都渋谷区千駄ヶ谷4-9-7
電話　03-5411-6440（編集）

発売元　　株式会社 幻冬舎
〒151-0051　東京都渋谷区千駄ヶ谷4-9-7
電話　03-5411-6222（営業）

印刷・製本　中央精版印刷株式会社
装　丁　　都築 陽
題　字　　寺島響水

検印廃止

Printed in Japan
ISBN 978-4-344-94629-3 C0093
幻冬舎メディアコンサルティングＨＰ
https://www.gentosha-mc.com/